Elli C. Carlson
Ausgerechnet Kalifornien

Das Buch

Erfolg, Geld, ein Penthouse in Berlin und in schöner Regelmäßigkeit einen Mann im Bett, mit dem man Spaß haben kann – mehr braucht Anna nicht, um glücklich zu sein, denkt sie sich. Die ausgewiesene Ordnungsfanatikerin lässt lieber die Finger von Gefühlen, die machen alles nur schrecklich kompliziert. Wäre da nicht dieser vierbeinige Chaot, der plötzlich in ihr Leben stolpert. Und der sixpacktragende Feuerwehrmann nebst aufmüpfiger Teenagertochter, die sie allesamt vor ungeahnte Herausforderungen stellen. Plötzlich erkennt Anna ihr wohlgeordnetes Leben nicht mehr wieder, ihr Herz verlangt nach einer Generalüberholung und am einsamen Ostseestrand von Kalifornien erwartet sie ein Liebes-Showdown, der es wirklich in sich hat ...

Die Autorin

Elli C. Carlson lebt und arbeitet in Berlin und hat unzählige Drehbücher fürs Fernsehen geschrieben. Seit sie ihren ersten Roman 2016 veröffentlicht hat, kann sie nicht mehr damit aufhören. Humorvolle, emotionale und spannende Liebesgeschichten haben es ihr angetan. Happy End garantiert. Inspiration findet sie meist auf ausgedehnten Spaziergängen mit ihren beiden spanischen Streunern oder ganz entspannt bei einem Cappuccino, vorzugsweise in einem kleinen Strandcafé an der schönen Ostseeküste.

ELLI C. CARLSON

Ausgerechnet Kalifornien

Roman

Montlake
Romance

Deutsche Erstveröffentlichung bei
Montlake Romance, Amazon Media EU S.à r.l.
5 Rue Plaetis, L-2338 Luxembourg
Februar 2018
Copyright © der deutschsprachigen Ausgabe 2018
By Elli C. Carlson
All rights reserved.

Umschlaggestaltung: semper smile, München, www.sempersmile.de
Umschlagmotiv: © Niko28 / Shutterstock; © Deliza / Shutterstock;
© Arden_Panikk / Shutterstock; © Makhnach / Shutterstock;
© gomolach / Shutterstock; © CLICK MEE/ Shutterstock;
© Waranon / Shutterstock
Lektorat und Korrektorat: Verlag Lutz Garnies, Haar bei München,
www.vlg.de
Printed in Germany
By Amazon Distribution GmbH
Amazonstraße 1
04347 Leipzig, Germany

ISBN 978-1-503-90162-9

www.montlake-romance.de

Für die Familie. Weil's ohne euch nur halb so lustig wäre.

*Wenn ein Hund nur darf, wenn er soll, aber nie
    kann, wenn er will,
dann mag er auch nicht, wenn er muss.
Wenn er aber darf, wenn er will, dann mag er
    auch, wenn er soll
und dann kann er auch, wenn er muss.
Denn: Hunde, die können sollen, müssen auch
    wollen dürfen!*

(Berliner Graffiti)

Kapitel 1

Die Welt besteht aus lauter Gelegenheiten zur Liebe.
Søren Kierkegaard

Ich blickte dem Tod ins Auge.

Genau genommen besaß er zwei davon, und das auch noch in unterschiedlichen Farben. Eins so braun und glänzend wie ein Karamellbonbon, das andere erinnerte an einen klaren Bergsee, in dem sich ein milchig blauer Winterhimmel spiegelte.

Schöne Augen.

Den Tod hatte ich mir ja ganz anders vorgestellt.

Und wo wir schon mal beim Thema sind – über mein Ableben hatte ich ebenfalls ganz andere Vorstellungen: *Friedlich im Bett entschlafen nach einem langen und erfüllten Leben* – Sie wissen schon, so etwas in der Art.

Daraus würde nun nichts mehr werden.

In den wenigen Augenblicken, die mir auf dieser Welt noch blieben, würde ich dreißig Meter tief in einen Abgrund stürzen. Die Chancen, das zu überleben, standen eher schlecht.

Die Ureinwohner Amerikas und ihre Schamanen haben ja ein ganz entspanntes Verhältnis zum Tod. Weshalb sie ihr Hirn gerne mal mit einer kleinen Überdosis Biodrogen ins Nirwana beamen. Dazu geben sie jedem, der vor den großen Fragen des Lebens steht, auch gerne einen klugen Ratschlag mit auf den Weg: Stell dir einfach vor, der Tod steht hinter dir und wartet darauf, dich jetzt sofort ins Was-auch-Immer mitzunehmen. Würdest du dich dann auch für diese wirklich sinnvolle Rentenversicherung entscheiden oder doch lieber das sündhaft teure Gucci-Kleid nehmen? Willst du wirklich mit diesem Langweiler, den du dummerweise vor einer Ewigkeit geheiratet hast, deine letzten Augenblicke verbringen? Und wäre es nicht langsam an der Zeit, der hysterischen Schwiegermutter zu sagen, was du wirklich von ihr denkst?

Das ist doch mal ein klares Bild, um sich den schwierigen Entscheidungen des Lebens zu stellen. Tu das, was jetzt richtig für dich ist. Und nicht, was vielleicht morgen oder nächste Woche oder in zehn Jahren gut für dich wäre. Kann schließlich sein, dass es das gar nicht geben wird. Gut, den einen oder anderen Mitmenschen stößt man damit vielleicht vor den Kopf. Aber, mal ehrlich, wer braucht schon hysterische Schwiegermütter, die einem nur wertvolle Lebenszeit rauben?

Ich muss es wissen, ich verdiene mein Geld, indem ich Ratgeber schreibe. Lebensratgeber. Wenn Sie etwas über das Glück oder Unglück von Beziehungen wissen wollen, mehr Erfolg anstreben, sich endlich nicht mehr über Ihren cholerischen Chef oder ihren pubertierenden Nachwuchs ärgern möchten – fragen Sie mich. Ich hab zwar keine Ahnung, wo's im Leben langgeht. Aber wenn Sie erst mal alle anderen Ratgeber studiert haben, sich eine Zeit lang spaßeshalber in der psychospirituellen Szene rumtreiben und sich anschließend in einem Buch darüber lustig machen, dann können Sie damit tatsächlich Ihre Miete verdienen. Oder gleich das ganze Haus kaufen. Sie haben ja keine Ahnung, wie viel Geld sich damit verdienen lässt. Auch wenn der Nutzwert meiner Ratgeber gegen null tendiert. Das ist wie im Nachmittagsprogramm des Fernsehens. Da bringt einen das trostlose Leben eines alkoholkranken Hartz-IV-Empfängers im schäbigen Plattenbau auch nicht unbedingt weiter, der Unterhaltungswert ist jedoch enorm.

Mein Unterhaltungswert war in diesem Augenblick ebenfalls enorm. Jedenfalls schloss ich das aus der stetig anwachsenden Menschentraube, die sich fünf Stockwerke unter mir versammelt hatte und gebannt das Drama auf dem Dach des alten Backsteingebäudes beobachtete, das früher einmal eine alte Likörfabrik beherbergte und nun Raum für jede Menge Luxuslofts bot. Ich riss mich von dem Anblick der Gaffer los und widmete mich lieber wieder dem Tod.

»Na, komm schon. Komm her zu mir!«

Der Tonfall meiner Stimme war säuselnd und sanft und sollte darüber hinwegtäuschen, dass ich dem Wesen vor mir am liebsten den Hals umgedreht hätte.

»Bellini! Komm! Komm her zu Frauchen!«

Bellini dachte nicht im Traum daran. Er kannte mich noch nicht lange, aber dafür ziemlich gut. Und so leicht ließ er sich nicht von meiner freundlichen Fassade hereinlegen. Er sah mich aus seinen ungewöhnlichen Augen an, schleckte mit der rosafarbenen Zunge einmal über seine Marzipannase und gab ein unbekümmertes Wuffen von sich. Seine unschuldige Erscheinung täuschte erfolgreich darüber hinweg, dass vor mir eine Ausgeburt der Hölle auf dem schmalen Dachvorsprung hockte und unerschrocken in den Abgrund blickte. Mittlerweile waren zwei Polizeiautos und ein Rettungswagen der Berliner Feuerwehr hinzugekommen. Ein großer Leiterwagen rangierte umständlich zwischen den geparkten Autos und blockierte effektiv die kleine Seitenstraße, in der ich lebte. Was nicht weiter schlimm war. In der Innenstadt von Berlin blockiert immer irgendwer irgendeine Straße und bringt damit den Verkehr zum Erliegen. Der Berliner an sich ist Kummer gewohnt. Allerdings weiß er auch den Unterhaltungswert eines morgendlichen

Dramas zu schätzen. Die Tatsache, dass ich mich nur notdürftig mit einem winzigen Handtuch bedeckte, mochte ebenfalls dazu beitragen, dass man sich nur schwer von meinem Anblick losreißen konnte.

Ich war immer davon ausgegangen, dass einem kurz vor dem Tod die wichtigsten Etappen des Lebens wie in einem Schnelldurchlauf vor dem inneren Auge präsentiert werden. Das einzige Bild, das mir jetzt in den Sinn kam (neben der inständigen Hoffnung, dass der Aufprall nicht allzu wehtun würde), war, wie ich zwischen den bunten Blumenkübeln des Thai-Imbisses und dem mächtigen Kühler der Feuerwehrautos lag. Nackt und zerschmettert. Was ziemlich beknackt aussehen würde, denn ich hatte es versäumt, mir die Beine zu rasieren. Andererseits war man ja tot. Bestimmt gab es dann andere Probleme als Stoppeln an den Schienbeinen.

Ich blickte wieder zu Bellini, der schwanzwedelnd das Treiben unter uns beobachtete und sich wie ein Teeniestar freute, eine solche Aufregung zu verursachen. *Der Justin Bieber unter den Hundewelpen, und der muss ausgerechnet mir gehören.*

»Komm schon, Bellini, komm jetzt zu mir.«

Ich weiß nicht, ob es daran lag, dass meine Verzweiflung einen Grad erreicht hatte, der kaum mehr zu steigern war, oder ob Bellini einfach nur der Magen knurrte und er scharf auf eine Belohnung war. Erstaunlicherweise tat er endlich das, was ich von ihm wollte. Er trabte den schmalen Dachvorsprung die paar Meter zu mir her und hockte sich erwartungsvoll vor mir hin. Seine Marzipannase war nur wenige Zentimeter von meiner entfernt. Unter anderen Umständen wäre ich an dieser Stelle beeindruckt gewesen. Ich hätte ihm die Leckerchen tütenweise in seinen Rachen gestopft. Doch abgesehen davon, dass ich gerade keine zur Hand hatte, konnte ich mich vor Angst keinen Zentimeter mehr bewegen. Bereits das Atmen fiel mir schwer, und an meinen Beinen und Armen mussten tonnenschwere

Gewichte hängen, die jede Bewegung unmöglich machten. Wie ich es überhaupt geschafft hatte, von meinem Dachgarten hinaus auf den schmalen Vorsprung zu klettern, war mir ein Rätsel. Der Anblick des kleinen Hundewelpen, den ich von meinem Badezimmerfenster aus dabei beobachtet hatte, wie er todesmutig auf dem Dach spazieren ging, musste die Synapsen in meinem sonst wohlgeordneten Kopf dazu veranlasst haben, in den Kurzschlussmodus zu gehen. Anders war meine hoffnungslose Lage nicht zu erklären.

»Bleiben Sie ganz ruhig. Ich bin hier, um Ihnen zu helfen.«

Ich zuckte zusammen, als unvermittelt eine angenehm tiefe männliche Stimme neben mir ertönte.

»Was auch immer Ihr Problem ist, wir kriegen das wieder hin.«

Vorsichtig riskierte ich einen Blick über meine Schulter. Tatsächlich schwebte engelsgleich knapp hinter mir eine Gestalt in der Luft. Sie trug die schwere Ausrüstung und den signalfarbenen Helm eines Feuerwehrmanns. Was ganz eindeutig nicht auf himmlischen Beistand schließen ließ.

»Ich … ich …« Das Zittern in meinen Armen und Beinen verstärkte sich erneut und ich bekam die Zähne vor Anspannung nicht auseinander.

»Hey, alles wird gut, glauben Sie mir.« Die Stimme war sanft und eindringlich. »Sie müssen das nicht tun. Lassen Sie uns einfach nur reden, und wir finden bestimmt eine Lösung für Ihr Problem.«

Irritiert kniff ich die Augen zusammen. Ich wollte nicht reden! Ich hatte keine Probleme! Ich wollte nur runter von diesem Dach und das möglichst lebend.

Ich riskierte erneut einen Blick auf die Gestalt mit der angenehmen Stimme. Der Mann war groß und durchtrainiert, soweit man das unter der schweren Ausrüstung erkennen

13

konnte. Ein beruhigendes Lächeln lag um seine vollen Lippen, die von einem blonden Dreitagebart umrahmt waren. Er streckte seinen Arm auffordernd in meine Richtung aus.

»Geben Sie mir Ihre Hand. Den Rest erledige ich, okay?«

Obwohl er noch immer lächelte, erkannte ich in den hellen Augen, die mich konzentriert musterten, eine Anspannung, die wohl dem Umstand geschuldet war, dass man als Feuerwehrmann gemeinhin Dinge sah, die man lieber nicht sehen wollte.

»Ich … ich …« Meine Zähne klapperten erneut vor Angst, und sosehr ich mich auch bemühte, ich bekam einfach keinen vernünftigen Satz heraus.

»Hey …« Da war wieder diese sanfte Ermutigung, die mir tatsächlich Trost schenkte. »Jeder ist mal verzweifelt. Das ist kein Grund, alles hinzuschmeißen. Was auch immer Ihr Problem ist, ich helfe Ihnen dabei.«

Langsam dämmerte mir, was der Mann über mich dachte, und das war so abwegig und albern, dass ich laut loslachen wollte. Wenn diese verdammte Höhenangst nicht auch noch meine Lachmuskeln gelähmt hätte.

Anscheinend war er überzeugt davon, eine am Leben verzweifelte Selbstmörderin vor sich zu haben. Was wohl Leo dazu sagen würde? Bestimmt würde sie sich vor Lachen auf den Boden schmeißen. Immerhin hatte ich ihr das alles zu verdanken. Und in diesem Augenblick bereute ich aus tiefstem Herzen, sie jemals zu meiner Freundin gemacht zu haben. Freunde brachten einem nur Ärger. Oder, wie in meinem Falle, den Tod.

Kapitel 2

Ein voller Terminkalender ist noch lange kein erfülltes Leben.
Kurt Tucholsky

Vier Wochen davor …

»Nein! Auf keinen Fall! Das kannst du vergessen!«

Aufgebracht hantierte ich an meinem exklusiven italienischen Kaffeevollautomaten herum, der mehr gekostet hatte als ein durchschnittlicher Kleinwagen und für dessen Handhabung man ein sechswöchiges Baristaseminar brauchte, um einen halbwegs schmackhaften Espresso hinzubekommen. Ich blickte kurz auf zu Leo, die an einem ebenfalls riesigen Küchenblock saß, der den Rest meines Lofts von der Designerküche trennte. Der unschuldig vorgebrachte Vorschlag meiner besten und einzigen Freundin hatte meinen Blutdruck in Sekundenschnelle in die Höhe getrieben und machte den Espresso nun eigentlich überflüssig. Leonora, die alle nur Leo nannten, sah mich noch immer unschuldig an.

»Wo ist das Problem?«

Ich vergaß den Espresso und verschränkte die Arme trotzig vor der Brust. »Wo das Problem ist?! Das kann ich dir sagen!

Das Problem ist, dass ich noch nie – hörst du, noch nie – auf solch eine alberne Veranstaltung gegangen bin. Und ich habe nicht vor, es in Zukunft zu ändern!«

Leo ließ sich, wie üblich, nicht von mir aus der Ruhe bringen. Dafür kannten wir uns einfach schon zu lange. Und Leo wusste: Zu großer Druck würde die Sache jetzt nicht besser machen. Sie wuschelte einmal durch ihre kurzen blonden Locken (ein Zeichen dafür, dass sie weit davon entfernt war, mein Nein zu akzeptieren), stand auf, schlenderte kurz um mich herum, um sich die kleinen Espressotassen zu schnappen, die sich mit der herrlich duftenden Flüssigkeit aus exquisiten Arabic-Blend-Bohnen gefüllt hatten. Die Bohnen stammten aus einer kleinen, privaten Kaffeerösterei in Italien, und ich gehörte zu dem Stamm erlesener Kunden, die tatsächlich in den Genuss dieses Luxusgetränks kommen durften. Das spanische Königshaus, die Chefetage von Apple und eine Handvoll zahlungskräftiger russischer Oligarchen gehörten ebenfalls dazu. Ich befand mich mit meinem Kaffeegeschmack in illustrer Gesellschaft.

Während Leo sich reichlich Zucker in das schwarze Gold schaufelte, was einem Frevel gleichkam, sprach sie möglichst unbeteiligt weiter.

»Du weißt schon, dass du vertraglich zu solchen Veranstaltungen verpflichtet bist, oder? Mal ganz davon abgesehen, dass ich eine Menge Leute kenne, die vermutlich ihre eigenen Kinder verkaufen würden, um neben Brad Pitt einen Hummer zu essen.«

»Dann frag doch die!« Ich kippte meinen Espresso in einem Rutsch hinunter, was ebenfalls einem Frevel gleichkam, und stellte die Tasse erneut in den Automaten. So, wie es aussah, konnte ich an diesem Morgen eine Menge davon vertragen.

Über den Rand ihrer Tasse sah Leo mich besorgt an. »Läuft noch immer nicht so gut, hm?!«

»Was hat das denn damit zu tun?«

»Du bist so gereizt.«

»Ich bin gereizt, weil ich weder die Lust noch die Absicht habe, auf ein albernes Wohltätigkeitsdinner zu gehen, um mich dort von irgendwelchen Promis langweilen zu lassen.«

Leo zuckte nur ungerührt mit den Schultern. »Genau genommen bist du auch ein Promi.«

»Ich schreibe Bücher, Leo! Ratgeberbücher! Und dafür muss ich mein Gesicht nicht in irgendwelche Kameras halten.«

»Vielleicht würden sie sich ja besser verkaufen, wenn du es mal tun würdest.«

Das hatte gesessen. Leo war nicht nur seit mehr als zehn Jahren meine beste Freundin, sie war auch meine Verlegerin. Und als solche schien sie etwas unzufrieden mit ihrer erfolgreichsten Autorin zu sein, wie mir soeben dämmerte.

»Das glaub ich jetzt nicht.«

Ich ließ mich auf den Hocker neben dem Küchenblock nieder und mein Gesichtsausdruck musste mein Entsetzen über ihre soeben vorgetragene Kritik sehr erfolgreich spiegeln. Leo verzog entschuldigend das Gesicht.

»Sorry, Süße, wirklich – sorry.« Hilflos ruderte sie zurück, was die Sache auch nicht besser machte. »Das war nicht ganz so gemeint, wie es sich vielleicht angehört hat.«

»Wie viele Bestseller habe ich in den letzten Jahren für dich geschrieben? Sechs?«

»Sieben.« Leo machte ein zerknirschtes Gesicht.

»Und wie viele meiner Bücher hast du verkauft?«

Leo tat so, als müsste sie einen Moment überlegen. »Na, wenn wir die Auslandsverkäufe mit einrechnen … und dann noch die ganzen Gimmicks wie Taschenkalender und so … so um die … vier … viereinhalb.«

»Viereinhalb Millionen Bücher! Und du beschwerst dich, dass ich nicht genug verkaufe?!«

»Das Letzte lief jetzt echt nicht so gut …«

»Und deshalb soll ich mich für dich bei diesem Dinner zu Tode langweilen?«

Leo stellte bedächtig die Espressotasse ab und atmete einmal tief durch. »Ich will, dass du mal rauskommst, Anna. Mal wieder unter die Leute gehst.«

Ich kannte diesen Blick und er verhieß nichts Gutes.

»Seit einem Jahr warte ich auf dein neues Manuskript. Und jedes Mal, wenn ich danach frage, dann sagst du mir, das wird schon.«

»Manche Dinge brauchen eben Zeit.«

»Was du brauchst, das ist das echte Leben. Du verkriechst dich hier oben in deinem tollen Penthouse mit diesem Dschungel da draußen.« Leo deutete auf die geöffnete Terrassentür, die auf den riesigen Dachgarten führte, der zu meinem Loft gehört. Im strahlenden Licht der Morgensonne lagen träge meine üppig blühenden Lavendelsträucher, die herrlich duftenden Damaszenerrosen, die ich aus England mitgebracht hatte, die Blumenkübel mit leuchtenden Geranien und meine sorgsam gepflegten Gemüsehochbeete. Sie und Dutzende weiterer Sträucher und Blumen ließen einen komplett vergessen, dass man sich im fünften Stock eines alten Fabrikgebäudes mitten im pulsierenden Berlin und nicht in einem verwunschenen Zaubergarten der Toskana befand.

»Sind meine Blumen jetzt schuld daran, dass du nicht genug verdienst?«

»Du willst mich einfach nicht verstehen, Anna. Ich mach mir Sorgen um dich. Nicht darum, dass du keine Bücher mehr verkaufst.«

Leo meinte es ernst und ich schluckte eine weitere bissige Bemerkung herunter.

»Ich wäre echt froh, wenn du überhaupt wieder welche schreiben würdest.«

Da war was dran. Seit über einem Jahr saß ich jetzt schon über dem neuen Manuskript, und mehr als ein schmissiger Titel war mir nicht eingefallen. *Das Glück ist mit den Doofen. Wie sie unbekümmert auf den Rest der Welt pfeifen* – es sollte wieder ein Bestseller werden, nachdem mein letztes Werk tatsächlich wie Blei in den Buchhandlungen gelegen hatte.

Im Prinzip war ich glücklich. Jedenfalls hatte ich mir das in den letzten Monaten immer wieder versichert. Ich hatte mehr Geld auf dem Konto, als ich ausgeben konnte. Durfte dieses wunderbare Penthouse mein Eigen nennen und musste noch nicht mal raus in die lärmende Großstadt, wenn ich etwas Grün und die Natur um mich herum haben wollte. Der mehr als hundert Quadratmeter große Dachgarten mit dem alten stählernen Gewächshaus, der von üppigen Blumenrabatten umgeben war und in dem ich vorzugsweise an meinen Manuskripten arbeitete, war meine Oase der Ruhe und der Entspannung. Und im Gegensatz zu den Stadtparks war ich hier oben ungestört und musste mich nicht über lärmende Kinder, sabbernde Hunde oder das amüsierfreudige Partyvolk ärgern, das im Sommer die Grünflächen flutete. Mit schöner Regelmäßigkeit kam Leo vorbei, eine Flasche Wein unter dem Arm, und wir verbrachten die Abende in meiner kleinen Idylle, sprachen über Gott und die Welt und Leos neueste Eroberungen, die sie in irgendeinem angesagten Klub der Hauptstadt gemacht hatte. Im Gegensatz zu mir gehörte Leo zum Partyvolk. Vermutlich hatte sie es erfunden.

Wenn ich etwas brauchte – Klopapier, Blumendünger, Kaffeebohnen, Dinge des täglichen Bedarfs eben –, dann ließ ich es mir liefern. Wozu hatte man schließlich das Onlineshopping erfunden? Alles in allem konnte ich zufrieden sein. Zufrieden und glücklich. Warum es mir dennoch nicht gelingen wollte, dieses Glücksgefühl aufs Papier zu bringen, war mir ein Rätsel.

»Ich weiß nicht, woran es liegt, Leo.« Ich sah sie ratlos an. »Vielleicht sollte ich ein anderes Buch schreiben. Irgendwas mit Blumen?«

»Mach das. Ich verspreche dir, es wird ein Bestseller.« Leo grinste mich begeistert an.

In mir machte sich Erleichterung breit. Ich hasste es, mich mit ihr zu streiten. Sie war der einzige Mensch, dem ich wirklich nahestand. Da kommt man schon ins Grübeln, wenn über Tage hinweg Funkstille herrschte, weil sie sauer auf mich war.

»Du musst dir um mich keine Sorgen machen. Wirklich nicht. Mir geht es gut. Ich fühl mich super.«

»Das glaub ich dir ja. Aber es ist trotzdem nicht gut, wenn du dich hier oben total abschottest. Wie soll man denn da auch auf neue Ideen kommen?«

»Und ein Abendessen mit Brad Pitt soll da Abhilfe schaffen?«

»Ich versprech dir, es wird lustig. Und du darfst dich auch total danebenbenehmen, alle Leute mit deiner spröden Art vor den Kopf schlagen und völlig betrunken auf dem Klo den Hummer wieder auskotzen.«

Ich verzog das Gesicht.

»Oh … Leo …«

»Komm schon. Lass uns richtig einen draufmachen. So wie früher.«

Es hatte tatsächlich einmal eine Zeit gegeben, in der ich mich mit Leo ins Nachtleben gestürzt hatte. Es war allerdings schon eine Ewigkeit her.

Zum ersten Mal waren wir uns an der Uni begegnet. Das dritte Semester meines Psychologiestudiums lag gerade hinter mir, und ich war auf dem besten Weg, die strebsamste und langweiligste Studentin zu werden, die die Berliner Humboldt-Universität jemals gesehen hatte. Das konnte man von Leonora von Hardenstein nicht gerade behaupten. Im Grunde hatte Leo nicht die leiseste Ahnung, was sie überhaupt aus ihrem Leben machen wollte, und das einzig Konstante in ihrem Studentenleben schien damals zu sein, dass sie pünktlich zum Sommer- und dann wieder zum Wintersemester den Studiengang wechselte. Eine Vorlesung über den Dekonstruktivismus in der angelsächsischen Gegenwartsliteratur hatte dazu geführt, dass sie es beim nächsten Studiengang lieber mit etwas Unterhaltsamerem versuchen wollte. Die Erforschung der menschlichen Seele verhieß eindeutig mehr Spaß und Spannung.

Ich kümmerte mich damals um die Erstsemester und Leo gehörte zu meinen Schützlingen. Bis heute frage ich mich, wie es überhaupt passieren konnte, dass wir tatsächlich Freundinnen wurden. Eine rationale Erklärung gibt es dafür nämlich nicht. Vielleicht war es einfach eine schicksalhafte Fügung, denn wenn ich ehrlich sein soll, dann lag es allein an Leo, dass ich heute, mehr als zehn Jahre später, eine erfolgreiche Ratgeberautorin bin.

Leos Vater besaß eines der größten und renommiertesten Medienhäuser des Landes, und nachdem seine einzige Tochter und Erbin sich nicht wirklich entscheiden konnte, was sie beruflich machen wollte, hatte er ihr die Lebenshilfesparte eines seiner Verlage, die nur mau vor sich hin dümpelte, überlassen. Mit einem Diplom in Psychologie in der Tasche und der Abneigung, mich stundenlang mit echten Menschen zu beschäftigen (was notgedrungen passieren musste, wenn man als Therapeutin sein Geld verdienen wollte), hatte ich etwas ratlos vor mich hin gejobbt, bis Leo auf die geniale Idee kam, mein angesammeltes Psychowissen mit Lästereien über diverse Esoterikgurus zu bündeln und zwischen zwei Buchdeckel zu packen. Ein halbes Jahr später hatte ich meinen ersten Ratgeber fertiggestellt, Leo ihre erste Autorin unter Vertrag, und die bis dahin stiefmütterlich behandelte Esoteriksparte des Verlages erlebte ungeahnte Höhenflüge.

Leos Vater war sehr überrascht und sehr zufrieden mit dem Erfolg seiner Tochter.

Als dann auch noch das zweite und dritte Buch ein Bestseller wurde, hatte ich meine Berufung gefunden. Und Leo musste sich über ihren weiteren beruflichen Werdegang keine Sorgen mehr machen. Sie durfte sich erneut unbekümmert ins Nachtleben stürzen.

Hin und wieder begleitete ich sie und zog mit ihr durch die Bars und Klubs der Stadt, um mich zu amüsieren. Und bekam nach kurzer Zeit mit, dass Leo gerne mal ein paar »interessante Typen« (wie sie das nannte) – ganz zufällig – dabeihatte, die ich doch unbedingt kennenlernen sollte. Was ganz okay war, mein Bedürfnis nach einer tiefergehenden Beziehung tendierte dabei allerdings gegen null. Ich zog es vor, mich nach einem One-Night-Stand aus dem Staub zu machen, bevor der interessante Typ so überflüssige Fragen stellen konnte wie »Lieber Tee oder Kaffee zum Frühstück?«.

Alles war gut, so wie es war. Warum ich mich seit mehr als einem Jahr in einer ernst zu nehmenden Schreibblockade befand und keine Lust mehr auf nächtliche Streifzüge hatte, war mir allerdings schleierhaft. Zumal dies ein eindeutiges Zeichen dafür war, dass mein Unterbewusstsein anderer Meinung war (immerhin hatte ich Psychologie studiert).

»Vielleicht ist Brad genauso schnuckelig wie vermutet. Dann könntest du eine Menge Spaß haben heute Abend.«

Leo riss mich erneut aus meinen Gedanken. Ich schüttelte skeptisch den Kopf. »Nicht mein Typ. Außerdem zu alt.«

»Stimmt.« Leo sah mich herausfordernd an. »Der könnte es ernst meinen. Im Gegensatz zu den Typen, mit denen du dich sonst so abgibst.«

»Sagt die Frau, die jede Woche eine andere im Bett hat.«

»Als Vertreterin einer gesellschaftlichen Minderheit, die sich gegen sexuelle Konventionen der Heterogesellschaft stellt, genieße ich eben alle Freiheiten, die das Lesbischsein so mit sich bringt.« Leo hob dozierend die Augenbrauen. »Von mir erwartet niemand eine feste Partnerin. Oder gar eine Ehefrau. Das hat seine Vorteile.«

Im Ausredenfinden war Leo schon immer bemerkenswert kreativ gewesen.

»Du bist genauso beziehungsunfähig wie ich. Doch im Gegensatz zu dir bin ich mir dessen bewusst.«

»Wenn wir beide mal alt und grau sind«, Leo erhob sich und gab mir einen Schmatz auf die Wange, »dann heirate ich dich. Und bis dahin haben wir so viel Sex, wie wir kriegen können. Ich hol dich um sechs ab.«

Weiterer Widerstand wäre zwecklos gewesen. Vielleicht hatte Leo ja recht und ich musste mal wieder raus aus meinem Elfenbeinturm. Ich blickte ihr nachdenklich hinterher, als sie ihre Tasche schnappte und sich die Sonnenbrille auf die Nase setzte.

»Zieh was Nettes an, Schatz.« Leo winkte mir aufreizend zu, als sie zu dem alten Lastenfahrstuhl ging, der direkt in meine Wohnung führte. Bevor sich die Fahrstuhltüren ratternd vor ihrem heiteren Gesicht schlossen, warf sie mir noch eine Kusshand zu. Ruhe kehrte ein und ich fragte mich ernsthaft, ob mein Leben nicht einfacher verlaufen würde, wenn ich, wie jede andere Frau auch, einen besten schwulen Freund gehabt hätte anstatt eine lesbische Freundin.

Kurz nach fünf stieg ich aus der bodentiefen Dusche meines mit hellem Sandstein gekachelten Bades und unterzog mein Äußeres einer kurzen kritischen Prüfung. Ich war gut in Form. Das morgendliche Fitnesstraining auf dem Laufband und das anschließende Yoga im Dachgarten taten ihre Wirkung, wie ich zufrieden feststellen konnte. Das nasse hellbraune Haar fiel mir glatt über die Schultern, und die braunen Augen, die mich aus dem vom warmen Wasserdampf beschlagenen Spiegel anblickten, verliehen meinem Gesicht einen leicht melancholischen Ausdruck. Mit den richtigen Klamotten und ein bisschen Schminke konnte ich beim anderen Geschlecht durchaus für Aufmerksamkeit sorgen. Meist fand ich es jedoch viel angenehmer, den Abend in einem alten T-Shirt und ausgebeulten Jeans auf der Dachterrasse zu verbringen. Daraus würde heute Abend allerdings nichts werden.

Ich blickte hinaus auf die Dächer der umliegenden Häuser. Es war immer noch heiß. In dieser Sommerhitze flirrte die Luft über den Dachpfannen, und vermutlich würde es in dem alten Palais Unter den Linden, wo das Galadinner stattfand, die Nacht über angenehm warm bleiben. Ich entschied mich für ein klassisches ärmelloses Etuikleid aus nachtblauer Seide, das kurz genug war, um sexy zu sein, und dazu passende Jimmy Choos, die Leo mir vor einiger Zeit aufgeschwatzt hatte. Ein schlichtes Platincollier und der dazu passende Diamantring von Tiffany mit eineinhalb Karat unterstrichen das lässige Understatement meiner Erscheinung. Das Haar steckte ich mir hoch und auf meine Brille verzichtete ich und setzte stattdessen die Kontaktlinsen ein.

Als ich eine halbe Stunde später erneut in den großen bodentiefen Spiegel mit dem verzierten Goldrahmen blickte, der gegenüber der Fahrstuhltür fast die Hälfte der Backsteinwand einnahm, war ich zufrieden. Sexy und mit einem Hauch unterkühltem Intellekt würde ich auch an diesem Abend meinem Ruf als attraktive und erfolgreiche Bestsellerautorin gerecht werden. Leo konnte stolz auf mich sein.

Wie üblich ließ sie mich mehr als eine halbe Stunde warten, in der ich genügend Zeit hatte, meinen Entschluss zu bereuen.

KAPITEL 3

Meiner Ansicht nach ist das Geheimnis des Lebens, die Dinge sehr, sehr leicht zu nehmen.

Oscar Wilde

Das unangenehme Gefühl, am völlig falschen Platz zur völlig falschen Zeit zu sein, traf mich erneut mit voller Wucht. Wir standen mit unserem Wagen, der uns vom Veranstalter dieses Promiauflaufs zur Verfügung gestellt worden war, in einer Reihe mit den anderen Limousinen der gehobenen Preisklasse und warteten darauf, auf den roten Teppich und vor die Linsen der unzähligen Kamerafrauen und -männer gelassen zu werden. Durch die diskret verdunkelte Seitenscheibe sah ich mich zwischen all den Autogrammjägern und Schaulustigen nach dem Hintereingang der Location um. Leo musste meine Gedanken erraten haben und hielt mich entschlossen am Handgelenk fest.

»Wag es jetzt bloß nicht!«

»Ich muss dringend zum Klo!«

»Schwache Ausrede!« Leo sah mich unbeeindruckt an.

Ich atmete einmal tief durch. »Reicht es nicht, wenn ich mich die nächsten drei Stunden an einem Tisch mit langweiligen Menschen über langweilige Dinge unterhalte?«

»Frag das meinen Vater. Der wartet auf uns im Foyer und besteht auf einem Foto mit seiner erfolgreichen Verlegertochter.« Leo verdrehte die Augen. »Und das, wiederum, ertrage ich nur mit meiner erfolgreichsten Autorin an meiner Seite.«

Leonhard von Hardenstein (er war ein sehr traditionsbewusster Mensch, wie man unschwer am Namen seiner einzigen Tochter erkennen konnte) war einer der Hauptsponsoren dieser Veranstaltung und das, was man einen begnadeten PR-Menschen nennen konnte. Natürlich wusste er, dass er mit seiner jungen, attraktiven Tochter an der Seite viel größere Chancen hatte, in der nächsten Ausgabe irgendeines Promimagazins halbseitig zu erscheinen. Neben vielen anderen Dingen war er auch ziemlich eitel. Davon abgesehen mochte ich ihn aber sehr.

Leo grinste mich von der Seite an. Nur noch ein Wagen, aus dem nun ein bekanntes Schauspielerpaar stieg, war vor uns.

»Paps vergöttert dich. Er hat gedroht, mich zu enterben, wenn ich es nicht schaffe, dich mitzubringen.«

»Er droht dir mindestens einmal die Woche damit, dich zu enterben. Aus den unterschiedlichsten Gründen.«

Ich funkelte sie sauer von der Seite an.

»Wirst du deshalb hetero? Nein! Nimmst du endlich mal deinen Job ernst? Nein! Warum darf ich dann nicht durch den Hintereingang rein?«

Statt einer Antwort öffnete sie einfach die Autotür. »Showtime, Anna! Versuch wenigstens zu lächeln.«

Zwanzig Minuten später hatte ich das Schlimmste überstanden; ich stand mit einem Glas teurem Champagner auf der Dachterrasse des Gründerzeitpalais der Hardenstein-Medien-Holding und blickte hinaus auf die Spree. Die Sonne stand tief am Himmel und tauchte die historischen Gebäude in goldfarbenes Licht. Direkt gegenüber wuchs das neue Stadtschloss in den Himmel. Es wurde nach historischem Vorbild wiederaufgebaut, so wie es dem Palais ergangen war, in dem wir uns befanden. Die neue alte Mitte Berlins sollte im Gründerzeitglanz erstrahlen. Auch wenn das Ganze eher an ein Disneyland erinnerte.

Die anderen Gäste drängten sich dicht in kleinen Gruppen auf der großen Freifläche, genossen ihre teuren Getränke und das erhabene Gefühl, irgendwie wichtig und besonders zu sein. Schließlich wären sie ja nicht hier, wenn sie nicht irgendwie wichtig und besonders wären.

Ich musste grinsen und nahm einen Schluck von meinem Champagner, um meine Verachtung nicht allzu offenkundig zur Schau zu stellen. Wie albern das alles doch war.

»Wenn ich gewusst hätte, dass du auch kommst, hätte ich mich schon vorher betrunken.«

Ich blickte mich um und sah in das spöttische Gesicht von Max Hagen.

»Oh … Max … nicht schön, dich zu sehen.«

»Geht mir genauso, meine Liebe.«

Er prostete mir zu und kippte in einem Zug den teuren Champagner hinunter.

Ich lächelte ihn zuckersüß an. »Gibt's was Besonderes oder willst du mir einfach nur so den Abend versauen?«

Im Vorübergehen schnappte sich Max ein weiteres Glas von dem Tablett der jungen Kellnerin, die an uns vorbeikam. Wobei er die Kellnerin, die sich sehr darum bemühte, alles richtig zu machen, und die ziemlich gestresst wirkte, keines Blickes würdigte. Von einem Dankeschön erst gar nicht zu sprechen. Sein arroganter Blick ruhte wieder auf mir.

»Och, dir den Abend zu versauen, würde mir eigentlich schon reichen.«

Eins musste man ihm lassen: Er redete nie um den heißen Brei herum. Was ihn in meinen Augen nicht wirklich sympathischer machte. Max Hagen war einer der Stars der Hardenstein-Media-Gruppe. Mit Ende dreißig hatte er es zur Popikone der

27

Literaturszene gebracht, moderierte seine eigene Radioshow bei einem großen Berliner Sender, um dort hauptsächlich die Werke anderer Kolleginnen und Kollegen, die ihm in die Quere kommen konnten, zu verreißen. Oder die nicht mit ihm ins Bett wollten (was hauptsächlich die Autorinnen betraf, aber hundertprozentig sicher war ich mir da nicht).

Wir hatten vor Jahren eine Affäre gehabt. Genau genommen hatten wir zweimal miteinander geschlafen. Das eine Mal hatte ich eindeutig zu viel Gin Tonic intus gehabt, als dass ich mich genau daran erinnern konnte, wie es wohl gewesen war. Was wiederum zum zweiten Mal geführt hatte, das ich erheblich nüchterner in Erinnerung behielt. Danach war mir klar gewesen, dass dieser selbstverliebte Slampoet, der in muffigen Hinterzimmern der Berliner Klubszene seine pseudointellektuellen Ergüsse einem mächtig alkoholisierten Publikum darbot, alles andere als ein Hauptgewinn der männlichen Spezies war. Mal ganz davon abgesehen, dass der Sex mit ihm sich als unterirdisch mies herausgestellt hatte. Was ich ihm auch mitteilte.

Das hatte Max nicht davon abgehalten, sich auch weiterhin einmal quer durch den Berliner Literaturbetrieb zu vögeln, um seine Erlebnisse anschließend in selbstverliebte und hippe Texte zu pressen. Das wiederum ließ ihn wie eine Leuchtrakete am Feuilletonhimmel emporschießen. Die angegrauten Herren in ihren Redaktionen verfügten anscheinend über ein nicht besonders aufregendes Sexualleben.

Seine attraktive hochgewachsene Erscheinung (er hatte sich doch tatsächlich eine Zeit lang ein affektiertes Ziegenbärtchen stehen lassen) mochte ebenfalls seinen Teil dazu beigetragen haben.

»Du kannst mir nicht den Abend versauen, Max.«

Ich nippte gelangweilt an meinem Champagner und erhob etwas meine Stimme, damit die Nebenstehenden meine Worte bei all dem Stimmengewirr auch wirklich mithören konnten.

»Ich weiß, wie klein dein Schwanz ist und dass du Pickel am Hintern hast. Wer das gesehen hat, den kann nichts mehr erschüttern.«

Ich lächelte süffisant und versicherte mich mit einem Seitenblick, dass das Unternehmerehepaar mittleren Alters neben uns (soweit ich mich erinnern konnte, gehörte ihnen eine exklusive Parfümeriekette) mich auch gehört hatte. Zufrieden sah ich den leicht entsetzten Ausdruck auf dem Gesicht des Mannes und den Blick der Frau, der ganz automatisch in Richtung von Max' Schritt ging.

»Deine Gehässigkeit wird dir noch eines Tages das Genick brechen, Anna.«

Max' Wangenmuskeln traten auf seiner glatt rasierten Haut hervor, als er die Zähne vor unterdrückter Wut zusammenbiss. Er rang sich ein gequältes Lächeln ab und wandte sich an das Ehepaar.

»Sollten Sie jemals Ihre Ex auf einer Party treffen, dann machen Sie einen großen Bogen um sie.«

Damit schlenderte Max weiter, ohne mich eines weiteren Blickes zu würdigen. Ich lächelte das Ehepaar noch immer charmant an und zuckte amüsiert mit den Schultern.

»Der ist wirklich so klein.« Ich machte eine entsprechende Geste mit Daumen und Zeigefingern. »So klein.«

Woraufhin der Herr seine Dame am Arm wegführte. Ich war mir ziemlich sicher, dass Max Hagen das Gesprächsthema bei ihrem nächsten Cocktailempfang sein würde.

»Du siehst aus, als würdest du dich amüsieren.« Leo tauchte grinsend neben mir auf.

»Ich tue, was ich kann.« Ich hob das leere Champagnerglas. »Alkohol hilft.«

»Halt dich ein bisschen zurück. Das Essen fängt gleich an.«

»Solange ich nicht neben einem weiteren männlichen Idioten wie Max Hagen sitzen muss, ist mir alles egal.«

»Verraten Sie uns, Anna, was ist das Geheimnis einer glück-lichen Ehe? Oder Beziehung? Ist ja heute sowieso alles das Gleiche.«

Bianca von Hardenstein, Leonhards aktuelle Frau (Nr. 5), lächelte in die Runde und erhoffte sich wohl den entscheiden-den Tipp von mir, nicht schon bald von Ehefrau Nummer sechs an der Seite ihres Göttergatten ersetzt zu werden. Leo warf mir einen amüsierten Blick zu. Bei mittlerweile vier Stiefmüttern hatte sie sich einen souveränen Umgang mit den Herzdamen ihres Vaters zugelegt.

»Nun ...«

Ich nippte an dem erstaunlich kräftigen Chardonnay, der zum Hummer gereicht worden war, und machte es spannend. Sechs Augenpaare sahen mich gebannt an. Mein erster Bestseller war eine mehr oder minder zynische Abrechnung mit der Liebe gewesen. Nicht, dass ich besonders viel Erfahrung damit gehabt hätte. Aber ich wusste, was die meisten Menschen über die Liebe hören wollten, um sich ein klein wenig besser auf diesem verrückten Planeten zu fühlen.

»... das Geheimnis einer glücklichen Ehe ist, erst gar nicht zu heiraten.«

Amüsiertes bis empörtes Gelächter war zu hören.

»Dann ist die Ehe oder eine Beziehung also immer zum Scheitern verurteilt?«

Mein Tischnachbar sah mich grinsend an. Ein durchaus attraktiver Mittdreißiger, der ein erfolgreiches Start-up in der Finanztec-Branche aufgebaut hatte. Ich war mir ziemlich sicher, dass Leo uns verkuppeln wollte und mich mit voller Absicht neben ihm platziert hatte.

»Wenn man glücklich werden will, ja, dann ist die Ehe keine gute Idee.« Ich schickte ein Lächeln hinterher und flirtete ihn über den Rand meines Weinglases an.

»Und was ist mit Kindern? Sollte man die nicht gemeinsam großziehen?«

Eine etwas gestresst wirkende Blondine in meinem Alter, die vermutlich zwei nervige Kleinkinder bei sich zu Hause sitzen hatte, störte den intimen Moment. Ich blickte zu ihr hinüber. Sie warf gerade ihrem etwas gelangweilt neben ihr sitzenden Ehemann einen um Bestätigung bittenden Blick zu. Ich lächelte sie über das Blumenbouquet in der Mitte des Tisches an. Jetzt kam der interessante Teil der Diskussion.

»Da haben Sie durchaus recht. Was Kinder betrifft, ist geteiltes Leid halbes Leid.«

Aus den Augenwinkeln sah ich, wie Leo ihr breites Grinsen mühsam hinter der Serviette versteckte. Im liebenswürdigen Plauderton fuhr ich fort.

»Und wenn Ihre Kinder dann groß genug sind, um Ihnen den bescheidenen Rest Ihres Lebens auch noch zu versauen, können Sie sich gegenseitig die Schuld daran geben, warum das alles so schrecklich schiefgegangen ist. Das macht Sie zwar auch nicht glücklicher, aber immerhin geht Ihnen niemals der Gesprächsstoff aus.«

Die Blondine schwieg mit zusammengekniffenem Mund, was ihrem ohnehin schon angestrengten Gesichtsausdruck den letzten Rest Anmut raubte. Ich sah sie zusammen mit ihrem Ehemann fünfzehn Jahre in der Zukunft und blickte in einen Abgrund des Grauens.

»Alles schön und gut, Anna.« Der Start-up-Mann musterte mich nachdenklich. »Die Ehe ist blöd, Beziehungen auch und Kinder sind Ihrer Meinung nach eine Erfindung des Teufels. Verraten Sie uns dann, was glücklich macht, wenn es das alles nicht ist?«

In seinem Blick konnte ich ernsthaftes Interesse entdecken und das machte ihn mir noch eine Spur sympathischer. Leo kannte mein Beuteschema wirklich gut, das musste man ihr lassen.

»Statistisch gesehen sind die ungebundenen Singles mit gut funktionierendem Freundeskreis, der einem ein ähnlich stabiles Umfeld bietet wie die traditionelle Familie, und Erfolg in einem ihren Fähigkeiten entsprechenden Beruf am glücklichsten. Ein Nettojahreseinkommen nicht unter achtzigtausend Euro ist ebenfalls sehr hilfreich.«

Mein Tischnachbar hob ernüchtert die Augenbrauen. »Dann hoffe ich mal, dass der Großteil der Menschheit das dringende Bedürfnis hat, unglücklich zu werden. Ansonsten sind wir bald genauso Geschichte wie die Dinosaurier.«

»Es soll ja auch Ausnahmen geben, so wie uns, Schatz.« Die Blondine mischte sich wieder ein und griff nach der Hand ihres nicht besonders glücklich aussehenden Mannes. »Wir könnten uns ein Leben ohne unsere Kinder und einander auf jeden Fall nicht vorstellen.« Sie blickte um Zustimmung heischend in die Runde. »Genauso wenig wie ein Einkommen unter zweihunderttausend, nicht wahr, Schatz? Wenn ich da nur an die Gebühren für die Privatschule denke. Auf die öffentlichen Schulen kann man seine Kinder ja nicht mehr schicken. Zum Glück übernimmt Dennis hier schon im nächsten Jahr die Investmentabteilung seiner Bank in New York.«

Sie sah triumphierend in die Runde.

»Wall Street«, fügte sie vielsagend hinzu.

»Gratuliere.« Ich schenkte Dennis an ihrer Seite ein verständnisvolles Lächeln. »Wussten Sie eigentlich, Dennis, dass verheiratete Männer zwischen vierzig und fünfzig am stärksten selbstmordgefährdet sind? Statistisch gesehen.«

Ich hörte Leo hinter ihrer Serviette unterdrückt prusten, während ihr Vater die Notbremse zog, um das Tischgespräch nicht weiter eskalieren zu lassen.

»Meine liebe Anna, ich schätze dich wirklich sehr, aber von der Ehe hast du einfach keine Ahnung. Ich bin in meiner fünften, und ich kann dir versichern, jede einzelne von ihnen hat mächtig Spaß gemacht.«

Er lächelte mich mit der gleichen spitzbübischen Art an, die er seiner Tochter vererbt hatte und die jeden sich anbahnenden Konflikt im Keim erstickte.

»Das liegt vermutlich daran, Leonhard, dass du die richtige Einstellung zur Ehe hast.«

»Nichts ist für die Ewigkeit?« Er sah mich fragend an.

Ich hob mein Glas und prostete ihm zu. »Genau. Auf dich.«

Auch die anderen erhoben ihre Gläser, und die Kellner begannen, das Dessert zu reichen.

Leonhard lenkte geschickt das Gespräch auf unverfänglichere Themen wie das grandiose Scheitern des Berliner Flughafenneubaus, das Unvermögen der Senatsvertreter, eine funktionierende Stadtverwaltung aufzubauen, und die völlig unverdienten Bestsellerplatzierungen der Werke seiner Verlegerkonkurrenten auf der *Spiegel*-Liste.

Ich empfand ein gewisses Bedauern. Die Diskussion hatte gerade angefangen, mir Spaß zu machen.

»Ich nehme noch einen Champagner, bitte.«

Der junge Kellner an der Bar nickte mit professionellem Lächeln und begann, ein neues Glas zu füllen. Ich ließ meinen Blick gelangweilt durch den Raum wandern. Das Essen war vor knapp einer Stunde offiziell beendet worden und die Anwesenden ließen nun an der Bar und auf der Tanzfläche den lockeren Teil des Abends beginnen. Ich blickte auf die Uhr. Es war kurz nach elf, vielleicht wäre jetzt der richtige Zeitpunkt, sich zu verabschieden. Zu Hause hatte ich noch eine Flasche gut gekühlten italienischen Chardonnay im Kühlschrank, den ich ungestört und entspannt zwischen meinen Blumenrabatten auf der Dachterrasse genießen konnte. Ohne den störenden Technolärm und die noch störenderen Gestalten um mich herum.

»Wenn du jetzt gehst, dann war's das mit unserer Freundschaft.«

Leo kam etwas atemlos und verschwitzt von der Tanzfläche zu mir, wo sie mit einer bekannten Moderatorin (soweit ich mich erinnern konnte, hatten die beiden im letzten Sommer was miteinander gehabt) eine ziemlich heiße Nummer abgezogen hatte. Sie nahm das Champagnerglas, das der Kellner mir gerade reichte, und leerte es in einem Zug.

»Sie nimmt dann noch einen«, zwinkerte sie ihm zu, bevor ich noch etwas sagen konnte.

»Ernsthaft, Leo. Ich bin lang genug hiergeblieben, um unsere Freundschaft bis in alle Ewigkeiten zu festigen. Ich langweile mich.«

»Dann schnapp dir doch den süßen Typen, den ich dir besorgt hab.«

Ich hob vielsagend die Augenbrauen und deutete auf das andere Ende der Bar. Der Internettyp, von dem Leo gesprochen hatte, war in ein intensives Gespräch mit irgendeinem TV-Sternchen vertieft, das ihn mit blauen Kulleraugen anhimmelte.

»Der Typ ist nett, aber anderweitig beschäftigt.«

»Sonst nichts für dich dabei?« Leo ließ ihren Blick prüfend über die Menschenmenge auf der Tanzfläche gleiten.

»Ich bin heut einfach nicht in Stimmung.«

Leo nickte nachdenklich. »Okay.«

Sie nahm mich in den Arm und küsste mich auf die Wange.

»War trotzdem schön, dass du mitgekommen bist. Wie du die Blondine zerlegt hast, war legendär. Ich komm morgen aufn Kaffee vorbei. Falls ich nicht das ganze Wochenende durchfeiere.«

Ich sah ihr lächelnd dabei zu, wie sie wieder auf der Tanzfläche verschwand und sich in sexy Pose der Moderatorin näherte. So wie es aussah, würde Leo heute Nacht noch viel Spaß haben.

Der Chardonnay hatte genau die richtige Temperatur und schmeckte wunderbar nach Pfirsich und Zitronen mit einem leicht herben Beerenaroma. Über mir befand sich die strahlend helle Scheibe des Vollmonds, die meine Dachterrasse und die zahlreichen Pflanzen in magisches Licht tauchte. Gedämpft drangen die Geräusche der nächtlichen Großstadt an mein Ohr. Vereinzelt waren die Sirenen der Polizei- oder Rettungswagen zu hören oder das laute Lachen einiger Feierwütiger, die sich in die ruhigen Seitenstraßen meines Viertels verirrt hatten. Die Partymeilen der Stadt befanden sich etliche Häuserblocks weiter, hinter den hohen Stahlbögen der U-Bahn-Linie, die das Stadtviertel oberirdisch durchquerte. Vielleicht kamen die Stimmen aber auch aus dem Park, nicht weit von meiner Wohnung entfernt, in dem im Sommer einmal die Woche unter freiem Himmel ein Salsaabend stattfand. Ein echter Geheimtipp in der an Veranstaltungen nicht gerade armen Hauptstadt. Und mein heimliches Vergnügen. Sobald es wärmer wurde, bauten Enrique und Sonia ihre improvisierte Bar auf und luden zum Tanz. Ich hatte das irgendwann mal abends zufällig entdeckt, war stehen geblieben und hatte fasziniert die Paare beobachtet, die auf den fliesenartigen Bodenplatten, die tagsüber den Schachspielern dienten, ihrer Leidenschaft nachgingen. Das Zusehen war in der Tat ansteckend. Am nächsten Abend war ich wiedergekommen, und der Salsaabend war tatsächlich eine der wenigen Vergnügungen geworden, denen ich außerhalb meiner eigenen vier Wände nachging, zumindest im

Sommer. Ich hatte es vermieden, Leo oder sonst irgendwem davon zu erzählen. Jedes Frühjahr hatte ich mich bisher auf die Salsasaison gefreut und sehnsüchtig darauf gewartet, dass es endlich warm genug wurde, um sie zu eröffnen, doch in diesem Jahr hatte ich noch keine Lust auf das nächtliche Vergnügen verspürt. Vielleicht war es an der Zeit, auch diese Gewohnheit zu beenden.

Ich genoss den Wein, die sirrenden Geräusche der Großstadt und den Duft der Blumen, die ihr Aroma den Tag über verströmt hatten; er hing noch immer schwer in der warmen Luft der Sommernacht. In diesem Augenblick gab es keinen Ort, an dem ich lieber gewesen wäre, keine Gesellschaft, die mir mehr behagte als meine eigene. Allein der Gedanke, in einer ähnlich hoffnungslosen Ehe zu stecken wie die bedauerliche Blondine und ihr noch mehr zu bedauernder Mann, verursachte mir Magendrücken. Wie kam ein Großteil der Weltbevölkerung nur auf die Idee, dies sei die Erfüllung allen Glücks? In einer lieblosen Ehe festzustecken; sich erst um nervige Kleinkinder kümmern zu müssen, die zu anstrengenden Teenagern mutierten und die einem schließlich als junge Erwachsene vor Augen führten, wie großartig einem das Scheitern des eigenen Lebens gelungen war?

Zum Glück hatte ich all das schon früh genug in meinem Leben erkannt. Meine Eltern waren nur zwei unbedeutende Namen auf den Papieren der Familienfürsorge gewesen, die mich von einer Pflegeeinrichtung zu einer anderen reichte, in der ich nur ein weiterer Problemfall war, der versorgt werden musste. Ich hatte es trotz eines miserablen Starts zu Erfolg, einem gut gefüllten Bankkonto und diesem Penthouse hier gebracht, was in mir die Erkenntnis reifen ließ, dass die Lebensplanung eines Durchschnittsbürgers dieser Erde doch nichts weiter als eine große Illusion war.

Einen Augenblick dachte ich an den attraktiven Start-up-Gründer, den Leo für mich ausgesucht hatte. Während des Essens hatte er tatsächlich mein Interesse geweckt. Warum er sich nach dem Essen so schnell von mir verabschiedete, hatte mich überrascht. Nachdenklich nippte ich an dem Wein, als mir die Erklärung dafür unvermittelt in den Sinn kam. So abgeklärt der Typ auch getan hatte, so unbekümmert er mit dem TV-Sternchen geflirtet hatte, tief in seinem Innern hatte auch er die Hoffnung, eines Tages die *eine* zu finden. *Die*, für die es sich lohnen würde, alle anderen zu vergessen. Unter der abgeklärten Fassade verbarg sich tatsächlich ein hoffnungsloser Romantiker. Wie bedauerlich.

KAPITEL 4

Wer auch immer gesagt hat, Glück könne man nicht kaufen, hat die kleinen Welpen vergessen.

Gene Hill

Der angenehme Duft frisch aufgebrühten Espressos stieg mir in die Nase und ließ mich wohlig aufstöhnen. Was ziemlich merkwürdig war. Ich wurde niemals von solch einem verlockenden Duft geweckt. Einer der wenigen Nachteile, wenn man Single war.

Ich öffnete die Augen und fuhr erschrocken hoch. Neben dem ungewöhnlichen Kaffeeduft befand ich mich auch in ungewöhnlicher Umgebung, nämlich auf meiner Dachterrasse. Und so wie es aussah, war es bereits früh am Morgen und die warme Sommersonne ergoss ihre bernsteinfarbenen Strahlen über meine Blumenrabatten.

Ich musste in der Nacht auf der Terrasse eingeschlafen sein. Die leere Flasche Chardonnay stand neben meiner Teakliege auf dem Holzboden. Nun, das letzte Glas war dann wohl doch zu viel gewesen, kam es mir in den Sinn. Der pelzige Geschmack auf meiner Zunge und die leicht bohrenden Kopfschmerzen hinter den Schläfen erinnerten mich daran, warum ich überhaupt aufgewacht war. Ich brauchte dringend einen Kaffee.

Einen Moment lang überlegte ich fieberhaft, wer da in meiner schicken Designerküche an der noch schickeren Espressomaschine hantierte. Louisa konnte es nicht sein. Meine portugiesische Haushaltshilfe, die mir zweimal die Woche dabei half, Loft und Blumen in Schuss zu halten (wobei sie einem auch das etwas nervige Gefühl vermittelte, mütterlich umsorgt zu werden), kam gewöhnlich nicht vor acht Uhr morgens. Einen Einbrecher schloss ich ebenfalls aus. Der hätte sich vermutlich schon mit meinem MacBook, den zwei iPads und dem Eineinhalbkaräter, den ich achtlos auf dem Sideboard abgelegt hatte, aus dem Staub gemacht. Andererseits konnte auch er eine lange Nacht hinter sich haben und wollte bei einem schnellen Espresso seinen erfolgreichen Raubzug feiern.

Ich griff zur leeren Weinflasche, bereit, sie wem auch immer über den Kopf zu ziehen. Die federleichten Seidenvorhänge, die die Terrassentür umrahmten, wehten leicht in der sanften Morgenbrise und ich spähte vorsichtig hindurch. Erleichtert ließ ich die Weinflasche sinken.

»Leo!«

Meine beste Freundin drehte sich leicht schwankend und mit einem breiten Grinsen zu mir um. Sie hatte ordentlich was intus.

»Morgen, Süße«, kam leicht schleppend aus ihrem Mund. »Sorry, ich wollte dich nicht wecken.«

Leo war neben Louisa der einzige Mensch, der einen Schlüssel zu meiner Wohnung besaß. Doch beide gehörten nicht zu der Sorte, die unangekündigt bei mir einfielen. Sie wussten, wie sehr ich das hasste. Angesichts des Promillepegels, den Leo intus hatte, musste sie meine Abneigung allerdings vollkommen vergessen haben.

»Ich bin hier«, begann sie feierlich, »um dir zum Geburtstag zu gratulieren!«

Sie kam leicht schwankend auf mich zu und nahm mich in den Arm.

»Alles, alles, alles Liebe, Anna. Du bist der tollste Mensch, den ich kenne. Und du bist echt lustig.«

Ich hielt ihre Umarmung stoisch aus. »Danke, Leo. Ich hab dich auch lieb.«

Sie seufzte hörbar und ließ mich wieder los. Dabei sah sie mich zufrieden und sehr, sehr breit grinsend an.

»Leo, wie oft hab ich dir schon gesagt, dass Alkohol und Kiffen keine gute Kombination für dich ist?«

Sie winkte ab und widmete sich wieder der Espressomaschine.

»Dein Geburtstagsespresso kommt gleich. Und dein Geschenk auch. Ich hab 'ne tolle Überraschung für dich.«

Ich atmete tief durch, stellte die Flasche ab und kam zu Leo in die Küche, um zu verhindern, dass sie das teure Gerät in ihrer drogenbedingten Unbeholfenheit schrottete.

Während ich ihr die Tasse aus der Hand nahm und sie unter die Maschine stellte, sah ich sie skeptisch an. »Leo?«

»Yep!«

»Das mag dich jetzt etwas überraschen, und vermutlich liegt es an deinem momentanen Zustand, aber – ich habe erst nächsten Monat Geburtstag.«

Sie sah mich mit großen, runden Augen an. »Oh …«

Einen Moment lang überlegte sie angestrengt, öffnete ein paarmal den Mund, um etwas zu sagen, tat es dann doch nicht und winkte schließlich lässig ab. »Is egal.«

Sie stützte sich mit den Händen auf der polierten Eichenplatte des Küchenblocks ab, hauptsächlich wohl, um dem leichten Schwanken ihres Oberkörpers Einhalt zu gebieten. In ihrem Blick lag eine so große Begeisterung und Vorfreude, dass ich ihr einfach nicht böse sein konnte.

»Ich hab das aller-aller-allerbeste Geschenk für dich. Is mir vor die Füße gefallen. Und ich wusste – der ist für dich. Ihr gehört zusammen.«

Mich überkam leichtes Unbehagen. Mit »der« meinte sie hoffentlich nicht irgendeinen Typen, den sie auf ihrer nächtlichen Klubtour kennengelernt hatte und den sie mir unbedingt vorstellen musste. Dafür war es definitiv zu früh am Morgen, und alkoholisierte Klubbekanntschaften waren nicht gerade das, was ich zum Frühstück am liebsten hatte.

Leo sah sich derweil suchend um.

»Wo ist er denn jetzt?«

»Wen genau suchst du?«

Sie ging in Richtung meines Schlafzimmers. So langsam wurde ich sauer.

»Mensch, Leo, du hast den hoffentlich nicht in meinem Bett abgelegt! Geht's eigentlich noch?«

»Bellini? Komm schon raus. Hey, Bellini?«

»Bellini?! Was ist das denn für ein beknackter Name?« Ich schüttelte den Kopf und stellte zu meiner Erleichterung fest, dass mein Schlafzimmer leer und mein Bett unangetastet war. Wo auch immer Bellini sich versteckte, hier zum Glück nicht.

»Aaahhh …«, hörte ich nun Leo begeistert aus der Richtung meines Badezimmers rufen. »Hier steckst du, mein Süßer.«

Noch immer kopfschüttelnd folgte ich Leo, die weiterhin euphorisch auf Bellini (wer immer das auch war) einredete, ins Bad.

»Na, was hast du denn hier gemacht? Komm, ich stell dich deiner Mama vor …«

Mama?! Hatte Leo da ernsthaft *Mama* gesagt?!

Ich riskierte einen vorsichtigen Blick ins Bad. Es erweckte den beunruhigenden Eindruck, als wäre eine Naturgewalt hindurchgefahren. Die Klorollen waren zerfetzt und eine Tube meiner ultrateuren Hautlotion lag zerkaut auf den Sandsteinfliesen. Die schneeweißen Handtücher waren nun nicht mehr schneeweiß und mittendrin hockte ein Hund. Zwei große Augen, das eine hell, das andere dunkel, blickten uns treuherzig an.

An der hellen Marzipannase waren noch Spuren der Lotion zu erkennen und um das struppige Fell in der Farbe eines reifen Weizenfeldes hatten sich ein paar Lagen Klopapier gewickelt. So wie es aussah, handelte es sich um einen sehr jungen Hund, der seinen Spieltrieb noch nicht besonders gut im Griff zu haben schien. Was wohl mit dem Rest meiner Wohnung passieren würde, wenn man ihm genug Zeit und Raum lassen würde, mochte ich mir in diesem Moment nicht weiter vorstellen.

Eine Viertelstunde später saßen wir auf meiner Dachterrasse, und Leo hatte genug Koffein in ihrer Blutbahn, um mich auf den neusten Stand zu bringen.

Nach einer durchzechten Nacht in Friedrichshain war sie auf dem Heimweg über ein kleines, kläglich jaulendes Hundebündel gestolpert, das eine herzlose Seele einsam und allein mitten auf einer Verkehrsinsel an einem Stoppschild angebunden hatte. An seinem Halsband hing ein Schild *Zu verschenken*, so als wäre das kleine Wesen eine ausgediente alte Couchgarnitur von Oma Hilde, die man auf dem Bürgersteig seinem weiteren Schicksal oder der Müllabfuhr überlassen konnte.

»Och, Mann, Leo, warum hast du nicht die Polizei gerufen? Wer so was macht, ist ein ganz mieses Arschloch und gehört angezeigt!«

Leo sah mich mit ähnlich großen, unschuldigen Augen an wie der kleine Kerl zu unseren Füßen. »Und den armen Bellini hier in den Hundeknast schicken? Niemals!«

»Leo, das Berliner Tierheim ist ein sehr schöner und geeigneter Ort für Tiere, die man nicht mehr haben will. Auf jeden Fall ein besserer Ort als mein Badezimmer.«

»Das hat der doch nicht böse gemeint.« Leo sah liebevoll auf das strohfarbene Fellbündel hinab, das uns nun erstaunlich friedlich anhimmelte. »Der ist ganz lieb. Sieh nur, wie lieb der ist.«

Der kleine Hundemann machte tatsächlich einen sehr charmanten Eindruck, saß mucksmäuschenstill zu unseren Füßen und folgte aufmerksam unserer Unterhaltung.

»Und der heißt wirklich Bellini?« Ich sah Leo zweifelnd an.

»Den Namen hat er von mir.«

Leo war sehr zufrieden mit ihrer Namenswahl.

»Ich hab heut Nacht ein paar von denen getankt. Ich finde, der Name passt super.«

Ein Haustier nach dem Namen seines alkoholischen Lieblingsgetränks zu nennen, passte jedenfalls zu Leo. Was allerdings nichts an der Tatsache änderte, dass ein Hund so was von überhaupt nicht in *mein* Leben passte. Ich musste es Leo schonend beibringen, um sie nicht allzu sehr zu enttäuschen. Ihre Geburtstagsgeschenke für mich suchte sie gemeinhin mit großer Sorgfalt aus, und ich war jedes Mal gerührt, wie viel Mühe sie sich gab und wie gut sie mich doch kannte.

»Ich weiß das wirklich zu schätzen, Leo. Und Bellini tut mir auch echt leid. Aber ich glaube, ein Hund ist nicht das Richtige für mich.«

Leo sah mich so ungläubig an, als hätte ich soeben den Pulitzer-Preis abgelehnt. Es war die Art von Blick, die mich vor vielen Jahren dazu bewogen hatte, tatsächlich ein Buch zu schreiben, mir diese Wohnung zu kaufen und ihr als Trauzeugin nach Dänemark zu folgen, wo sie in einem Anfall geistiger Umnachtung eine Klubbekanntschaft heiratete, von der sie sich drei Wochen später wieder scheiden ließ. Meine Chancen, unversehrt aus dieser Nummer wieder herauszukommen, standen denkbar schlecht.

»Macht hundertdreiundneunzig Euro und achtundvierzig Cent. Haben Sie eine Payback-Karte?«

Ich schüttelte den Kopf und kramte stattdessen die EC-Karte hervor. Leo versuchte derweil Bellini davon abzuhalten, den

Fressnapf, der strategisch günstig gleich neben der Eingangstür positioniert war, komplett zu plündern.

»Da hat aber einer mächtig Hunger, was?!«

Die Verkäuferin des Heimtierbedarf-Shops beobachtete Bellinis Fressattacke amüsiert, während ich den PIN-Code in die Tastatur eingab.

»Allerdings, sonst hätte ich vermutlich gerade kein Vermögen für Hundefutter ausgegeben, oder was meinen Sie?«

Die junge Frau sah mich etwas pikiert an. Ich vermied es normalerweise, vor zehn Uhr morgens mit irgendjemandem zu sprechen. Vor allen Dingen vermied ich es, vor zehn Uhr morgens überhaupt meine Wohnung zu verlassen und mich in das hektische Großstadtgewühl zu stürzen. Ich brauchte meine wohldurchdachte Alltagsroutine, und in der waren gut gelaunte Verkäuferinnen in albernen Kitteln, auf denen einem putzige Vierbeiner entgegenstrahlten, nicht vorgesehen.

»Na, Sie haben ja eine Laune.«

Die Verkäuferin spielte mit ihrem Leben. Bevor ich etwas erwidern konnte, was ihr garantiert den Tag versaut hätte, sprang Leo dazwischen.

»Meine Freundin hier ist etwas nervös. Ist ihr erstes Mal. Also, ihr erstes eigenes Haustier.«

»Soll ich schon mal den Tierschutz informieren?«

Ich blitzte sie sauer an.

»Haha. Sie sind …« Bedauerlicherweise unterbrach mich Leo, bevor ich der Dame klarmachen konnte, was genau ich von ihr hielt.

»Sie sind uns eine große Hilfe gewesen. Ehrlich. Vielen Dank für die tolle Beratung. Und das Geschirr und die Leine sind der Hammer. Echt klasse.«

Leo zog mich rüde von der Theke weg und drückte mir die Leine in die Hand, an deren anderem Ende der Hund hing, der ja nun meiner war. Mit kugelrundem Welpenbauch und sichtlich zufrieden über die unverhoffte Mahlzeit, die ihm gerade dargeboten worden war.

Sie winkte der schnippischen Verkäuferin freundlich zum Abschied zu, während sie uns hinausschubste.

»Wir kommen bestimmt bald wieder. Tschü-hüüß.«

Auf dem Bürgersteig blieb ich fassungslos stehen. »Wie kannst du bei so was nur ruhig bleiben, Leo, echt?«

»Das war eine ganz durchschnittliche, kundenorientierte Verkäuferin, die einfach nur höflich sein wollte.« Leo sah mich tadelnd an. »Wie ich bereits gesagt habe, Anna, und was du gerade bemerkenswert klar demonstriert hast: Du musst unter Leute. Ansonsten wirst du zu einer miesepetrigen Einsiedlerin, um die alle einen großen Bogen machen, weil sie nicht so auf Gehässigkeiten stehen.«

Ich öffnete empört den Mund, um Einspruch einzulegen. Leo kam mir wieder zuvor.

»Ich hab nicht gesagt, dass du das schon bist. Aber die Gefahr besteht. Und aus diesem Grunde ist Bellini hier von nun an dein treuer Begleiter hin zu mehr Freundlichkeit, Hilfsbereitschaft und was sonst noch zum Umgang unter normalen Menschen dazugehört.«

»Ich bin normal!«

»Ja. Ich weiß das. Aber es wäre doch toll, wenn du das auch ein paar anderen Menschen demonstrieren würdest, oder?«

Ich fand meine Bereitschaft, ihr überraschendes Geburtstagsgeschenk anzunehmen und von nun an als Hundebesitzerin durchs Leben zu gehen, schon entgegenkommend genug.

»Das machen Sie aber weg, ne?«

Die Stimme war aufgebracht und hatte einen aggressiven Unterton.

»Hier rumstehen und quatschen, während die Töle alles vollscheißt, das haben wir gern.«

Ein älterer Herr mit Jutetasche und albernem Basecap auf dem schütteren Haar fuchtelte aufgebracht vor meiner Nase herum und redete sich in Rage.

Der hatte mir gerade noch gefehlt.

»Keine Ahnung, ob Sie das gern haben, alter Mann! Aber falls ja, schicke ich die Töle gern bei Ihnen vorbei. Da kann sie dann auf Ihren Teppich scheißen. Was meinen Sie, wär doch eine schöne Idee, wenn Sie das so gern haben?«

Ich schickte ein freundliches Lächeln hinterher. Der Mann atmete ein paarmal heftig durch und im Gegensatz zu mir fiel ihm keine passende Erwiderung mehr ein. Kopfschüttelnd und vor sich hin murmelnd ging er weiter.

Ich blickte hinunter zu Bellini, der tatsächlich einen riesigen Haufen direkt vor unseren Füßen hinterlassen hatte.

»Muss ich das jetzt wirklich wegmachen?«

Leo hatte bereits in dem gigantischen Einkaufsbeutel unter all dem Hundefutter, Hundespielzeug, Hundenäpfen, Hundedecken, und was man sonst so alles für die Erstausstattung brauchte, die Tüte mit den Kackbeuteln gefunden.

»Da gewöhnt man sich ganz schnell dran.«

Sie reichte mir die Tüten und bemerkte meinen skeptischen Blick.

»Ganz bestimmt, Anna.«

Im Gegensatz zu mir fühlte sich Bellini in meiner Gesellschaft augenblicklich pudelwohl. (Ich hatte Leo davor gewarnt, mich jemals wieder in nüchternem oder betrunkenem Zustand Hunde*mama* zu nennen. Sie würde es nicht überleben.)

Was mich zugegebenermaßen etwas überraschte. Die Aussicht auf drei welpengerechte Mahlzeiten am Tag, eine riesige Dachterrasse als Spielwiese und einen gigantischen, flauschigen Hundekorb, der ein Vermögen gekostet hatte, überzeugte ihn umgehend davon, mit mir das große Los gezogen zu haben. Das alles war immerhin eine deutliche Verbesserung zu der kleinen Verkehrsinsel in Friedrichshain. Da nahm er gern auch einen Besuch beim Tierarzt in Kauf, zu dem Leo mich unter Androhung körperlicher Gewalt zwingen musste und bei dem sie mir dankenswerterweise zur Seite stand.

Danach waren ein paar Dinge klarer: Bellini war ein etwa vier Monate alter Weiß-der-Henker-was-Mischling, der sich bester Gesundheit erfreute, recht groß werden würde, ein sonniges Gemüt besaß und zum Glück keine Flöhe. Die nächsten zehn, fünfzehn Jahre würde er mir sicherlich große Freude bereiten. Zumindest aus Sicht des Tierarztes und seiner Helferin, die ganz verknallt in den Kleinen waren. Als ich freundlich anbieten wollte, ihn dann doch zu adoptieren, spürte ich schmerzhaft Leos Ellbogen in meinen Rippen, sodass ich meinen Vorschlag nicht weiter ausführen konnte.

Am späten Nachmittag, als ich wieder zurück in mein Loft kam, nachdem ich Leo völlig übermüdet in ihrer Schöneberger Altbauwohnung abgesetzt hatte, ließ Bellini sich augenblicklich in das neue Hundebett sinken und schlief sofort ein. Ich wärmte die Reste des Thai-Imbisses auf, die ich noch vom Tag zuvor im Kühlschrank stehen hatte, schenkte mir ein Glas Mineralwasser ein und setzte mich raus auf meine Dachterrasse. Während ich es mir auf der Teakholzliege gemütlich machte, blätterte ich lustlos in dem Welpenhandbuch, das wir ebenfalls am Morgen erstanden hatten. Nach wenigen Seiten dämmerte mir, dass die Aufzucht eines kleinen Hundes mittlerweile ähnlich anspruchsvoll geworden war wie die Betreuung eines durchschnittlichen Kleinkindes.

Seitenweise wurden die Vor- und Nachteile diverser Erziehungsmethoden, die natürlich nur mit positiver

Verstärkung durchgeführt werden durften (alles andere würde irreparablen Schaden an der sensiblen Hundeseele hervorrufen), erläutert.

Vermutlich hatten die Autoren dieses Werkes niemals Buffy kennengelernt, den Terrier-Dackel-Dobermann-Mix meiner Pflegefamilie Nr. 3, der sowohl menschlichen als auch jeden anderen Nachwuchs gerne mal mit einem robusten Zwicken in die Weichteile darauf aufmerksam machte, wer hier das Sagen hatte. Die positive Verstärkung war ihm wohl nicht bekannt gewesen.

Ich blätterte weiter und mein innerer Widerstand, jemals eine Welpenschule, Welpenspielstunde oder sonstige Hundeerziehungsanstalt persönlich kennenzulernen, nahm gigantische Ausmaße an. Ich blickte auf Bellini, der friedlich in seinem Körbchen schnarchte und nun kurz blinzelte, als ich das Buch genervt auf den Tisch warf.

»Nur damit wir uns richtig verstehen, mein Lieber. Für dich gibt's genau zwei Optionen: Du benimmst dich. Oder du wanderst in den Hundeknast. Alles klar?«

Bellini schloss wieder die Augen und schnarchte weiter. Ich interpretierte das als Zustimmung. Eine Stunde später war auch ich auf meiner Liege eingeschlafen.

Ich wachte auf, weil ich so schlecht Luft bekam. Etwas lag schwer auf meiner Brust und nahm mir den Raum zum Atmen. Blinzelnd realisierte ich, dass Bellini aus seinem Körbchen gekrochen war und es sich in meinem Arm bequem gemacht hatte. Seine feuchte Marzipannase klemmte zwischen meinem Hals und der Schulter und ich hörte das zufriedene Schnaufen und Grummeln ganz nah an meinem Ohr. Ich berührte vorsichtig seinen Rücken und wollte ihn von meiner Brust schieben, doch er drängte sich noch näher an mich heran und seufzte tief.

In diesem Augenblick wusste ich es zwar noch nicht, aber ich war verloren.

Mein Herz wurde anvisiert, kassierte einen Volltreffer und versank rettungslos in der unschuldigen Liebe eines Hundebabys. Ich dachte nicht mehr im Traum daran, dieses entzückende Wesen auch nur einen Zentimeter von mir wegzuschieben und seinen unschuldigen Schlaf zu stören.

An jenem Nachmittag, als Bellini in mein Leben trat, gab ich mich Hals über Kopf diesem wunderbaren Gefühl hin, von jemandem bedingungslos geliebt zu werden. Ich bekam eine Ahnung davon, warum sich die Menschen ein Haustier anschaffen, denn dieses Gefühl wollen wir doch alle irgendwann in unserem Leben erfahren. Während ich langsam auf meiner Liege wieder wegdämmerte, Bellinis leises Schnarchen an meinem Ohr, schoss mir als letzter Gedanke die Frage durch den Kopf, wie herzlos man wohl sein muss, um so ein liebenswertes Geschöpf an einen Laternenpfahl zu binden und es einfach seinem Schicksal zu überlassen.

Es sollte nicht lange dauern und mir war vollkommen klar, warum dies geschehen war. Hinterher ist man halt immer schlauer.

KAPITEL 5

Wenn der Hund dabei ist, werden die Menschen gleich menschlicher.

Hubert Ries

Zwei Wochen lang war Bellini das entzückendste Geschöpf, das man sich vorstellen konnte. Wenn man mal von seinem nicht gerade grandiosen Einstieg und der Verwüstung meines Badezimmers absah. Das hätte mir eigentlich schon zu denken geben müssen.

Aber der kleine Hund war clever genug, sich erst mal nur von seiner besten Seite zu zeigen. Auf den Hunderunden, die ich fortan dreimal am Tag absolvierte und die uns durch mein Viertel hin zum großen Park führten, zog er die begeisterten Blicke meiner Mitmenschen auf sich. Alle wollten ihn knuddeln, über sein (zugegebenermaßen samtweiches) blondes Strubbelfell streichen und alle ließen sich lachend von seiner rosafarbenen Zunge die Hände lecken.

Überraschenderweise färbte Bellinis ungetrübte Welpenlaune auch auf mich ab. Beim Coffeeshop um die Ecke, in dem ich mir in aller Herrgottsfrühe einen Espresso Macchiato holte, weil ich einfach keine Zeit mehr fand, meinen komplizierten Kaffeeautomaten auf Betriebstemperatur zu bringen, begrüßte man mich bereits am zweiten Tag erfreut lächelnd wie eine alte Stammkundin. Das war mir sehr lange nicht mehr passiert.

Nach diesen zwei Wochen hätte mich nichts auf der Welt mehr dazu gebracht, diesen kleinen Kerl wieder abzugeben. Ich hatte ihm sogar gestattet, nachts zu mir ins Bett zu kommen, weil ich in dem Welpenhandbuch doch noch gelesen hatte, wie wichtig »Rudelliegen« für die normale Entwicklung eines ausgeglichenen Hundecharakters war.

Als hätte der kleine Teufel das gewusst, ließ er schließlich den Rüpel raushängen und begann, wie eine Naturgewalt durch mein Leben zu fegen.

Wobei er sich in der hohen Kunst der Zerstörung übte. Wenn es nur die üblichen zerkauten Schuhe, geklauten Designer-T-Shirts oder das halbe Pfund Butter auf der Küchenablage gewesen wären – ich hätte lächelnd darüber hinweggesehen und eine unterhaltsame Anekdote daraus gemacht.

Bellini aber zog es vor, die ganz große Nummer abzuziehen.

Er pinkelte unbemerkt auf die Verteilersteckdose unter dem Küchenblock, und als ich meine italienische Wundermaschine anschaltete, hatte ich zwei Stunden später statt des Espressos einen Schwelbrand in der Küche, der uns fast das Leben gekostet hätte.

Auf der Jagd nach Schmetterlingen, die sich in meinem Dachgarten unschuldig an den üppigen Blüten erfreuten, räumte Bellini die Tontöpfe mit den Geranien ab, die wiederum fünf Stockwerke tiefer das Dach des BMW-Cabrios meines Nachbarn durchschlugen und die Ledersitze und die komplizierte Elektronik versauten. Ich bekam eine Anzeige wegen schwerer Sachbeschädigung, Gefährdung der Öffentlichkeit und Missachtung meiner Aufsichtspflicht.

Er zerpflügte meine englischen Rosen, die ich mit viel Überredungskunst und einer Menge Geld einem britischen Gartengott abgeschwatzt hatte.

Er schredderte das sorgsam gepflegte Spalierobst, das an dem Gewächshaus friedlich vor sich hin rankte.

Er zerkaute das Büffelleder meiner Designercouch und knabberte die Verzierungen an meinen antiken Vitrinenschränken so gründlich ab, dass kein Restaurator der Welt sie mehr hinbekommen würde.

Er verschluckte meinen teuren Diamantring, den ich mir von meinem ersten Gehalt als Bestsellerautorin gegönnt hatte, und ich verbrachte zwei Tage damit, seine Hinterlassenschaften durchzukneten, um ihn wiederzubekommen.

Dabei legte Bellini einen Abenteuergeist an den Tag, der selbst den Blutdruck unerschrockener Superhelden in ungeahnte Höhen getrieben hätte.

»Oh, mio dio … oh, mio dio …«

Ich wässerte gerade die Überreste meines Dachgartens, als Louisa aufgeregt zu mir stürmte und sich über die Brüstung lehnte. Etwas irritiert nahm nun auch ich das Hupen, Bremsenquietschen und das unangenehme Geräusch wahr, das Stahl macht, wenn es gegen Laternenpfähle kracht. Ein neugieriger Blick über den Rand meiner Dachterrasse offenbarte, was das unter mir stattfindende Chaos verursachte. Ich blickte entsetzt zu Louisa, die den Tränen nahe war.

»Ich hab nur schnell den Müll runtergebracht … da war er auch schon draußen.«

Louisa misstraute meinem alten Lastenfahrstuhl so sehr, dass sie es vorzog, die fünf Stockwerke über die Feuertreppe in meine Wohnung zu kommen. Dabei hatte sie offensichtlich die Tür nicht geschlossen. So eine Gelegenheit ließ sich Bellini natürlich nicht entgehen.

Als ich in rekordverdächtiger Geschwindigkeit aus der Haustür auf die Straße stürmte, befand sich Bellini schon eine Querstraße weiter mitten auf den Gleisen der Straßenbahn, die rund zwanzig Meter weiter gerade um die Ecke kam. Irgendetwas musste seine Aufmerksamkeit so sehr in Anspruch genommen haben, dass er das Kreischen der Räder, die gebremst wurden, und das alarmierende Bimmeln der Bahn nicht wahrnahm. Vor meinem geistigen Auge sah ich Bellini zermalmt unter den Rädern der Straßenbahn liegen, und das war eine Vorstellung, die schwer zu ertragen war. Ich scherte mich nicht um das Hupen der Autos, stürzte auf die Fahrbahn und eilte ihm hinterher.

Ein beherzter Sprung ins Gleisbett, ein energischer Griff ins Nackenfell und eine schnelle Drehung zurück auf den Grünstreifen der Bahn retteten mich und Bellini vor dem sicheren Tod und die arme Straßenbahnfahrerin vor einem Trauma.

Erstaunlicherweise gab es niemanden, der mich für meine Heldentat lobte. Stattdessen erntete ich Kopfschütteln und wenig schmeichelhafte Worte. Auch diese kleine Episode kostete ein paar Hundert Euro Verwarnungsgeld und eine erneute Anzeige bei der Polizei. Falls es in Berlin irgendwann so etwas wie einen Hundeführerschein geben sollte, wäre ich den Lappen schneller wieder los, als man Hundesteuer sagen konnte. Bei all den Punkten, die ich kassierte.

Von diesem Moment an ließ ich Bellini nicht mehr aus den Augen, und falls ich es doch tun musste (weil ich beispielsweise unter der Dusche stand), legte ich ihm sein Geschirr an und sicherte es an einem Karabinerhaken auf der Terrasse. Dort konnte er entspannt in seinem Körbchen dösen, bis ich fertig war.

Zumindest war das der Plan gewesen, als ich an jenem denkwürdigen Morgen unter die Dusche stieg, nur um ein paar Minuten später Bellini auf dem Dach herumspazieren zu sehen. Ich hatte nicht geahnt, dass dies die letzte Dusche meines Lebens gewesen war.

KAPITEL 6

Keine Anstrengung und Arbeit kann aus einem Huhn einen Falken machen.

Alte Sufi-Weisheit

»Kommen Sie, es ist ganz einfach. Geben Sie mir einfach Ihre Hand ...«

Der nette Feuerwehrmann mit der sanften Stimme und den wissenden Augen hielt seinen Arm noch immer in meine Richtung ausgestreckt.

»Knnn.... nschschsch...«

Ich bekam meine Zähne vor Anspannung einfach nicht auseinander.

»Hm?!«

»Knnn mschsch nschhh ... bwegen ...«

Ich riskierte einen hilflosen Blick in seine blauen Augen, die mich hochkonzentriert musterten.

»Sie können sich nicht bewegen?«

Ich nickte heftig. Vielleicht dämmerte dem Mann allmählich, dass ich weder in selbstmörderischer Absicht noch aus purem Vergnügen hier oben dreißig Meter über dem Abgrund auf einer schmalen Dachbalustrade hockte und vor Höhenangst fast den Verstand verlor.

»Okay … das haben wir gleich. Bleiben Sie ganz ruhig.«

Er sprach etwas in ein Funkgerät, das an seiner Jacke festgesteckt war. Ich konnte es zwar nicht verstehen, kurz darauf fuhren aber die Leiter und der Korb, in dem er stand, mit einem summenden Geräusch ein paar Zentimeter näher an mich heran. Wenn ich jetzt die Nerven behalten würde, dann könnte ich tatsächlich die Hand ausstrecken und mich und Bellini in den sicheren Korb retten lassen. Ich schloss kurz die Augen und konzentrierte mich ganz auf meinen Retter.

»Der Hund … Sie müssen erst den Hund nehmen …« Die Aussicht auf Rettung lockerte tatsächlich meine Kiefermuskeln und ich brachte endlich einen halbwegs verständlichen Satz heraus.

Bellini hockte dicht an meinen Körper gepresst zwischen meinen Armen, mit denen ich mich an der Kante des Vorsprungs festklammerte.

»Um den kümmern wir uns später.« Der Mann klang ruhig, aber entschlossen. »Jetzt müssen Sie erst mal zu mir in den Korb steigen.«

Ich schüttelte den Kopf.

»Erst Bellini.«

»Bellini?« Das amüsierte Erstaunen in seiner Stimme war nicht zu überhören.

»Keine Witze über dumme Hundenamen, bitte.«

»Wäre mir niemals in den Sinn gekommen.«

Ich sah ein amüsiertes Aufblitzen in seinen Augen. Was mich wiederum dazu verleitete, zu einer völlig überflüssigen Erklärung anzusetzen, warum ich mich halbnackt auf dem Dach befand.

»Ich wollte ihn retten …«

»Okay …«

»Und dann bekam ich Höhenangst.«

»Verstehe. Das ist wirklich eine blöde Sache.«

Er sagte es ganz ernst und ruhig, doch die feine Ironie, die in seiner Stimme lag, konnte ich sehr wohl heraushören. Was mich wiederum so aufregte, dass ich ganz vergaß, in welcher Höhe ich mich befand. Was bildete sich dieser Mann eigentlich ein? Nur weil ich nicht so ein professioneller Lebensretter war wie er, musste das noch lange nicht heißen, dass er mir gegenüber einen so herablassenden Ton anschlagen musste.

»Sie nehmen jetzt den Hund, klar?!« Meine Stimme klang endlich wieder gewohnt souverän und ich fixierte ihn mit einem funkelnden Blick.

Im Gegensatz zu den meisten Menschen, denen ich sonst begegnete, schien sich mein Lebensretter nicht sonderlich von mir beeindrucken zu lassen. »Klar ist das nicht. Aber wenn Sie mich so nett bitten ...?!«

Ich packte Bellini kurzerhand am Nackenfell, was dieser mit einem verdutzten Jaulen kommentierte, und hob ihn mit der anderen Hand unter seinem Bauch hoch. Stocksteif ließ er es ohne Widerstand über sich ergehen. Ich richtete mich auf und mein Retter und ich standen uns Aug in Aug gegenüber.

»Hier.« Ich drückte dem verdutzten Feuerwehrmann das kleine Hundebündel in die Arme. »Und lassen Sie ihn bloß nicht fallen.«

Augenblicklich verschwand der amüsierte Ausdruck in seinen Augen. »Gut ... ich hab ihn.« Vorsichtig hob der Mann Bellini über den Rand des Korbes und stellte ihn zu seinen Füßen ab. Dann blickte er mich ruhig an und ich sah die Besorgnis in seinen Augen. »Und jetzt geben Sie mir bitte Ihre Hand ...«

Zwei Dinge fielen mir auf. Erstens waren diese Augen gar nicht blau, sondern eher grau und schimmerten wie flüssiges Quecksilber. Das Zweite, was mir auffiel, war der Abgrund, an dem ich stand. Die Menschen und Autos unter mir schienen klein wie Spielzeuge in einem Miniaturwunderland. Schlagartig begann sich alles um mich herum zu drehen. Ich versuchte mit wild rudernden Armen mein Gleichgewicht auf der schmalen Balustrade wiederzuerlangen, doch es machte alles nur noch schlimmer. Der Knoten, der das Handtuch über meinen nackten Brüsten zusammenhielt, löste sich und damit auch das Handtuch. Mechanisch griff ich danach, meine nackten Füße rutschten über die Dachkante, und ich fühlte, wie mein Oberkörper nach vorn in die Tiefe stürzte. In der nächsten Sekunde legte sich ein starker Arm um meine Taille und bewahrte mich so vor dem sicheren Tod. Vorerst jedenfalls.

Ich hing in dreißig Meter Höhe außerhalb des Korbs und klammerte meine Arme hilfesuchend um den Nacken meines Retters. Unter mir drang das angstvolle Aufschreien der Schaulustigen zu uns hoch, und das machte meine Angst noch schlimmer.

»Bitte … nicht loslassen …«

Meine Stimme war nicht mehr als ein Flüstern.

»Alles ist gut …« Seine Stimme war ebenfalls leise und gepresst von der Anstrengung, mich zu halten.

Ich spürte an meiner nackten Haut, wie seine Muskeln sich anspannten. Um mich herum drehte sich wieder alles, und ich schrie kurz auf – dann befand ich mich plötzlich auf der sicheren Seite des Korbes, in den mich mein Retter soeben gehoben hatte. Ich klammerte mich noch immer an seinen Nacken.

»Ich hab Sie … keine Angst … Sie sind in Sicherheit.«

Seine Stimme war ganz nah an meinem Ohr und strahlte wieder diese Ruhe und Entschlossenheit aus. Atemlos und mit zitternden Knien stand ich da und spürte die starken Arme, die um meine Schultern gelegt waren.

Ich schloss die Augen und machte ein paar zitternde Atemzüge. Er sprach wieder in sein Funkgerät und ich konnte die Erleichterung aus seiner Stimme heraushören.

»Alles klar, Jungs. Ich hab sie. Holt uns hier runter.«

Langsam hob ich den Kopf und blickte ihn an. Er war fast zwei Köpfe größer als ich, und mir wurde peinlich bewusst, wie meine nackte Haut am rauen Stoff seiner Jacke rieb.

»D-d-danke ...«, war alles, was ich hervorbringen konnte.

»Keine Ursache. Dafür bin ich schließlich da.« Er lächelte freundlich auf mich herab.

»Sie haben nicht zufällig was zum Anziehen dabei?«

Das Lächeln verstärkte sich, während sich der Korb mit uns langsam in Bewegung setzte und uns der sicheren Erde näher brachte. Leider auch den zahlreichen Schaulustigen, denen ich splitterfasernackt gegenübertreten musste.

»Das haben wir gleich. Aber Sie müssten mich mal kurz loslassen.«

Ich nahm meine zitternden Hände von seinem Nacken und versuchte meine Blöße notdürftig zu bedecken. Der Mann löste den Sicherungshaken von seinem Gurt und knöpfte seine Jacke auf, nur um sie mir Sekunden später behutsam um die Schultern zu legen. Sie reichte mir fast bis zu den Knien und ich versank förmlich darin. Mir stieg ein leichter Duft seines Aftershaves in die Nase, gepaart mit dem herben Geruch von männlichem Schweiß und kaltem Rauch.

»D-d-danke ...«

Er lächelte wieder dieses aufmunternde Lächeln. In seinem Blick glaubte ich für einen kurzen Moment so etwas wie Bewunderung zu erkennen.

»Sie sind wirklich aufs Dach gestiegen, um den Hund hier zu retten?«

Er deutete auf Bellini, der schwanzwedelnd zu unseren Füßen stand und seine Freude über das soeben überstandene Abenteuer kaum verbergen konnte.

»Ja. Er macht ständig so dumme Sachen.«

»Dann haben sich ja die Richtigen gefunden.«

»Was …?« Ich sah ihn leicht irritiert an.

»Besonders clever war Ihre Aktion nicht gerade, wenn Sie mich fragen.«

Womit er nicht ganz unrecht hatte. Daher verkniff ich mir eine weitere Bemerkung.

Ich sah ihn mir etwas genauer an. Er trug eines dieser dünnen schwarzen Funktionshirts, die eng am Körper anliegen und die Muskeln vorteilhaft betonen. Die breiten Hosenträger trübten das Gesamtbild etwas, aber egal. Wie es sich für einen Lebensretter gehörte, war er durchtrainiert und bestens in Form. Auf den kräftigen Unterarmen, die mich wenige Augenblicke zuvor gehalten hatten, wuchs blonder Flaum, der darauf schließen ließ, dass sich unter dem unförmigen Helm wohl ein blonder Haarschopf verbergen musste. Alles in allem machte mein Held einen durchaus stattlichen Eindruck.

Mir wurde meine eigene Nacktheit wieder bewusst und ich zog die viel zu große Jacke über meinem Körper fester an mich.

»Tut mir leid, dass ich so eine Aufregung verursacht habe«, gab ich etwas kleinlaut von mir. »Ich war gerade unter der Dusche, als ich Bellini auf dem Dach gesehen habe und …«

»Ich fürchte, das müssen Sie jetzt alles den Herren da erklären.«

Wir hatten den sicheren Boden erreicht und er öffnete den Ausstieg des Korbes. Zwei uniformierte Polizisten kamen auf uns zu. Im Gegensatz zu meinem Feuerwehrmann machten sie nicht gerade einen entspannten Eindruck.

Eine Stunde später saß ich noch immer in dem Polizeibulli und versuchte, die Beamten davon zu überzeugen, weder in selbstmörderischer noch in exhibitionistischer Absicht halbnackt auf dem Dach herumgeklettert zu sein. Langsam fing es an, mich zu nerven, und ich hatte mich so weit erholt, um den beiden Polizisten zu erklären, was genau ich von ihnen hielt.

»Ich weiß, Sie machen nur Ihren Job, und der scheint ja auch wahnsinnig anspruchsvoll zu sein. Aber warum genau müssen wir hier herumsitzen, uns von Schaulustigen anstarren lassen und längst geklärte Fragen diskutieren?«

Der Mann mittleren Alters vor mir, ein Schild an seiner Uniform wies ihn als Polizeiobermeister Müller aus, sah mich gelangweilt an.

»Ja, warum wohl?! Ich bin jedenfalls nicht auf die Idee gekommen, nackt aufm Dach rumzuklettern!«

Nun, da war was dran. Sein junger Kollege, der aussah, als wäre er gerade erst der Kindergartengruppe entwachsen, tauschte einen amüsierten Blick mit dem älteren Kollegen. Die beiden schienen einen gewissen Spaß an der ganzen Sache zu haben. Vor meinem geistigen Auge sah ich sie bereits in ihrer Polizeiwache feixend ihren Kollegen von ihrem ungewöhnlichen Einsatz berichten.

»Müssen Sie nicht irgendwelche Terroristen fangen? Dealer schnappen? Knöllchen schreiben? Da gibt's doch bestimmt eine Menge wichtigerer Dinge zu tun?«

Der Kindergartenpolizist sah mich breit grinsend an. »Wir hatten schon langweiligere Einsätze, was, Dieter?«

Ich schüttelte innerlich den Kopf, atmete tief durch und versuchte, mich zu entspannen. Genau genommen hatte ich noch Glück gehabt, nun mit den beiden in ihrem Einsatzwagen zu sitzen.

Als mich die Polizisten und der Rettungsarzt in Empfang nahmen, stand ich nämlich kurz davor, in einer geschlossenen Einrichtung der Berliner Psychiatrie zu landen. Akut selbstmordgefährdete Menschen ließ man ungern frei herumlaufen. Einmal mehr hatte mir der Feuerwehrmann den Hals gerettet und den anderen Herren sehr glaubwürdig versichert, dass ich nicht vom Dach hatte springen wollen, sondern nur versucht hatte, meinen Hund zu retten. Was zugegebenermaßen auch nicht besonders clever war. Ich konnte ein kurzes Telefonat mit Leo führen, die den Polizisten ebenfalls versicherte, dass ich alles andere als selbstmordgefährdet war und sie, so schnell es ginge, zu uns kommen würde, um mich und Bellini wieder in unsere Wohnung zu lassen.

Bellini war erschöpft zu meinen Füßen eingeschlafen. Ich zog erneut die Feuerwehrmannjacke enger um meinen Körper, als ich den Blick des jungen Polizisten auf meine Brüste sah.

»Wenn Sie weiter so auf meine Brüste starren, wird's bald eng in Ihrer Diensthose.«

Der junge Kerl wurde tatsächlich rot bis über beide Ohren und widmete sich wieder eifrig seinem Protokoll.

»Ja … ähm … wo waren wir stehen geblieben?«

»An dem Punkt, an dem ich bereits alle Ihre Fragen beantwortet hatte?« Ich starrte ihn an und verzog keine Miene.

»Auf jeden Fall wird das teuer für Sie«, kam ihm sein Kollege Müller zu Hilfe. »Den Feuerwehreinsatz müssen Sie bezahlen. Krankenwagen auch. Und dann gibt's noch eine Anzeige wegen Erregung öffentlichen Ärgernisses und Gefährdung der Öffentlichkeit. Da kommen ein paar Tausender zusammen.«

Ich sah ihn genervt an. »Tja, wer hätte das gedacht?«

In diesem Augenblick wurde heftig an die Seitenscheibe geklopft und Leos blonder Wuschelkopf tauchte in meinem Blickfeld auf. Der Beamte öffnete die Schiebetür und Leo stürmte herein.

»Mensch, Anna, was machst du denn für Sachen, also ehrlich!«

Ich schloss genervt die Augen. »Wenn mich das heute noch mal jemand fragt, dann springe ich tatsächlich vom Dach!«

Die beiden Beamten erhoben sich. »Na, dann lassen Sie uns mal hoch in Ihre Wohnung. Da können wir dann die Personalien überprüfen.«

Ich schnappte mir Bellini, der kurz verdutzt aufblickte und dann in meinen Armen weiterschlief. Ich hoffte inständig, dass ihn dieses kleine Abenteuer kuriert hatte und er von nun an davon absehen würde, mein Leben in ein totales Chaos zu verwandeln. Die Hoffnung stirbt bekanntlich zuletzt.

Es dauerte nicht lange und die beiden Beamten waren davon überzeugt, dass ich tatsächlich die war, die ich behauptete zu sein. Ich bemerkte ihren interessierten Blick auf meinen Hightech-Kaffeeautomaten und vermied es tunlichst, ihnen den Espresso anzubieten, auf den sie wohl scharf waren. Die beiden Komiker hatten mich schon lange genug aufgehalten.

Etwas beleidigt zogen sie schließlich ab. »Die Anzeige und die Rechnungen werden Ihnen dann mit der Post zugestellt. Nehmen Sie sich schon mal einen Anwalt. Nur so als Tipp.«

»Danke, sehr freundlich von Ihnen.« Ich meinte es ironisch.

Mittlerweile hatte ich mir eine Jeans und ein T-Shirt übergezogen und reichte den Beamten die schwere, viel zu große Jacke des Feuerwehrmanns.

»Wenn Sie das bitte dem Kollegen von der Feuerwehr …«

»Sehen wir aus wie Zalando?« Polizist Müller sah mich genervt an. »Das müssen Sie schon selbst erledigen.«

»Aber …«

Bevor ich meinen Einwand weiter vorbringen konnte, waren sie auch schon draußen. Etwas perplex stand ich mit der Jacke im Arm da.

»Die Polizei – dein Freund und Helfer. Irgendetwas müssen die Jungs gewaltig missverstanden haben.«

Ich sah Leo kopfschüttelnd an. Die stand ungewohnt still und mit sorgenvoller Miene an den Küchenblock gelehnt. Der düstere Ausdruck in ihrem Gesicht erinnerte mich entfernt an meine Pflegemutter Nr. 7, wenn ich mal wieder mitten in der Nacht heimgekommen war, nachdem ich mich unangekündigt mit ein paar zweifelhaften Freunden getroffen hatte. Was mich allerdings noch mehr überraschte, war, dass sie nichts sagte. Das kam höchst selten vor und war eindeutig ein Zeichen dafür, dass ihr etwas sehr Schwerwiegendes Kopfzerbrechen bereitete.

»Leo? Was ist los?«

Ich deutete auf die Tür, durch die die beiden Polizisten gerade verschwunden waren.

»Die beiden waren doch wohl alles andere als ein leuchtendes Beispiel unserer staatlichen Ordnungsmacht. Die Berliner müssen ja echt unter Personalmangel leiden, wenn sie so was in Uniformen stecken.«

Leo sah mich nur ernst an. »Was hast du auf diesem verdammten Dach gemacht, Anna?«

Ich war verwirrt. »Das hab ich doch schon erklärt.«

»Erklär es mir noch mal.«

Ich schlenderte um Leo herum zum Kaffeeautomaten, um ihn endlich anzuschmeißen.

»Dein verrücktes Geburtstagsgeschenk hat sein Geschirr durchgebissen und wollte zum größten Abenteuer seines Lebens aufbrechen. Wenn du mich fragst, der Hund ist irre. Und lebensmüde.«

Ich spürte ganz genau, wie Leo mich prüfend musterte, während ich erzählte, frische Kaffeebohnen nachfüllte und am Temperaturregler hantierte.

»Lebensmüde? Aha.«

Leos Stimme hatte einen Unterton, der darauf hindeutete, dass sie leichte Zweifel an meiner Version der Geschichte hatte. Im Augenblick schien sie entweder zu höflich oder zu ängstlich zu sein, um die Frage zu stellen, die sie eigentlich stellen wollte.

Ich beschloss, ihr die Entscheidung abzunehmen. Mit zwei Tassen frischem Cappuccino in der Hand drehte ich mich zu ihr um und hielt ihr eine Tasse entgegen. Sie nahm sie zögerlich, ohne mich aus den Augen zu lassen.

Ich schlenderte zum Sofa und ließ mich erschöpft in die Kissen fallen.

»Leo, wie lange kennen wir uns jetzt?«

»Keine Ahnung.« Leo zuckte mit den Schultern. »Eine Ewigkeit?«

»Genau elf Jahre, drei Monate und sechsundzwanzig Tage.«

Leo zog überrascht die Augenbrauen hoch. »Das weißt du auf den Tag genau? Das hast du dir doch jetzt nur ausgedacht.«

Hatte ich nicht. Aber mir war auch nicht danach, es weiter zu erläutern. Stattdessen sah ich sie ruhig an. »Habe ich in dieser Zeit jemals den Eindruck bei dir erweckt, mich von der nächsten S-Bahn-Brücke stürzen zu wollen?«

Auf Leos Wangen traten hektische rote Flecken, die immer dort erschienen, wenn ihr etwas tatsächlich einmal peinlich war. Da es kaum etwas gab, was Leo peinlich sein konnte, war ich einer der wenigen Menschen, die dieses Phänomen bei ihr kannten.

»Glaub mir, Leo, ich hatte nicht im Entferntesten die Absicht, mich vom Dach zu stürzen.« Ich sah sie prüfend an. »Was mich allerdings wundert, ist, wie du auf die Idee kommst, dass dem so sein könnte.«

Leo atmete tief durch, blies überfordert die Wangen auf und suchte nach einer passenden Erklärung. »Na ja ... ich weiß nicht ... irgendwie ... bist du, also das letzte Jahr ...«

Ich sah sie stumm an, während sie nach den richtigen Worten suchte.

»Mann, Anna ... ich weiß auch nicht. Ich finde, du hast dich irgendwie verändert. Etwas hat sich verändert.«

»Geht's auch ein bisschen genauer?«

Leo schmiss sich mir gegenüber in den Sessel und sah mich entschuldigend an. »Es ist nicht nur das Manuskript, das nicht kommt. Früher sind wir mindestens einmal die Woche gemeinsam ausgegangen. Wir haben viel mehr Zeit miteinander verbracht, Kino, Theater, Freunde getroffen.«

»Deine Freunde getroffen. Ich habe keine Freunde. Außer dir.«

»Ich weiß. Und dieses Ich-bin-Single-und-total-unabhängig ist ja ganz cool. Aber wir werden älter, Anna. Du kannst doch nicht den Rest deines Lebens allein hier oben über Berlin in deinem Dschungel verbringen. Da wird man doch depressiv.«

Ich atmete tief durch. »Ich kann dir versichern, dass man das nicht wird. Jedenfalls nicht zwangsläufig. Und ich erst recht nicht.« Ich stellte meine Tasse ab, rückte auf die äußerste Kante des Sofas und sah Leo eindringlich an. »Mir geht's prima. Es ist gut so, wie es ist. Leo, ich hab nie so etwas wie eine Familie besessen. Solange ich denken kann, war ich allein unterwegs. Und ich bin glücklich damit.«

»Ernsthaft?«

»Ernsthaft. Die meisten Menschen sind deshalb unglücklich, weil sie sich etwas wünschen, was sie nicht haben. Oder nicht haben können. Dabei machen sie sich keine Gedanken darüber, ob sie das auch wirklich haben wollen. Nur weil alle anderen es haben, wollen sie es auch. Und so leben sie ihr Leben Tag für Tag in der Überzeugung, dass ihnen etwas Wichtiges fehlt. Und werden unglücklich. Im schlimmsten Fall machen sie so etwas Dummes, wie von irgendwelchen Brücken zu springen. Dabei haben sie eigentlich alles, was sie zum Glück brauchen.«

Leo sah mich skeptisch an. »Du zitierst nicht gerade zufällig aus einem deiner Bücher?«

»*Taffe Mädels kriegen alles*. Kapitel 3, zweiter Absatz.« Ich sah sie etwas schuldbewusst an. »Was allerdings nichts an der Tatsache ändert, dass es genauso ist, wie ich es gerade erklärt habe.«

»Du glaubst wirklich an das, was du so schreibst«, stellte Leo nüchtern fest.

Ich nickte. »Was vermutlich eines der Geheimnisse meines Erfolgs ist.«

Einen langen Moment schwiegen wir uns an. Ich wusste, dass Leo mit den meisten meiner Bücher nicht viel anfangen konnte. Sie war viel zu impulsiv, unstet und neugierig auf das Leben, um sich länger als fünf Minuten mit tiefergehenden Fragen zu beschäftigen. Was sie heute für richtig und toll befand, hatte sie eine Woche später völlig vergessen, um sich mit Enthusiasmus und kindlicher Unbekümmertheit auf das genaue Gegenteil zu stürzen.

Ohne dass es Leo bewusst war, hatte sie damit eine Grundvoraussetzung fürs Glücklichsein erfüllt: Leb im Moment und scher dich nicht um das Morgen.

In den letzten Monaten schien Leo diese Unbekümmertheit jedoch Sorgen zu machen. Sie war anscheinend der Ansicht, sich nun wie alle anderen Menschen auf diesem Planeten dem Ernst des Lebens hingeben zu müssen. Während ich sie beobachtete, wie sie vor mir saß und über meine Worte nachdachte, kam mir in den Sinn, dass ich schon viel früher auf diese Veränderung hätte aufmerksam werden müssen. Leo war schließlich die einzige Freundin, die ich hatte. Mich um sie zu kümmern, war also alles andere als eine zeitaufwändige Angelegenheit. Doch irgendwie hatte ich es verpasst.

»Wie auch immer. Eins habe ich aus dem Abenteuer heute Morgen gelernt.«

Leo sah mich fragend an. »Das Leben ist kurz? Mach das Beste draus?«

»So ungefähr.« Ich stand auf und sah auf das erschöpft schlafende Hundebündel zu meinen Füßen, das noch nichts von dem ahnte, was vor ihm lag. »Bellini geht in die Hundeschule. Und zwar ab sofort. Ansonsten sehe ich schwarz für eine gemeinsame Zukunft mit ihm.«

Kapitel 7

Was wir alle am nötigsten brauchen, ist ein guter Freund, der uns
zwingt, das zu tun, wozu wir fähig sind.

Ralph Waldo Emerson

Eins musste man Bellini lassen. In dem, was er tat, war er
konsequent.

Nach dem denkwürdigen Morgen auf dem Dach googelte
ich sämtliche Hundeschulen und Hundetrainer der Stadt und
entschied mich für die drei mit den besten Bewertungen.

Bereits nach einer Woche hatte ich sie alle abgeklappert,
ihnen Bellini vorgestellt, eine nervenaufreibende Probestunde
absolviert und von jedem Einzelnen den Rat bekommen, es lieber bei einem anderen Kollegen zu versuchen. Hundeerfahren,
wie diese Trainer waren, hatten sie bereits nach zehn Minuten
realisiert, dass es sich bei Bellini um einen erziehungsresistenten
Chaoten handelte, der ihre Erfolgsstatistik komplett ruinieren
würde. Auf ein solch frustrierendes und geschäftsschädigendes
Unterfangen wollten sie sich lieber nicht einlassen.

Mit Bellini und Leo im Schlepptau klapperte ich weitere
Hundetrainer ab und stellte erstaunt fest, dass es sich dabei um
eine boomende Branche der Hauptstadt handeln musste. Da

konnten die ganzen Internet-Start-ups blass vor Neid werden. Ich fuhr mehrmals quer durch die Stadt, um selbst die entlegensten Hundeschulen aufzusuchen. Das Ergebnis war immer das gleiche: Niemand wollte uns auch nur probeweise in seine Reihen aufnehmen.

Die Einzigen, die ein Training in Erwägung zogen, waren verhärmte ältere Männer in jägergrüner Tarnkleidung, die auf einem militärisch angeordneten Hundeplatz ihre Zeit damit verbrachten, ihre vierbeinigen Schützlinge mit sinnfreien Kommandos anzubrüllen.

Bellini hatte wohl schon aus hundert Meter Entfernung geahnt, was da auf ihn zukommen würde, und sich vehement geweigert, aus Leos Auto auszusteigen, wenn wir an einer dieser Hundeschulen ankamen. Ein kurzer Blick hatte genügt, um auch bei mir die Erkenntnis reifen zu lassen, dass wir am völlig falschen Platz waren. Auch wenn ich es mir sehnlichst wünschte, Bellini das Einmaleins des Hundelebens beizubringen, diese Hundedressur-Bootcamps waren weder mein noch sein Ding.

»Vielleicht wird er ja ruhiger, wenn er älter wird.« Leo ließ sich erschöpft auf mein Sofa plumpsen, als wir von unserem letzten Hundeplatzbesuch zurückkamen.

Ich löste Bellinis Leine vom Geschirr, und der kleine Kerl düste ab wie eine Rakete, um sich ein Ganzkörperbad in seinem Wassernapf zu gönnen, während er dabei trank. Louisa, meine Putzfrau, hatte in den letzten zwei Wochen vorsichtig nach einer Erhöhung ihres Lohns gefragt, da Bellini nicht nur jede Menge honigblonder Haare verlor, sondern mein schönes sauberes Heim regelmäßig in einen Saustall verwandelte.

»*Falls* er älter wird.« Ich sah Leo unheilvoll an. »Heute Nacht hat er sich fast mit meinem BH stranguliert, als er ihn genüsslich zerkaut hat.«

»Was für ein Macho.« Leo schüttelte den Kopf und sah Bellini tadelnd an, der sich vor uns auf den Teppich hockte und vor sich hin tropfte.

»Und was machen wir jetzt?« Leo sah mich fragend an.

Ich zuckte mit den Schultern. »Keine Ahnung.«

In diesem Moment meldete sich mein Telefon. Erstaunt erkannte ich die Nummer von Polizist Müller.

»Anna Boje hier, hallo.«

»Tach, Frau Boje. Müller hier von der Polizei.«

»Was kann ich für Sie tun, Herr Müller?«

»Na, Sie können Fragen stellen!«, tönte es beleidigt aus dem Hörer.

»Falls es um die Rechnung für die Feuerwehr geht, da habe ich noch keinen Bescheid bekommen.«

»Ja, das dauert immer ewig. Machen Sie sich mal keine Hoffnungen, die kommt noch. Es geht um den Kollegen von der Feuerwehr. Der vermisst noch immer seine Jacke.«

Ich stöhnte genervt auf. Tatsächlich hatte ich die ganz vergessen. »Mist. Die liegt noch bei mir rum.«

»Das hoffe ich mal für Sie, dass die da noch bei Ihnen rumliegt.«

Irgendwie kam ich mir vor wie eine Fünftklässlerin, die das Klassenmaskottchen verbummelt hat.

Müllers Stimme dröhnte weiter aus dem Telefon. »Am besten, Sie machen sich mal gleich auf den Weg. Wache 13, an der Herrmannstraße. Ist ganz bei Ihnen in der Nähe. Der Kollege Janssen hat da heute Dienst und wartet schon auf Sie …«

»Heute ist …« Ich verdrehte genervt die Augen, doch Polizist Müller sprach unbeeindruckt weiter.

»Jan Janssen. Wache 13. Heute noch.«

Bevor ich etwas erwidern konnte, war das Gespräch genauso schnell beendet, wie es angefangen hatte.

Ich starrte angesäuert auf das Display. »Blödmann.«

Leo stand eilig auf. »Ich muss jetzt auch los. Dringende Verabredung mit meinem Vater.«

Ich sah sie bettelnd an. »Kannst du das nicht erledigen? Das liegt doch auf deinem Weg.«

»Sorry, Süße. Das erledige mal schön selbst.« Leo war schon fast an der Tür. »Und ich würde an deiner Stelle irgendwas Nettes mitbringen. Eine Flasche Wein oder so. Als Dankeschön. Immerhin hat er dir das Leben gerettet.«

Sie warf mir einen Luftkuss zu und war auch schon draußen.

Frustriert stand ich in meiner Wohnung und wandte mich dann streng an Bellini. »Du kommst mit. Ist schließlich alles deine Schuld.«

Bellini legte den Kopf schief, sah mich aus großen Augen an, und ich hätte schwören können, dass er grinste.

Die Feuerwache war tatsächlich leicht zu finden und nur zwei Querstraßen von dem alten Backsteingebäude entfernt, in dem ich wohnte. Mir fiel auf, dass ich die Wache in den vier Jahren, in denen ich hier wohnte, noch nie bemerkt hatte. Tatsächlich ließen die Feuerwehrleute die Sirenen erst an, wenn sie auf eine der Hauptstraßen einbogen, sehr zur Freude der friedliebenden Anwohner der kleinen Nebenstraßen, zu denen ja auch ich gehörte.

Die Wache war in einem alten Gebäude untergebracht, das unscheinbar zwischen schick renovierten Gründerzeitbauten stand. Passenderweise hatte es eine rote Klinkerfassade, bei der an der einen oder anderen Stelle der Putz bröckelte. Eine Messingtafel an der Seite informierte darüber, dass hier eine der ältesten Feuerwehren Berlins untergebracht war. Was man auch ohne Hinweisschild schnell hätte erkennen können. Der ganze Komplex war etwas in die Jahre gekommen. Die altmodischen stählernen Tore standen weit offen, um frische Luft und etwas Abkühlung in das stickige Innere zu lassen. Seit einer Woche litt Berlin unter einer Hitzewelle und selbst die Erdgeschosswohnungen der dunklen Altbauten hatten sich auf ein unerträgliches Maß aufgeheizt.

Ich blickte in das Zwielicht der Halle, in dem die Rettungswagen und knallroten Feuerwehrautos aufgereiht auf ihren Einsatz warteten.

»Hallo? Ist jemand da?«

Meine Stimme hallte ungewohnt laut wider. Keine Reaktion. Seufzend wechselte ich die schwere Feuerwehrjacke, die ich über dem Arm trug, von einer Hand in die andere und ließ dabei Bellinis Leine fallen. Bevor ich sie aufheben konnte, machte sich der Chaot auch schon auf und davon und verschwand freudig ins Innere der großen Halle.

»Bellini! Stopp!« Ich hechtete ihm hinterher und versuchte, auf die Leine zu treten, um seinem Fluchtversuch ein Ende zu bereiten. Ich hatte keine Chance. Er war schnell wie der Blitz. Fluchend schlängelte ich mich zwischen den Autos hindurch und nahm die Verfolgung auf. Ich konnte gerade noch erkennen, wie er durch die geöffnete Tür in einen Flur hinter der großen Halle verschwand.

»Bellini! Stopp! Zu mir! Aber sofort!«

Er dachte nicht im Traum daran, seinen kleinen Ausflug zu beenden. Ganz am Ende des Flurs stand ebenfalls eine Tür offen, die wohl in eine Art Hinterhof führte, in dem Bellini nun verschwand. Ich hechtete ihm hinterher, riss die Tür weiter auf und hielt erstaunt inne. Vor mir lag tatsächlich eine kleine Gartenidylle, die man von der Straße aus nicht vermutet hätte.

Eine kleine zweistöckige Remise in Backsteinoptik ragte am hinteren Teil des Grundstücks vor einer Brandmauer auf, die üppig mit Efeu bewachsen war. Davor befand sich eine mit altem Kopfsteinpflaster ausgelegte Terrasse, auf der ein großer hölzerner Tisch und zahlreiche bunt zusammengewürfelte Stühle neben einem gemauerten Grillkamin standen, in dem bereits die Kohle glühte. Der Tisch schien für ein Mittagessen gedeckt und quoll über vor Schüsseln voll mit Salat, Brot und irgendwelchen Dips – und jeder Menge Grillfleisch, die Bellini ins Visier nahm.

Wer auch immer sich hier auf sein Mittagessen freute, könnte eine große Enttäuschung erleben, falls es mir in den nächsten fünf Sekunden nicht gelingen würde, Bellini davon abzuhalten, diesen reich gedeckten Tisch zu plündern.

»Halt! Wag es bloß nicht!«

Eine energische Stimme drang aus dem geöffneten Fenster der Remise, noch bevor ich etwas sagen konnte.

Bellini hielt in der Bewegung inne und sah erst verwundert zu mir und dann zu dem Haus, aus dem das Kommando gekommen sein musste. Hinter seinen zweifarbigen Augen begann es zu arbeiten. Er hob die Schnauze erneut und der verlockende Duft des Grillfleischs stieg ihm wieder in die Nase. Er richtete sich auf, legte die Pfoten auf die Tischkante und versuchte, sich einen Bissen zu schnappen.

»Nein!«

Augenblicklich zuckte Bellini zurück und blickte wieder zur Remise. In der geöffneten Tür erschien nun die Person, zu der die energische Stimme gehörte. Vermutlich überraschte die Erscheinung nicht nur mich, sondern auch meinen frechen Hund, der sich wohl etwas ganz anderes darunter vorgestellt hatte.

Ein schlaksiger weiblicher Teenager mit rotblonden wilden Locken in abgeschnittenen Jeansshorts und einem etwas zu großen und abgetragenen Tanktop, die Hände energisch auf den Hüften abgestützt, stand zwei Meter von Bellini entfernt auf der Türschwelle und fixierte ihn erbost.

Allein der Blick unter den tadelnd zusammengekniffenen Augenbrauen schien Bellini so zu beeindrucken, dass er sich brav auf seine Hinterbeine setzte und das Mädchen unschuldig anblickte.

»Geht doch.« Das Mädchen nickte zufrieden und kam entspannt auf Bellini zu, der brav sitzen blieb. »Hier wird nichts vom Tisch geklaut, ist das klar?«

Bellini blinzelte weiterhin unschuldig. Ich hätte schwören können, dass er eifrig mit dem Kopf nickte.

»Falls du Hunger hast, kannst du was haben. Aber nicht vom Tisch, kapiert?«

Das Mädchen hielt Bellini ihre Hand zum Schnuppern hin. Neugierig saugte er den Duft auf – und blieb weiterhin brav sitzen. Was mich nun doch etwas überraschte. Das Mädchen hockte sich vor ihn hin, um ihn genauer in Augenschein zu nehmen und die lose Leine aufzuheben.

»Wer bist du eigentlich, hm? Wem bist du abgehauen?«

Das war wohl mein Stichwort, um ein paar Erklärungen zu liefern. »Tut mir leid, wenn er Blödsinn angestellt hat. Er gehört zu mir.«

Mit einem zerknirschten Gesichtsausdruck überquerte ich den kleinen Innenhof, und der Teenager erhob sich, um mich skeptisch anzusehen. »Aha. Und wer genau sind Sie?«

»Ich?« Das Mädchen hatte einen reichlich abgeklärten und prüfenden Blick drauf, was für ihr Alter überraschend war. Älter als zwölf oder dreizehn konnte sie nicht sein, wie ich beim Näherkommen feststellte. Ich versuchte ein freundliches Lächeln.

»Ich suche nur jemanden. Eigentlich wollte ich nur kurz was abgeben, aber dann hat sich Bellini aus dem Staub gemacht. Wieder einmal. Er ist wirklich ein Meister darin.«

Ein kritischer Blick aus meergrünen Augen traf mich erneut so intensiv, wie es nur ein pubertierender Teenager hinbekommen kann, und sie scannte mich von oben bis unten.

Ich räusperte mich unbehaglich. Der Teenager hob schließlich spöttisch eine Augenbraue.

»Das ist Bellini? Der Bellini?«

»Ähm ... ja ...« Ich war etwas irritiert. »Du kennst ihn?«

»Die Frage ist ja wohl – wer kennt ihn nicht? Und seine durchgeknallte Besitzerin. Damit sind dann wohl offensichtlich Sie gemeint.«

Mir blieb ein wenig der Mund offen stehen.

»Äh ...«

»Seit Ihrem Dachtrip sind Sie das Topthema im Viertel.«

»Tatsächlich?«

Davon war mir bislang nichts bekannt gewesen. Allerdings gab es bis auf den Coffeeshop-Barista und die Bäckereifachverkäuferin niemanden sonst in meiner Nachbarschaft, mit dem ich ins Plaudern hätte kommen können.

»Ich hab gedacht, Sie sind älter.« Der Teenager musterte mich wieder von oben bis unten. »Und irgendwie ... durchgeknallter?«

Mühsam sammelte ich mich. »Da bin ich echt froh, dass ich deinen Erwartungen nicht ganz entspreche.«

»Muss ja nichts heißen. Wer nackt aufm Dach rumturnt, ist auf jeden Fall durchgeknallt. Oder muss jede Menge Drogen nehmen. Nehmen Sie Drogen?«

»Was? Nein!« Ich sah sie empört an. »Hör mal, wie kommst du bitte schön auf so einen Stuss? Zu viel aufm Handy gesurft?«

»Zwei Drittel der Leute hier glauben, dass Sie Drogen nehmen. Der Rest hält Sie einfach nur für irre. Ich gehöre zum Rest.« Der Teenager widmete sich wieder gelangweilt Bellini, der immer noch brav zu unseren Füßen saß und uns erwartungsvoll anschaute. »Aber Ihr Hund ist cool. Auch wenn der Name beknackt ist.«

»Gibt's irgendwas an mir, das du nicht beknackt oder durchgeknallt findest?«

Während sie Bellini die Ohren kraulte, zuckte sie nur mit den Schultern. »Woher soll ich das wissen? Ich kenne Sie ja nicht.«

»Tja, und wenn du so weitermachst, wird's dabei auch bleiben. Ich stehe nämlich nicht so auf pubertierende Teenager, die kein Benehmen haben.«

Das Mädchen verzog gespielt getroffen das Gesicht und blickte mich weiterhin überheblich an. »Uuh … lassen wir jetzt die Obermutti raushängen?«

Langsam wurde ich ernsthaft sauer. Ich schnappte mir die Leine aus ihrer Hand.

»Vielleicht solltest du lieber deiner Mutti auf den Geist gehen und um alle anderen einen großen Bogen machen.«

»Hey, wer ist hier denn, ohne zu fragen, eingebrochen? Ich oder Sie? Das ist nämlich Privatbesitz. Oder ist es für Sie völlig normal, in die Wohnung fremder Leute einzusteigen?«

Womit sie nicht ganz unrecht hatte. Ich war jedoch meilenweit davon entfernt, ihr auch nur ein klitzekleines bisschen recht zu geben.

»Das ist ein Hinterhof. Und keine Wohnung. Außerdem ist das hier ja wohl eine Feuerwehrwache und kein Wohnhaus.«

»Und das erlaubt Ihnen, einfach so hier aufzutauchen.«

»Ich bin meinem Hund hinterher!«

»Haben Sie's schon mal mit 'ner Hundeschule versucht?«

»Wir sind im Training.«

»Dann müssen Sie aber noch viel lernen.«

»Ich?!«

»Ihr Hund hört doch.« Sie sah hinunter zu Bellini, hob die Hand und machte eine Bewegung nach unten. »Bellini. Platz.«

Augenblicklich legte Bellini sich zu ihren Füßen ab und starrte sie völlig verknallt an. Ich konnte es nicht fassen.

»Das … das …«

Das Mädchen verschränkte lässig die Arme vor der Brust und sah mich mit herablassendem Grinsen an.

»Das?!«

»Das … ist Zufall. Bellini denkt wahrscheinlich, er kriegt gleich die Steaks von dem Teller da.«

Sie machte eine Schnute und verdrehte die Augen. »Klar. Träumen Sie mal schön weiter.«

Ich war tatsächlich überrascht und hatte keine Ahnung, warum Bellini, ohne mit der Wimper zu zucken, auf das Mädchen gehört hatte. Immerhin hatte er bereits zahlreiche Hundetrainer verschlissen, die an seiner Renitenz verzweifelt waren. Irgendetwas an dem Mädchen schien Bellini allerdings so sehr zu faszinieren, dass er ihren Kommandos ohne zu zögern folgte.

Ich atmete tief durch und versuchte mich zu sammeln. »Hör zu … äh … wie heißt du eigentlich?«

»Lisa.«

»Lisa. Schön. Also gut. Lisa, ich bin nur hier, um diese Jacke abzugeben.«

Ich hielt ihr die schwere Feuerwehrjacke hin, die noch immer über meinem Arm lag. Sie machte keine Anstalten, sie anzunehmen. Und sah mich nur abwartend an.

»Okay. Hab verstanden. Vielleicht kannst du mir dann verraten, wo ich hier einen Herrn Janssen finde? Jan Janssen? Dem gehört nämlich diese Jacke. Und er vermisst sie schon schmerzlich. Daher wäre es jetzt echt schön, wenn ich ihn finde und dieses blöde Teil endlich loswerde, okay?«

Das Mädchen seufzte theatralisch auf, da meine Stimme immer lauter und ungehaltener geworden war, während ich meine Tirade losgelassen hatte.

»Oh Mann, Sie sind echt crazy drauf.«

Dieses Mädchen trieb mich wirklich in den Wahnsinn. Warum alle Welt dachte, dass das Glück des Lebens darin bestand, möglichst viele Kinder in die Welt zu setzen, die sich ein paar Jahre später in diese ätzenden Teenager verwandelten, war mir ein Rätsel. Ich dankte Gott oder dem Universum oder wem auch immer dafür, dass mir dieses Schicksal erspart geblieben war.

Bevor ich mich wieder auf sie stürzen konnte, hörte ich hinter mir die schweren Schritte eines Mannes über den Kies des Innenhofs knirschen.

»Kann ich Ihnen irgendwie weiterhelfen?«

Erstaunt erkannte ich meinen Lebensretter, der lässig in Jeans und T-Shirt mit dem gelben Aufdruck *Berliner Feuerwehr* auf uns zukam. Ihm folgten noch drei weitere Männer und eine Frau, die alle ziemlich hochgewachsen und ähnlich durchtrainiert waren. Ich lächelte dem Mann erleichtert zu, der mich vor einer weiteren Auseinandersetzung mit dem ätzenden Teenager bewahrte, und ging ihm einen Schritt entgegen.

»Herr Janssen, Sie habe ich gesucht.«

Der Mann lächelte noch immer freundlich und deutete auf die Jacke in meinem Arm. »Dann ist das da meine Jacke?«

»Ja, äh, genau.« Ich reichte sie ihm etwas verlegen. »Ich wollte sie ja längst vorbeibringen, aber es war einfach zu viel zu tun.«

Der Mann nahm die Jacke, legte sie unbekümmert auf einem der Stühle ab und lächelte mich weiter freundlich an. »Kein Problem. Jetzt ist sie ja da.«

Ich merkte, wie mich die anderen Männer amüsiert musterten. Und auch die Frau tauschte einen vielsagenden Blick mit ihren Kollegen. Mir fiel wieder ein, was das Mädchen gerade eben noch über mich gesagt hatte, und ich kam mir augenblicklich vor wie ein Volltrottel.

Zum Glück fiel mir die Flasche Wein ein, die ich aus meinem gut sortierten Vorrat mitgenommen hatte, wie Leo es mir empfohlen hatte.

»Warten Sie, ich habe noch etwas für Sie.« Ich kramte ziemlich umständlich in meiner Tasche herum. »Ein kleines Dankeschön für Ihre Hilfe.« Ich reichte ihm die Flasche etwas unbeholfen. Es war ein hervorragender französischer Weißwein und hatte ein kleines Vermögen gekostet.

Der Mann nahm ihn lächelnd entgegen. »Danke. Das wäre aber nicht nötig gewesen.«

Ich versuchte, das Grinsen zu ignorieren, das ich in den Gesichtern seiner Kollegen und Kolleginnen sah.

»Wow. Eine Flasche Wein. Der war bestimmt nicht billig, was?!« Die junge Frau zwinkerte mir grinsend zu.

Ich begann mich von Sekunde zu Sekunde unwohler zu fühlen.

»Da machen wir heute nach dem Dienst mal ordentlich einen drauf.«

Ich sah sie sauer an.

»Wenn ich gewusst hätte, dass es hier noch mehr von Ihrer Sorte gibt, hätte ich natürlich eine ganze Kiste mitgebracht.«

Mein Lebensretter ergriff wieder das Wort und sah seine Kollegen tadelnd an. »Sie müssen sie entschuldigen. Die glauben, Wein ist so was wie verdorbener Traubensaft. Sie mögen lieber Bier.« Bevor ich etwas erwidern konnte, fuhr er auch schon fort. »Ich mag Wein sehr gerne. Und einen Montrachet Grand Cru wollte ich schon lange mal probieren. Der 2014er soll legendär sein.«

Ich hob überrascht die Augenbrauen. Der Mann kannte sich anscheinend mit Wein aus und wusste den Wert meines kleinen Dankeschöns richtig einzuschätzen. Was ihm ein paar Pluspunkte einbrachte.

Ich deutete auf den gedeckten Tisch. »Ich sehe, Sie sind beschäftigt und ich will nicht weiter stören. Nochmals, vielen Dank für alles.«

Er nickte knapp und reichte die Weinflasche dem Teenager.

»Lisa, kannst du die bitte in den Kühlschrank stellen?«

Das Mädchen nahm die Flasche entgegen, als würde es sich um Nitroglycerin handeln.

»Wenn's sein muss«, hörte ich sie unterdrückt grummeln.

Der Mann sah mich an. »Meine Tochter haben Sie ja schon kennengelernt.«

»Das ist Ihre Tochter?«

Eine gewisse Ähnlichkeit war nicht von der Hand zu weisen, obwohl die meergrünen Augen, die mich unter den zusammengezogenen Augenbrauen spöttisch ansahen, eindeutig von ihrer Mutter stammen mussten.

»Überraschung«, merkte der Teenager bissig an und grinste breit in meine Richtung.

»Lisa, bitte, reiß dich mal zusammen.« Mein Lebensretter sah sie tadelnd an, aber seine Stimme blieb dabei weich.

»Ich hab nix gemacht. *Sie* ist hier einfach eingebrochen.«

»Zum wiederholten Male.« Ich sah das Mädchen wieder sauer an. »Ich bin nicht eingebrochen, ich habe versucht, zu verhindern, dass Bellini euer Mittagessen klaut.«

»Vielleicht geben Sie ihm nicht genug zu fressen?«

»Ich weiß ziemlich gut, wie ich meinen Hund zu versorgen habe.«

»So gut, wie Sie ihm Benehmen beibringen?«

»Für jemanden, der mich und meinen Hund nicht kennt, lehnst du dich grad mächtig weit aus dem Fenster.« Ich sah sie herausfordernd an.

Sie hielt dem Blick mühelos stand.

»Drei Tage. Drei Tage Training, und Bellini klaut keine Wurst mehr vom Tisch, haut nicht mehr ab und klettert garantiert auf kein Dach mehr. Wetten?«

Lisa war einen Schritt auf mich zugekommen und stand nun provozierend mit verschränkten Armen vor mir. Dieses Mädchen drückte bei mir tatsächlich ein paar Knöpfe. Bevor ich noch genauer darüber nachdenken konnte, streckte ich ihr die Hand hin.

»Abgemacht.« Das Mädchen schlug, ohne zu zögern, ein und mir fiel der erstaunlich feste Händedruck auf.

»Um was genau wetten wir?« Wir taxierten uns kampfbereit wie zwei Preisboxer in einem billigen Rummelzelt.

»Einen Moment mal.«

Lisas Vater hatte anscheinend Einwände. Bei meinem verbalen Schlagabtausch hatte ich ihn glatt vergessen. Ebenso seine Kollegen, die neugierig um uns herumstanden.

»Was?!«, kam es wie aus einem Munde von mir und Lisa.

Wir sahen uns kurz verdutzt an und dann wieder zu ihrem Vater. Lisa ahnte bereits, was kommen würde, und nörgelte munter drauflos.

»Mann, Papa, du weißt ganz genau, dass ich das hinbekomme. Und Bellini kann ja mal gar nichts dafür, dass er ausgerechnet bei der gelandet ist.«

»Lisa, es reicht.« Jan Janssen sah seine Tochter ruhig an.

»Also, ich finde, Lisa hat recht.« Die junge Kollegin, die den durchtrainierten Eindruck erweckte, als käme sie geradewegs von einem Wonder-Woman-Casting, sprang dem Teenager zur Seite.

»Lisa hat selbst Casper in den Griff bekommen, bevor er unser Wohnzimmer zerlegen konnte.«

Die junge Frau warf mir einen überraschend verständnisvollen Blick zu.

»Französische Bulldogge. Zwei Jahre alt. Von der Schwiegermama übernommen. Hätte fast meine Ehe ruiniert.«

»Oh.« Ich nickte mitfühlend.

Die junge Frau deutete bewundernd in Richtung Lisa. »Sie ist so was wie der Hundeflüsterer. Nur in weiblich. Und jung.«

Ein weiterer Kollege legte Janssen die Hand auf die Schulter und nickte anerkennend. »Chef, wenn Lisa Erfolg hat, müssen wir nicht mehr raus und halbnackte Frauen vom Dach holen.«

Mir stieg augenblicklich die Schamesröte ins Gesicht. »Das war ja wohl eine Ausnahme. So was passiert doch nicht jeden Tag, also ehrlich.«

Der Mann sah mich nur grinsend an. »Ich weiß nicht. Wenn der so weitermacht, dann legt er noch das ganze Viertel in Schutt und Asche. Ich hab da Sachen gehört …«, fügte er bedeutungsschwer hinzu.

»Okay, Sie scheinen großen Spaß am Weltuntergang zu haben. Kann ich verstehen. Ist ja schließlich Ihr Job. Aber das da …«, ich deutete auf Bellini, »ist ein völlig normaler Hund! Und keine Naturkatastrophe!«

Bellini hatte sich tatsächlich nicht von der Stelle gerührt, seit Lisa ihm befohlen hatte, sich hinzulegen.

Jan Janssen atmete tief durch und hob dann geschlagen die Arme. »Also gut, da alle anscheinend der Ansicht sind, dass es eine gute Idee ist: meinetwegen.«

Ich sah, dass Lisas Grinsen noch breiter wurde.

»Allerdings ohne irgendeine Wette, haben wir uns verstanden, Lisa?«

Lisa verdrehte genervt die Augen. Ich war ebenfalls etwas enttäuscht, behielt es aber lieber für mich. Mein Auftritt hier kam mir auch so schon kindisch genug vor, daher versuchte ich, möglichst souverän zu klingen.

»Natürlich müssen wir nicht so etwas Albernes tun wie wetten. Ich spende allerdings sehr gern etwas für Ihre Feuerwehr, und natürlich bekommt Lisa ein angemessenes Trainingshonorar.«

Lisa blickte kurz auf zu mir. Hinter ihren meergrünen Augen sah ich es arbeiten. Dann nickte sie knapp und trotzig.

»Okay.« Sie sah mich herausfordernd an. »Wir fangen morgen früh an. Ich hab noch Ferien.«

Ich nickte. »Alles klar. Morgen früh.«

»Ich komm um neun zu Ihnen in die Wohnung. Da kann ich Bellini in seiner normalen Umgebung sehen und rausfinden, was mit ihm los ist.«

Ich erinnerte mich daran, wer hier die abgeklärte Erwachsene war, und schluckte einen Kommentar hinunter. Es fiel mir ungewöhnlich schwer. »Ich nehme mal an, du weißt, wo wir wohnen?«

Sie warf mir einen herablassenden Blick zu, wie es nur pubertierende Teenager hinbekommen. »Wer weiß das nicht?!«

Ob sie das wohl heimlich vorm Spiegel übte?

»Gut!« Mein Lebensretter klatschte erleichtert in die Hände. »Dann wäre das ja geklärt.«

Er wandte sich an seine Kollegen. »Fangt ihr schon mal an. Ich bringe Frau Boje hinaus.«

Er berührte mich leicht am Arm und deutete über den idyllischen Hinterhof. »Kommen Sie, hier entlang.«

Ich schnappte mir die Leine von Bellini, der mir mit einem letzten sehnsüchtigen Blick auf das Grillfleisch folgte.

Als wir den Flur betraten, der zur Halle führte, sah mich Jan Janssen entschuldigend an. »Meine Tochter kann manchmal ganz schön nerven. Ich glaube, in dem Alter ist das normal. Die meiste Zeit über ist sie allerdings recht verträglich.«

Er musste die Skepsis in meinem Blick erkannt haben.

»Und sie kann wirklich gut mit Hunden umgehen. Da ist sie ein Naturtalent. Geben Sie ihr eine Woche und Sie werden Ihren Bellini nicht wiedererkennen.«

Ich nickte knapp. »Ich bin gespannt. Bislang hat er wirklich jeden Hundetrainer verschlissen.«

Wir kamen in die große Halle, in der die Einsatzwagen standen.

Jan sah mich amüsiert an. »Im Gegensatz zu meiner Tochter halte ich Sie übrigens nicht für komplett durchgeknallt. Was Sie da oben auf dem Dach gemacht haben, war vielleicht ein wenig dumm. Aber tapfer.«

Ich sah überrascht auf. In der dunklen Halle der Feuerwehr leuchteten seine hellen Augen wie Quecksilber in dem braun gebrannten Gesicht.

»Damit kennen Sie sich wohl aus.« So außergewöhnliche Augen hatte ich selten gesehen. »Ich meine ... so als ... als Feuerwehrmann.«

»Es gibt Leute, die lassen ihre eigene Großmutter in einem brennenden Haus zurück.«

Jetzt hatten seine Augen wieder diesen ernsten Ausdruck, der mir schon auf dem Dach aufgefallen war.

»Was nicht bedeuten soll, dass es nicht ausgesprochen dumm ist, seinem Hund auf ein ungesichertes Dach zu folgen. Das ist es nämlich in der Tat.«

»Das mache ich nie wieder, versprochen.«

Wir hatten die großen Tore erreicht und standen im gleißenden Licht der Mittagssonne. Einen Moment sahen wir uns unentschlossen an.

»Tja, dann nochmals vielen Dank, Herr Janssen.«

»Jan, für Sie.« Um seine Augen erschienen zahlreiche Lachfältchen und gaben ihm ein jugendliches Aussehen. »Immerhin habe ich Sie nackt gesehen.«

»Das ... das ...« Es gab nicht viele Menschen, in deren Gegenwart ich anfing zu stottern.

»Es war mir ein Vergnügen, Anna. Ich kann doch Anna sagen?«

Ich nickte, ohne zu zögern. »Natürlich.«

»Morgen früh schicke ich Lisa rechtzeitig los und besteche sie vorher mit einem Schokocroissant. Dann hat sie bessere Laune.«

Ich musste lächeln. »Wir kommen bestimmt miteinander klar.«

»Dann bis morgen.« Er machte keine Anstalten, wieder hinein zu seinen Kollegen zu gehen.

Ich machte auch keine Anstalten, wieder zurück zu meiner Wohnung zu gehen. So standen wir stumm vor den Toren der Wache und lächelten uns an.

Das Hupen eines Autos riss uns aus unseren Gedanken. Vor uns stand ein Rettungswagen in der Zufahrt. Die beiden Insassen des Wagens sahen uns breit grinsend an. Das Seitenfenster war heruntergekurbelt und einer der Männer lehnte sich hinaus.

»Tach, Chef, wollen nicht stören, nur mal kurz rein.«

Jan riss sich zusammen und trat einen Schritt zur Seite. »Die anderen sind schon beim Essen. Ich komm gleich nach.«

Die beiden Männer tauschten einen vielsagenden Blick und fuhren hinein.

Ich räusperte mich kurz. »Lassen Sie Ihre Steaks nicht kalt werden.«

Ich reichte ihm zum Abschied die Hand. Sein Händedruck war, ähnlich wie der seiner Tochter, warm und weich und doch kraftvoll. Er dauerte einen Moment zu lange, um ganz normal zu sein. Dann lösten sich unsere Finger und Jan trat einen Schritt beiseite.

»Passen Sie auf sich auf. Und auf den kleinen Teufelskerl hier.«

Ich nickte.

Dann ging ich leicht und beschwingt mit Bellini an meiner Seite davon. Nach ein paar Schritten drehte ich mich um. Auch Jan stand noch im Tor zur Wache und blickte mir hinterher. Wir lächelten uns an. Und auch dies dauerte einen Moment zu lange, um völlig harmlos zu sein.

»Ein dreizehnjähriger Teenie soll Bellini Manieren beibringen? Das ist ein Witz, oder?« Leos Stimme drang aus der Freisprechanlage meines Telefons, das ich auf dem Teakholztisch abgelegt hatte, während ich die Tomatenstauden wässerte und welke Blätter entfernte.

Bellini lag auf seinem Hundebett in der Sonne und knabberte konzentriert an meinen Jimmy Choos, die ich sowieso nicht wirklich mochte und in denen mir meine Füße nach kurzer Zeit schrecklich wehtaten.

»Kein Witz, Leo. Die Kleine ist eine ziemliche Nervensäge und nicht gerade auf den Mund gefallen. Sie und Bellini passen perfekt zusammen.«

Ich arbeitete mich mit dem Wasserschlauch vor zu einem Himbeerstrauch und inspizierte die ersten noch grünen Früchte.

»Die Kleine hat Haare auf den Zähnen. Bellini war von ihr ganz beeindruckt.«

»Haare auf den Zähnen kommt mir irgendwie bekannt vor.« Leos amüsierter Unterton war nicht zu überhören.

»Ich kann dir versichern, Leo, dass ich mit dreizehn so schüchtern war, dass ich die Zähne nicht auseinanderbekommen hab, wenn mich jemand nach meinem Namen gefragt hat.«

Ich hörte, wie Leo ins Telefon lachte. »Und dieser Feuerwehrmann? Was ist mit dem?«

»Was soll mit dem sein?« Ich hielt erstaunt inne und sah mich suchend nach Bellini um. Er zerlegte noch immer sehr konzentriert einen der Absätze in seine Bestandteile.

»Ich hab dich seit ungefähr hundert Jahren nicht mehr so nett über einen Mann reden hören. Deshalb komm ich drauf.«

»Ich hab doch nicht nett über ihn geredet«, gab ich irritiert zurück.

»Du hast ihn jedenfalls nicht beleidigt, und das ist, deinen Verhältnissen nach zu urteilen, schon verdammt nett.«

»Wenn ich dich so reden höre, dann denk ich manchmal wirklich, ich bin total durchgeknallt. Und was Männer angeht, nenn mir bitte ein Exemplar, das wir in letzter Zeit getroffen haben, das nicht komplett einen an der Waffel hatte. Denk da nur mal an Max Hagen.«

»Okay. Punkt für dich. Aber laden wir diesen Feuerwehrmann doch mal auf deine Dachterrasse ein.«

»Vergiss es.« Ich legte den Wasserschlauch weg und schnappte mir mein Handy. »Ich mach jetzt Schluss. Ich will noch am Manuskript arbeiten, bevor für Bellini morgen der Ernst des Lebens losgeht.«

Ich hörte, wie Leo tief Luft holte, um etwas zu erwidern.

»Tschüss, Leo.« Die Verbindung war beendet.

Mit einem tiefen Atemzug legte ich das Handy zurück auf den Tisch und sah mich zufrieden auf meiner Dachterrasse um. Tatsächlich hatte ich nach langer Zeit mal wieder Lust, an meinem neuen Buch zu arbeiten. Und solch eine Gelegenheit durfte ich mir nicht entgehen lassen.

Die letzten rotgoldenen Strahlen der Abendsonne fielen auf die Blüten der Waldreben, die zwischen dem Spalierobst und den Rosen am alten Gewächshaus rankten, und gaben ihnen einen märchenhaft goldenen Glanz. Erschöpft lehnte ich mich in meinem Stuhl zurück und drückte die Speichertaste. Das erste Kapitel war fertig, in einem Rutsch heruntergeschrieben, was mir seit einer Ewigkeit nicht mehr hatte gelingen wollen. Es war zwar nur die erste Fassung, aber sie konnte sich durchaus sehen lassen.

Ich blickte zu Bellini, der auf seiner großen Hundedecke zwischen Terrassentür und Holzdielen schlief und leise vor sich hin schnarchte. Um ihn herum lagen die tausend Euro teuren Jimmy Choos in tausend Einzelteile zerlegt, manche davon mikroskopisch klein. Morgen musste ich ihm dringend etwas

Hundgerechtes wie einen großen Rinderknochen oder ein Kauholz zum Knabbern besorgen, denn mein Vorrat an überflüssigen Luxusschuhen neigte sich dem Ende zu.

Einen Moment lang beobachtete ich den Hund, der in den letzten Wochen seine Größe fast verdoppelt hatte. Was seinen schier unstillbaren Appetit erklären mochte. Jetzt seufzte er im Schlaf herzzerreißend, zuckte mit den Pfoten, um dann einen empörten Laut von sich zu geben, der entfernt an ein Bellen erinnerte. Vermutlich jagte er im Schlaf irgendwelchen Schuhmonstern hinterher.

Einen Moment fragte ich mich, ob es diesem schlaksigen, energischen Teenager mit großer Klappe tatsächlich gelingen würde, ihn in den Griff zu bekommen. Der Anfang war zumindest vielversprechend gewesen und Bellini hatte sich den Rest des Tages über erstaunlich ruhig verhalten.

Ich klappte meinen Laptop zu und stand auf, um mir in der Küche die Reste des indischen Currys aufzuwärmen, das ich mir heute Mittag von meinem Lieblingsrestaurant hatte liefern lassen. Während ich darauf wartete, dass die Mikrowelle ihr Zauberwerk vollbrachte, schüttete ich mir ein Glas kühlen Pinot Grigio ein, der gut zu der fruchtigen Schärfe des Currys passte. Während ich mit dem Wein und dem Curry zurück auf die Terrasse ging, blickte Bellini nur einmal kurz verschlafen auf, als ich über ihn hinwegstieg.

Die Sonne war mittlerweile am Horizont verschwunden und tauchte den Himmel spektakulär in ein blauviolettes Flammenmeer. Irgendwo hatte ich einmal gelesen, dass Berlins geografische Lage der Grund dafür war, dass der Himmel über der Stadt so beeindruckend war. Nicht ohne Grund wurde er in so vielen Filmen und Songtexten besungen. Mit den Jahren hatte ich mich ganz automatisch an den Anblick gewöhnt. Und mir wurde bewusst, dass mir zum ersten Mal seit langer Zeit wieder seine Schönheit auffiel.

Ich blickte zu Bellini. Seit etwas mehr als vier Wochen war dieser Chaot nun ein Teil meines Lebens und hatte es gründlich auf den Kopf gestellt. Nicht zu vergessen das Vermögen, das ich für seine Abenteuer regelmäßig ausgeben musste. Erstaunlicherweise ärgerte ich mich darüber nicht allzu sehr.

Ich schüttelte den Kopf bei der Vorstellung, dass ich Louisa noch vor kurzer Zeit eine viertelstündige Predigt darüber gehalten hatte, wie man die Geranienblüten fachgerecht abknipst. Nun nahm ich es schicksalergeben hin, dass Bellini meine herrlich aromatischen Walderdbeeren plünderte und dabei das ganze Beet verwüstete. Was immerhin noch besser war, als die teuren Antiquitäten zu ruinieren.

Vor vier Wochen wäre ich auch niemals auf die Idee gekommen, eine völlig fremde Göre in meine Wohnung zu lassen, damit sie mich in die Geheimnisse der Hundeerziehung einweihte.

Ich sah die schlaksige Gestalt in kurzen Shorts und Tanktop vor mir. In zwei, drei Jahren würde sie sicherlich fast so groß sein wie ihr Vater. Die gerade Nase und die hohen, fast slawischen Wangenknochen hatte sie ebenfalls von ihm. Das herzförmige Gesicht mit den meergrünen Augen musste sie allerdings von ihrer Mutter haben. Wo die wohl sein mochte? Mir war jedenfalls aufgefallen, dass Jan Janssen keinen Ehering getragen hatte. Was heutzutage nicht viel heißen musste. Die Zeiten waren Gott sei Dank vorbei, in denen zwei Menschen, die nicht viel mehr gemeinsam hatten als ein Kind, zwangsläufig heiraten und den Rest des Lebens miteinander verbringen mussten. Auf jeden Fall hatte meine kurze Begegnung mit Herrn Janssen einen durchaus flirtativen Unterton gehabt. Und der war nicht allein von mir ausgegangen. Entweder war der toughe Lebensretter ein ziemlicher Frauenheld, der alles anbaggerte, was nicht bei drei auf den Bäumen war, oder tatsächlich Single und auf der Suche nach einer neuen Frau in seinem Leben. Wobei er seine

Sache nicht schlecht machte, musste ich gestehen. Seine Art zu flirten war charmant und witzig. Und auch ohne seine Uniform verströmte er die Aura von Sicherheit und Schutz. Ich schüttelte den Kopf und nahm einen Schluck von meinem Wein. Das war doch totaler Blödsinn. Dieser Mann, auch wenn er eine gewisse Attraktivität besaß, entsprach so überhaupt nicht meiner Vorstellung von einer unkomplizierten Sommeraffäre. Und das absolut Letzte, was ich in meinem Leben gebrauchen konnte, war ein alleinerziehender Vater mit einer pubertierenden Tochter, der vermutlich von einer Frau träumte, die ihm daheim den Rücken freihielt, während er draußen in der großen weiten Welt den Helden spielen konnte. Ich nahm einen letzten Schluck Wein und beschloss, nicht weiter an Jan Janssen zu denken.

Kapitel 8

Der höchste Lohn für unsere Bemühungen ist nicht das, was wir dafür bekommen, sondern das, was wir dadurch werden.

John Ruskin

»Ähm ... tja ... also ...« Ich blickte Lisa entgeistert an, als sie den Inhalt einer gigantischen blauen Ikea-Tasche auf meinem Couchtisch ausschüttete. »... was genau ist das alles?«

Pünktlich um neun hatte ich sie auf dem Monitor meiner Überwachungskamera vor der Haustür erkannt und ihr den Fahrstuhl nach unten geschickt. Bellini hatte sie freudig begrüßt und einen wahren Affentanz um sie herum veranstaltet.

Falls Lisa von meiner Wohnung beeindruckt war, ließ sie es sich jedenfalls nicht anmerken. Ein kurzer Blick durch das große offene Wohnzimmer und den Küchenbereich und hinaus auf die Dachterrasse und ein lässiges »Cool« reichten ihr wohl als Anerkennung für mein Luxusloft. Sie kam lieber gleich zur Sache.

»Ich dachte, wir fangen sofort richtig an.«

Sie taxierte mich prüfend, während ich die verschiedenen Gegenstände genauer in Augenschein nahm. Es gab verschiedene Halsbänder aus Metall und Kunststoff, einige waren mit Dornen versehen, andere mit einem kleinen Kästchen aus Plastik.

»Was um alles in der Welt macht man damit?«

Lisa verzog keine Miene, als sie mir die Halsbänder abnahm und in einem dozierenden Tonfall die Funktionsweise erklärte. Sie hielt das metallene Halsband mit den Dornen hoch.

»Das ist ein sogenannter Würger. Benutzt man, wenn dein Hund zu sehr an der Leine zieht und du das unterbinden willst. Die Dornen hier«, sie legte sich das Band um die Hand und zog es dann zu, »drücken auf die Luftröhre des Hundes und nehmen ihm den Atem. Funktioniert super.«

Ich sah sie entgeistert an. Sie zeigte mir eines der anderen Halsbänder mit einem dieser komischen Kästchen.

»Das hier ist cool. Supercool. Stromhalsband. Wenn Bellini irgendwas Blödes macht, kannst du per Fernbedienung einen Stromschlag auslösen. Natürlich kann die Stärke variiert werden. Von leicht bis echt heftig. Danach überlegt er es sich dreimal, ob er auf die Couch springt oder nicht.«

Lisa verzog noch immer keine Miene, während ich sie nur stumm anstarrte und das Höllengerät in ihrer Hand entgeistert anblickte.

»Das ist jetzt nicht dein Ernst, oder? Ich soll Bellini einen Stromschlag verpassen, wenn er nicht das tut, was ich will?«

Ich sah zu Bellini hinüber, der unschuldig und nichts ahnend die Folterinstrumente auf dem Couchtisch beschnupperte.

»Ich denke, du willst deinem Hund Benehmen beibringen?«

Lisa war anscheinend davon überzeugt, dass wir uns nun lange genug kannten, um mich einfach zu duzen. Sie stand wieder mit trotzig verschränkten Armen vor mir und musterte mich mit der teenagerhaften Überheblichkeit, die sie schon gestern auf dem Innenhof der Feuerwache zur Schau gestellt hatte.

Vor meinem geistigen Auge tauchte das Bild eines winselnden Bellini auf, der sich unter einem Stromschlag vor Schmerzen wand.

»Okay, das war's.« Mit einem Ruck fegte ich Lisas Folterinstrumente wieder zurück in die Ikea-Tasche. »Vielen Dank für deine Hilfe. Ich glaub, ich komm bestens allein mit Bellini klar.« Ich reichte ihr die Tasche und schob sie in Richtung Fahrstuhl. »War echt schön, dich kennenzulernen. Grüß deinen Vater von mir, und es ist besser, wenn du jetzt gehst.«

Lisa ließ die Tasche fallen, blieb einfach stehen und grinste mich frech an. »Hey, das ging ja leichter, als ich dachte.« Aus irgendeinem Grund schien sie sehr zufrieden zu sein. »Du bist doch ganz cool.«

Ich sah sie noch immer verwirrt an.

Sie deutete auf die Tasche. »Das war ein Test, okay?«

»Ein Test? Wofür?«

Lisa stupste die Tasche verächtlich mit der Spitze ihrer ausgetretenen Sneaker an.

»Die meisten Leute, die Probleme mit ihren Hunden haben, würden alles dafür tun, damit das möglichst schnell aufhört. Für die hat man diesen Mist erfunden.«

Ich verstand noch immer nicht genau, was Lisa eigentlich vorhatte, nickte aber vorsichtshalber wissend.

»Und dann gibt es die, die kapieren, dass man Zeit, Geduld und ein bisschen Mühe braucht, um seinem Hund was beizubringen.« Sie blickte mich wieder herausfordernd an. »Ich wollte herausfinden, zu welcher Kategorie du gehörst, bevor wir anfangen. Ich hab keinen Bock, meine Zeit zu vertrödeln.«

»Gut, dann sind wir immerhin schon zu zweit.« Ich sah sie nun leicht angesäuert an und meinte mich zu erinnern, dass ich das letzte Mal in der Grundschule so verarscht worden war. »Ich hab nämlich auch keinen Bock, mein Leben damit zu vertrödeln, von einem überheblichen Teenager auf den Arm genommen zu werden.«

»Jetzt komm mal wieder runter.« Sie sah mich verständnislos an.

»Ich wollte nur sichergehen, dass es Bellini bei dir gut hat. Was du brauchst, ist nur ein bisschen Fachwissen, und dann läuft das schon. Jetzt sei nicht sauer.«

Sie hatte sich hinunter zu Bellini gebeugt und angefangen, ihn zu knuddeln. Der Chaot genoss die Streicheleinheit sichtlich und fing an, mit ihr spielerisch zu rangeln.

Ich atmete tief durch. Sie blickte zu mir hoch und hatte wieder diesen verständnislosen Blick drauf, der mir wohl sagen sollte, dass ich gerade eine der offensichtlichsten Wahrheiten der Welt nicht kapierte.

»Hey, das war ein Kompliment, falls es dir entgangen sein sollte.«

»Danke. Wär ich nie drauf gekommen.«

Lisa erhob sich. »Dann können wir ja jetzt anfangen.«

Und in diesem Augenblick begann ich zu ahnen, dass ich in absehbarer Zeit nicht nur einen rüpelhaften Junghund an der Backe hatte, sondern mich fortan auch mit einem nicht minder nervigen Teenager würde herumschlagen müssen.

Überraschenderweise machte Lisa ihre Sache erstaunlich gut und schien auch nicht sonderlich genervt über mein fehlendes Hundefachwissen zu sein. Sie erklärte mir geduldig, wie ich Bellini dazu bringen sollte, einen prall gefüllten Futterbeutel zu apportieren, nachdem ich ihn im großen Bogen auf die Terrasse zwischen die Blumenkübel geworfen hatte. Bellini schien das Spiel großen Spaß zu machen. Allerdings zerlegte er zwei dieser Beutel, die Lisa mitgebracht hatte, in atemberaubender Geschwindigkeit, noch bevor wir es verhindern konnten.

Nach eineinhalb Stunden hatte er es tatsächlich zum ersten Mal geschafft, mir den Beutel zu bringen, ohne ihn vorher in seine Bestandteile zu zerlegen, und ich war schier außer mir vor Freude. Lisa klärte mich auf, dass dieses Apportierspiel für Bellini wichtig ist, um ihn geistig und körperlich so auszulasten, dass er nicht auf seine sonst üblichen dummen Ideen kommen kann und sich aus lauter Langeweile eigene Abenteuer sucht. Das leuchtete ein. Und ich musste mir mit schlechtem Gewissen eingestehen, dass ich in den vier Wochen, in denen Bellini nun mein Leben teilte, nichts Großartiges mit ihm unternommen hatte, außer spazieren zu gehen, auf dem Sofa zu kuscheln und ihn ansonsten davon abzuhalten, meine Wohnung, den Dachgarten oder die Nachbarschaft zu ruinieren.

Das ungewohnte Training tat seine Wirkung, und gegen Mittag schlief Bellini zufrieden in seinem großen Hundekorb im Schatten, nachdem wir noch eine Runde um den Block gemacht hatten und er einigermaßen ruhig neben uns an der Leine hermarschiert war. Zum ersten Mal hatte ich das Gefühl, dass aus uns noch ein richtig gutes Team werden würde.

»Wenn du magst, kannst du zum Essen bleiben. Ich bestelle uns was vom Thailänder oder lieber Pizza?«

Ich reichte Lisa ein Glas kühlen Eistee, das sie ohne abzusetzen leerte. Sie wischte sich mit dem Handrücken über die feuchten Lippen und schüttelte energisch ihre rotblonden Locken.

»Keine Zeit. Hab noch was vor.«

Sie blickte auf ihre überdimensionierte, klobige Uhr im futuristischen Plastiklook.

»Und bin spät dran.« Sie schnappte sich ihren Rucksack und deutete auf die Ikea-Tasche. »Die nehm ich morgen mit. Ich hab's jetzt echt eilig.«

»Kein Problem.«

Dann verschwand sie in dem alten Industrieaufzug.

»Mach heute Nachmittag noch mal für zehn oder fünfzehn Minuten die Übungen mit Bellini. Und lass dir bloß nicht wieder den Futterbeutel klauen. Das ist nämlich mein Letzter.«

Ich nickte knapp. »Morgen wieder um neun?«

»Yep.«

Ich sah noch, wie sie aus ihren Shorts ein Handy zückte, kurz die Hand zum Gruß hob, ohne den Blick vom Display zu lösen, dann schlossen sich die Fahrstuhltüren ratternd und sie war verschwunden.

Einen Moment lang stand ich etwas unentschlossen in meiner Wohnung herum, die mir plötzlich sehr ruhig und sehr leer vorkam. Wie schnell doch dieser Vormittag vorbeigegangen war. Schließlich schnappte ich mir die Ikea-Tasche und verstaute sie kurzerhand in dem kleinen Gerätehaus der Dachterrasse. Bellini ließ sich davon nicht stören und blinzelte nicht einmal, als ich an ihm vorbeiging. Ich bestellte mir beim Thailänder etwas zu essen, und während ich auf den Lieferdienst wartete, fuhr ich meinen Computer hoch. Wenn es sonst nichts zu tun gab, konnte ich auch an meinem Manuskript weiterarbeiten.

Das eindringliche Summen der Türklingel riss mich aus meinen Gedanken. Etwas irritiert blickte ich auf und nahm erstaunt zur Kenntnis, dass die Sonne bereits hinter der Dachterrasse untergegangen war und ich im Zwielicht der Dämmerung an meinem Computer schrieb.

Ich hatte völlig die Zeit vergessen. Am frühen Abend hatte ich, wie Lisa es mir aufgetragen hatte, noch eine Runde »Hol-das-Leckerli« mit Bellini gespielt und war mit ihm raus in den kleinen Park gegangen, damit er schnüffeln und sein Geschäft verrichten konnte. Danach hatte ich konzentriert weitergearbeitet. Nun wuffte Bellini zaghaft, stand auf, schüttelte sich und blickte erwartungsvoll zum Fahrstuhl.

Das Summen hörte nicht auf. Anscheinend wollte mich jemand dringend sprechen. Als ich auf den Monitor sah, der mir das Bild der Überwachungskamera an der Haustür hoch in den fünften Stock übermittelte, stutzte ich. Soweit ich das im Halbdunkel des Eingangs erkennen konnte, stand Jan Janssen vor meiner Tür.

»Hallo?«, meldete ich mich überrascht.

»Hi, Anna. Hier ist Jan. Jan Janssen. Lisas Vater.«

»Ja, ich hab Sie schon erkannt. Warten Sie, ich schick Ihnen den Fahrstuhl runter.«

Zwei Minuten später stand Jan in meiner Wohnung und lächelte mich entschuldigend an.

»Sorry für die Störung. Ich will nur Lisa abholen. Ist ganz schön spät geworden.«

»Ähm, Lisa?«

»Ja. Ich hätte nicht gedacht, dass Sie so lange trainieren würden, ehrlich gesagt.«

»Nun«, ich räusperte mich etwas unbehaglich, »ehrlich gesagt, das haben wir auch nicht. Lisa ist schon gegen Mittag gegangen. Sie hatte noch irgendwas vor.«

In Jans Augen trat wieder dieser besorgte Ausdruck. »Hat Sie Ihnen gesagt, was das sein könnte.«

Ich zuckte etwas überfordert mit den Schultern. »Wäre das nicht eher Ihre Aufgabe, das rauszufinden?«

Er blickte mich einen Moment missbilligend an. »Sicher.«

Ich ruderte etwas zurück. »Sorry. Ich wollte Ihnen nicht zu nahe treten. Ich hab nur gedacht, als Vater wüsste man Bescheid, was die Tochter so treibt.«

»Normalerweise tue ich das auch.« Er atmete tief durch und rieb sich etwas überfordert über die Stirn. »Wir wollten heute Nachmittag eigentlich zusammen an den See fahren. Aber uns ist ein Notfall dazwischengekommen und ich musste ihr absagen.«

Sein Blick war schuldbewusst.

»Sie hat mir geschrieben, dass das okay ist. Das Training mit Ihnen würde länger dauern als geplant. Sie würden sich nicht so besonders geschickt anstellen.«

Ich schnaubte empört. »Vielen Dank auch. Zumindest weiß ich jetzt, dass Sie mich für total unfähig halten.«

Er wirkte tatsächlich etwas geknickt. »Tut mir leid.«

»Schon in Ordnung. Haben Sie denn keine Ahnung, wo Lisa stecken könnte?«

Jan überlegte kurz. »Bestimmt besucht sie irgendwelche Freunde und turnt mit ihnen im *Alexa* rum.«

Er wandte sich ab, um wieder mit dem Fahrstuhl hinunterzufahren. »Ich will Sie auch nicht länger stören.«

Erstaunlicherweise zögerte ich keine Sekunde. »Warten Sie.« Ich schnappte mir meine Jacke und den Schlüssel vom Küchentresen. »Wenn Sie wollen, komme ich mit, um sie zu suchen.«

Er blickte überrascht auf. »Das würden Sie tun?«

In diesem Moment fiel mir auf, dass es wohl etwas übergriffig war, meine Hilfe anzubieten. Schließlich kannten wir uns kaum und mein Verhältnis zu Lisa war alles andere als herzlich.

»Ja … ähm … macht man das nicht so? Unter Nachbarn?«

Ich konnte selbst kaum glauben, was ich da sagte.

In diesem Moment meldete sich sein Handy. Jan blickte aufs Display, sah mich bedeutungsvoll an und nahm den Anruf dann entgegen. »Lisa! Wo steckst du? Hast du schon mal auf die Uhr geschaut?«

Sein Blick war düster, als er einen Moment stumm zuhörte.

»Du bist schon zu Hause? … Okay … ich bin auch gleich da … bis gleich … das hat ein Nachspiel, nur damit wir uns verstanden haben, okay?«

Er beendete das Telefonat und sah mich erleichtert an. »So, wie's aussieht, brauche ich Ihre Hilfe nicht mehr. Aber danke für das Angebot.«

»Seien Sie nicht so streng mit ihr. Sie hat ihre Sache heute Morgen gut gemacht. Bellini hat eine Menge gelernt. Und ich auch.«

Er lächelte und nickte mir zu. »Wir sehen uns. Bis dann.«

Die Fahrstuhltüren schlossen sich und mir wurde bewusst, dass ich immer noch lächelnd die Tür anstarrte, während der Fahrstuhl bereits unten ankam. Kopfschüttelnd ging ich zurück auf die Terrasse, hockte mich zu Bellini und kraulte seinen Nacken.

»So, wie's aussieht, bist du nicht der Einzige, der Probleme macht.«

Bellini legte den Kopf schief und sah mich betont unschuldig an.

»Du brauchst gar nicht so zu gucken. Ihr habt eine Menge gemeinsam. Punkt.«

Am nächsten Morgen erschien Lisa pünktlich um neun und brachte jede Menge schlechter Laune mit.

Ich versuchte sie mit einer Demonstration von Bellinis Trainingserfolg zu besänftigen und warf den Futterbeutel, den er begeistert apportierte, ohne ihn vorher in tausend Stücke zu zerreißen.

Lisa beobachtete uns schweigsam und nickte zum Abschluss. Es war das Höchstmaß an Begeisterung, was wir zwei ihr entlocken konnten.

»Ist ja klar, dass es hier oben super klappt. Da gibt's auch keine Ablenkung. Mal sehen, wie's unten im Park läuft.«

Sie vermied es, mich anzusehen, und gab mir mit ihrer ganzen Haltung zu verstehen, was sie im Augenblick von mir hielt – nicht besonders viel. Schließlich war ich dafür verantwortlich, dass ihre kleine Lüge aufgeflogen war und sie deswegen Stress mit ihrem Vater bekommen hatte. Andererseits hatte sie mich weder in ihre Pläne eingeweiht noch mich davor gewarnt, dass Jan bei mir auftauchen könnte. Warum sollte ich mich also schuldig fühlen?

Ich musterte sie von der Seite, als wir im Fahrstuhl standen und uns auf dem Weg nach unten befanden. Demonstrativ blickte sie auf einen imaginären Punkt an der Wand, und ihre ganze Körperhaltung sagte: »Sprich mich jetzt bloß nicht an, Alte!«

Ich tat es trotzdem. »Du bist sauer auf mich.«

Keine Reaktion, nur ein ironisches Augenverdrehen. Ich atmete tief durch.

»Ich bin zwar der Ansicht, dass es absolut keinen Grund dafür gibt, auf mich sauer zu sein, aber okay – warum bist du sauer auf mich?«

Sie schenkte mir wieder diesen herablassenden Blick. »Warum wohl?!«

»Weil dein Vater dir gestern Abend die Hölle heißgemacht hat, nachdem du ihn belogen, mich als billige Ausrede benutzt hast und dich ansonsten wer weiß wo herumgetrieben hast?«

Sie verzog äußerst genervt das Gesicht. »Warum fragen Sie eigentlich, wenn Sie schon alles so genau wissen?«

Lisa war wieder zum distanzierten »Sie« übergegangen, wohl um mir zu demonstrieren, dass ich gefälligst auf Abstand bleiben sollte.

»Ich hab nicht ahnen können, dass du deinem Vater erzählst, du seist bei mir. Wenn du es tatsächlich gar nicht bist.«

Sie kniff die Augen zusammen und durchbohrte mich mit einem Blick aus ihren meergrünen Augen. »Hätten Sie ihn denn angelogen, wenn ich Sie drum gebeten hätte?«

»Niemals!«

Sie pustete sich triumphierend eine Locke aus der Stirn. »Sehen Sie – genau deshalb hab ich nichts gesagt.«

Ich atmete einmal tief durch und versuchte ruhig und erwachsen und auf keinen Fall oberlehrerhaft zu wirken. »Ich will mich nicht in euer Familienleben einmischen, Lisa. Es geht mich nichts an.«

»Und jetzt kommt bestimmt ein Aber!«

»Aber«, fuhr ich tatsächlich unbeirrt fort, »ganz allgemein halte ich es nicht für besonders klug, in deinem Alter durch die Stadt zu ziehen, niemanden zu informieren, wo du dich rumtreibst, und erst um halb zehn am Abend wieder auf der Matte zu stehen.«

Sie verdrehte erneut die Augen, und ich versuchte, es zu ignorieren.

»Gemeinhin machen sich Erwachsene, und in deinem Falle dein Vater, dann Sorgen. Ziemlich heftige Sorgen, um es mal knapp auszudrücken. Was sagt eigentlich deine Mutter dazu?«

An der Art, wie sie ihr Gesicht abwandte und gelangweilt eins von Bellinis Haaren von ihrem T-Shirt rupfte, konnte ich erkennen, dass ich einen wunden Punkt angesprochen hatte.

»Nichts. Meine Mutter ist fort. Schon seit einer ganzen Weile.«

»Das tut mir leid.«

Wir hatten das Erdgeschoss erreicht, die Türen öffneten sich und Bellini stürmte nach draußen.

»Können wir das Thema langsam mal beenden?« Sie eilte Bellini hinterher. »Ich bin hier, um Ihren Hund zu trainieren, und nicht, um Ihre überflüssigen Fragen zu beantworten.«

Der Blick, der ihre Worte begleitete, ließ keinen Zweifel aufkommen, dass sie es ernst meinte. Ich schluckte einen weiteren Kommentar herunter. Warum sollte ich mich weiter einmischen? Schließlich hatte ich mit Bellini schon genug Probleme an der Backe.

Im Laufe des Vormittags besserte sich Lisas missgelaunte Stimmung, und sie schien den Ärger, den sie mit ihrem Vater hatte, zu vergessen. Sie lachte sogar wieder und machte ihre typischen ironischen Bemerkungen über meine kläglichen Versuche, gegenüber Bellini eine natürliche Autorität auszustrahlen. Bellini liebte das Training und schien begeistert darüber zu sein, ständig hin und her zu flitzen und dafür auch noch mit Belohnungen vollgestopft zu werden. Er hing an unseren Lippen, um auch ja kein Kommando zu verpassen. Mir kam es so vor, als hätte der kleine Kerl all die Wochen nur darauf gewartet, endlich beweisen zu können, was für eine coole Socke er doch ist. Ich sah die anerkennenden Blicke der Parkbesucher, die unser Training beobachteten, und platzte fast vor Stolz.

Lisa schien mir meine Einmischung in ihr Familienleben nicht weiter übel zu nehmen. Allerdings vermied ich, das sensible Thema nochmals anzusprechen. Gegen Mittag packten wir unsere Sachen zusammen und beendeten das Training.

»Das hat Spaß gemacht, Lisa. Ganz im Ernst. Ich hätte niemals gedacht, dass Bellini die Kommandos so schnell kapiert.«

Lisa kraulte den Bauch Bellinis, der sich auf dem Gras hin und her rollte und das Leben und die Streicheleinheiten unbekümmert genoss.

»Der ist superschlau. Mit dem können Sie bestimmt Agility machen oder so was Ähnliches. Ich kann Ihnen ein paar Vereine raussuchen, wenn Sie wollen.«

Ich zögerte.

»Mal sehen. Im Augenblick bin ich ziemlich beschäftigt mit meinem neuen Manuskript. Da bleibt nicht so viel Zeit.«

Sie sah mich wieder spöttisch an. »Wenn man erst mal in Ihrem Alter ist, hat man wohl nie Zeit, was? Ist bei Papa auch nicht anders.«

Selten im Leben hatte ich mich so alt gefühlt.

»Tja, muss wohl daran liegen, dass man so überflüssigen Dingen wie einer Arbeit nachgehen muss. Es mag dich überraschen, aber der Kühlschrank füllt sich nicht magischerweise von allein.«

»Schon klar. Aber wozu braucht man 'nen Kühlschrank, wenn man eh nie zu Hause ist?«

Ich sah den verletzten Ausdruck in ihren Augen, den sie krampfhaft vor mir zu verbergen versuchte, indem sie schnell wieder den Kopf abwandte.

»Dein Vater hat ziemlich viel zu tun, hm?«

Ich versuchte, möglichst beiläufig zu fragen, um sie nicht weiter zu bedrängen.

Lisa zuckte mit den Schultern. »Er ist der Boss auf der Wache. Ist schließlich sein Job, Leute aus brennenden Häusern zu holen oder sie aus ihren kaputten Autos zu schneiden.«

»Oder lebensmüde Hunde von Dächern zu retten«, ergänzte ich trocken, um die Dramatik aus ihren Worten zu nehmen. Meine Bemerkung entlockte ihr tatsächlich ein Lächeln.

»Nicht zu vergessen, die durchgeknallten Nackten.«

Mit gespielter Empörung hob ich die Augenbrauen. »Ich hab nie behauptet, dass ich perfekt bin.«

Wir lächelten uns an und die Stimmung war wieder leicht und ungezwungen und unkompliziert wie dieser herrliche Sommertag im Park. Ich nahm Bellinis Leine.

»Komm, wir begleiten dich nach Hause.«

Augenblicklich traf mich wieder ihr kritischer Blick. »Wollen Sie mich kontrollieren?«

»Nein.« Ich verdrehte die Augen, so wie sie es immer tat. »Ich hab nur Lust auf einen kleinen Spaziergang und will mich weiter mit dir streiten.« Ohne auf sie zu warten, marschierte ich mit Bellini über die Wiese. »Das macht Spaß. Und ist echt lustig.«

Ich hörte sie hinter meinem Rücken empört schnaufen, doch sie folgte mir.

»Ich finde das nicht lustig. Ehrlich gesagt nervt das ganz schön.«

Ich warf ihr einen Blick über die Schulter zu. »Du kannst ruhig zugeben, dass es dir Spaß macht.«

»Müssen Sie eigentlich immer das letzte Wort haben?«

»Nein.«

»Und warum haben Sie's dann …?«

Wir machten so weiter, tauschten lieb gemeinte kleine Rüffel aus, bis wir irgendwann vor der Feuerwache ankamen. Die Tore waren weit geöffnet, und zwei der riesigen Feuerwehrautos parkten auf dem Vorplatz, auf dem ebenfalls ein paar Schläuche ausgerollt auf dem Pflaster lagen.

Die junge Kollegin und zwei Männer, die ich noch nicht kannte, hantierten mit den Schläuchen herum und sahen kurz auf, als wir näher kamen.

»Hi, Lisa. Dein Papa ist oben, falls du ihn suchst.«

Die junge Frau nickte mir ebenfalls freundlich zu, doch ich hatte das komische Gefühl, im Bruchteil einer Sekunde auf Herz und Nieren geprüft zu werden.

»Hi. Wie läuft's so mit Ihrem Hund?«

Ich deutete auf Bellini, der neben mir Platz genommen hatte. »So, wie's aussieht, interessieren Dächer ihn nicht mehr besonders.«

Wie um meine Worte zu unterstreichen, beobachtete mein Hund gelangweilt die Straße, und selbst ein paar Tauben, die todesmutig mitten auf der Fahrbahn herumstolzierten, konnten ihn nicht aufregen.

»Was hab ich gesagt?« Die junge Frau sah triumphierend ihre Kollegen an. »Lisa hat's drauf.«

»Hi. Das ist ja mal eine schöne Überraschung. Ich habe nicht so früh mit euch gerechnet.«

Jan Janssens tiefe, ruhige Stimme ließ mich herumfahren. Lässig trat er aus dem Halbdunkeln der Feuerwehrhalle, schirmte seine Augen vor dem hellen Sonnenlicht ab und kam mit einem schiefen Grinsen auf uns zu. Ein komisches Gefühl machte sich in meinem Innern breit und sorgte für kurze Irritation. Ich konnte mich beim besten Willen nicht daran erinnern, jemals so erfreut gewesen zu sein, einen Mann zu sehen, den ich kaum kannte.

Jan begrüßte seine Tochter und legte dem Teenager den Arm um die Schulter, was Lisa mit demonstrativ zur Schau gestelltem Unmut über sich ergehen ließ.

»Bellini ist superclever, Papa. Der kapiert schon beim ersten Mal ganz genau, was man von ihm will.«

»Das hört man gern. Kann man schließlich nicht von jedem sagen.« Jans spöttischer Unterton war nicht zu überhören und Lisa verdrehte augenblicklich die Augen und schüttelte den Arm ihres Vaters ab.

»Ich bin dann mal hinten. Wollte noch was im Internet nachschauen.« Sie sah mich an und nickte kurz zum Abschied. »Morgen habe ich die Adressen der Vereine, bei denen Sie mit Bellini trainieren können.«

Ich winkte ab. »Danke, Lisa. Mach dir keinen Stress deswegen.«

»Tschüss dann. Bis morgen.«

Sie stakste missmutig davon. Ich tauschte einen stummen Blick mit ihrem Vater. Der sah mich etwas entschuldigend an.

»Ich hoffe, sie hat Ihnen heute Morgen nicht allzu sehr die Hölle heißgemacht. Ihre Laune war nicht gerade bombig.«

Ich begann, um die Feuerwehrautos herumzuschlendern und so zu tun, als fände ich sie wahnsinnig interessant. Dabei bemühte ich mich um einen abgeklärten Plauderton.

»Sie hat mich behandelt wie eine Verräterin. Was ich in gewisser Weise auch gewesen bin.«

Jan verzog das Gesicht und folgte mir lächelnd um die Feuerwehrautos. »Gibt es etwas, was ich tun kann, um meine Tochter wieder gnädig zu stimmen?«

Ich schüttelte den Kopf. »Halb so wild. In Lisas Alter ist die Halbwertszeit zickiger Schmollanfälle nicht besonders hoch. Nach einer Stunde hatten wir uns wieder vertragen.«

Ich sah ihn an und erkannte wieder dieses jungenhafte Lächeln, hinter dem er seinen nachdenklichen, ernsten Blick gern zu verstecken schien.

»Ich bin Ihnen trotzdem was schuldig.«

Einen Augenblick ging sein Blick hinter mir in die Ferne, und ich merkte, wie er zögerte. Dann sah er mich wieder an, als wäre nichts geschehen. »Haben Sie Samstagabend schon was vor?«

Die Frage überrumpelte mich etwas. »Samstag?«

»Nein?« Er wartete meine Antwort gar nicht erst ab. »Dann haben Sie jetzt was vor. Sie sind zum Essen eingeladen.«

»Okay.« Meine Zusage kam viel zu schnell. Und viel zu unüberlegt. Normalerweise ließ ich mich nicht so einfach überrumpeln. Ich lächelte ihn etwas überfordert an. »Ich muss nur sehen, was ich mit Bellini mache. Er entpuppt sich zwar als Musterschüler, aber wer weiß schon, was er anstellt, wenn er allein ist.«

»Bringen Sie ihn einfach mit.«

In der Tür erschien ein Kollege von Jan. »Chef? Telefon für dich. Oben im Büro.«

Jan nickte dem Mann kurz zu und legte dann leichthin seine Hand auf meinen Arm. Die leichte Berührung schickte ein Kribbeln durch meinen Körper. »Ich muss wieder los.«

Die Hand war wieder verschwunden, aber das Kribbeln wirkte nach.

»Dann Samstag? Neunzehn Uhr? Kommen Sie hier vorbei?«

Ich nickte. »Samstag. Neunzehn Uhr.«

Er eilte zurück in die Halle und drehte sich noch einmal kurz um, bevor er im Halbdunkel wieder verschwand.

Ich blickte ihm lächelnd hinterher, bis ich den Blick der Feuerwehrfrau auf mir spürte, die unsere Unterhaltung interessiert verfolgt hatte. Mein Lächeln war etwas zu bemüht, als ich mich verabschiedete.

»Schönen Tag noch.«

»Du hast ein Date mit deinem Feuerwehrmann?« Leo sah ungläubig von den Manuskriptseiten hoch, die sie beeindruckt durchblätterte.

Der Rest der Woche war wie im Flug vergangen und ich hatte in den letzten Tagen mehr zu Papier gebracht als in dem halben Jahr davor zusammengenommen. Ganz nebenbei hatte ich die Bemerkung fallen gelassen, dass ich morgen nicht mit zu einem Abendessen in die Grunewald-Villa ihres Vaters kommen könnte, da ich bereits zum Essen verabredet war.

»Date würde ich das jetzt nicht nennen«, wehrte ich halbherzig ab. »Ich kenn ihn ja kaum.«

»Immerhin hat er dich schon nackt gesehen.«

Ich stöhnte genervt auf. »Muss mich eigentlich jeder ständig daran erinnern? Das ist mir peinlich.«

Leo schmiss sich zurück in die tiefen Polster meines Sofas und legte die Manuskriptseiten uninteressiert neben sich ab. »Den Typen *muss* ich kennenlernen. Keine Widerrede.«

»Vergiss es«, gab ich empört zurück. »Was soll an einer Verabredung zum Abendessen denn so überraschend sein?«

Leo grinste mich frech an. »Du gehst nie mit jemandem aus, der dich nicht interessiert. Vor Kurzem hat dich noch nicht mal ein Hummer mit Brad Pitt vom Hocker gerissen. Es sei denn ...« Leo machte eine bedeutungsschwere Pause und sah mich grinsend an.

»Okay. Ich geb zu, er hat was.«

Leo grinste noch breiter. »Du meinst, außer einem pubertierenden Teenager?«

»Lisa ist gar nicht so schlimm, wenn man sie besser kennt«, begann ich sie zu verteidigen. Tatsächlich hatten wir uns den Rest der Woche immer besser verstanden.

»Sie ist ziemlich witzig, ziemlich klug und alles andere als auf den Mund gefallen. Es macht Spaß, sich mit ihr zu streiten.«

Leo zog die Augenbrauen zusammen, nickte und blickte gespielt nachdenklich in die Ferne. »An wen erinnert sie mich jetzt noch mal gleich?!«

Ich warf ein Sofakissen nach ihr.

»Sehr witzig, Leo, wirklich, sehr witzig.«

Leo fing das Kissen auf und deutete auf die Manuskriptseiten. »Du machst Fortschritte, meine Liebe. Gefällt mir übrigens super.«

»Du hast es ja kaum gelesen«, gab ich empört zurück.

Leo winkte meinen Einwand lässig weg. »Erkenne ich auf den ersten Blick. Und was das Gebiet der zwischenmenschlichen Beziehungen betrifft, bist du auf dem richtigen Weg.« In ihren heiteren Blick trat so etwas wie leichte Besorgnis. »Allerdings hoffe ich, dass du dich nicht übernimmst. Dieser Feuerwehrmann ist eine andere Liga.«

»Und was genau willst du mir damit sagen?«

Leo hob abwehrend die Hände. »Ich will nur, dass du dir im Klaren darüber bist, auf was du dich einlässt. Er hat eine Tochter, für die er verantwortlich ist. Und für die übernimmst du dann ja auch irgendwie Verantwortung.«

»Lisa hat bereits eine Mutter. Da mische ich mich garantiert nicht ein.«

»Musst du auch gar nicht. Das passiert ganz automatisch, glaub mir. Vier Stiefmütter in zwanzig Jahren. Da macht man so seine Erfahrungen.«

Ich sah Leo einen Moment nachdenklich an. Sie hatte nicht ganz unrecht mit ihren Argumenten. Bisher hatte ich es tunlichst vermieden, mich auch nur annähernd um eine ernsthafte Beziehung zu bemühen. Die Aussicht, neben einem Mann auch noch einen pubertierenden Teenager in mein wohlgeordnetes Leben zu lassen, war nicht gerade das, was ich auf meinem Wunschzettel stehen hatte. Allerdings war ein vierbeiniger Chaot da ebenfalls nicht vorgesehen.

Ich blickte zu Bellini, der friedlich in der Sonne döste. Alles in allem konnte ich ganz zufrieden mit meinem neuen Mitbewohner sein. Von ein paar Anlaufschwierigkeiten mal abgesehen. Warum sollte es nicht auch bei Jan Janssen klappen?

»Anna?«

Leo riss mich aus meinen Gedanken und blickte grinsend zu mir.

»Kann ich Vera vom Marketing grünes Licht geben?«

»Äh ... ja ... grünes Licht wofür genau?«

»Für die Veröffentlichung deines Manuskripts? Kriegst du's in drei Monaten fertig?«

Ohne groß nachzudenken, nickte ich. »Das krieg ich hin.«

Leo sprang begeistert auf und klatschte in die Hände. »Super! Trag dir die Buchmesse schon mal rot im Kalender ein.« Sie deutete auf die Seiten, die noch immer auf dem Sofa lagen. »Wenn der Rest genauso gut wird wie das da, dann wird's hervorragend laufen.«

Ich atmete tief durch. »Das von deiner Verlegerin zu hören, ist sehr beruhigend.«

Leo beugte sich zu Bellini und wuschelte ihm durchs Fell. »Gut gemacht, Kleiner. Ich hab gewusst, dass du die perfekte Muse für sie bist.«

Bellini hatte zwar keine Ahnung, warum er gelobt wurde, genoss es aber trotzdem in vollen Zügen.

Leo drückte mich ebenfalls zum Abschied und setzte sich ihre extravagante Designerbrille auf die Nase, damit ich den Spott in ihren Augen nicht sehen konnte.

»Wir sehen uns Sonntag zum Frühstück. So gegen Mittag. Und dann will ich einfach *alles* über dein Date wissen.«

Ich schob sie in Richtung Fahrstuhl. »Kümmer du dich mal um dein eigenes Liebesleben.«

Die Fahrstuhltüren schlossen sich vor Leos breit grinsendem Gesicht.

»Tu nichts, was ich nicht auch tun würde.«

»Tschüss, Leo!«

Ich war wieder allein.

Nachdenklich ging ich zum Kühlschrank, um mich mit einem Glas Eistee wieder an den Computer zu setzen. War ich mir wirklich sicher, auf was ich mich mit Jan Janssen einlassen würde? War es das, was ich wirklich wollte? Ich blickte zu Bellini hinüber, der verträumt ein paar Schmetterlinge beobachtete, die zusammen mit den Bienen einen verzauberten Tanz in meinem Lavendel veranstalteten. Wenn ich ehrlich war, dann hatte ich keine Ahnung, auf was ich mich gerade einließ. Andererseits hatte ich auch keine Ahnung gehabt, was mit Bellini so alles auf mich zukommen würde. Die letzten Wochen waren anstrengend gewesen, manchmal sogar lebensgefährlich und alles andere als ruhig. Andererseits hatte ich mich seit einer Ewigkeit nicht mehr so lebendig gefühlt wie mit dem Chaoten an meiner Seite. Leo hatte recht. Mit Bellini war mir das Schreiben wieder leicht gefallen, ich genoss die Runden durch den Park mit ihm, beobachtete ihn amüsiert beim konzentrierten Sezieren meiner Designerschuhe und war inspiriert von der Art, wie er unbekümmert und neugierig jeden Augenblick seines Lebens als großes Abenteuer wahrnahm. Er brachte mich dazu, all die Dinge, die ich für alltäglich gehalten hatte, mit neuen Augen zu sehen.

Was würde mich bei Jan Janssen und seiner Tochter erwarten? Ich atmete tief durch, nahm einen großen Schluck von meinem Eistee und schob alle weiteren Gedanken daran beiseite. Darüber konnte ich nachdenken, wenn es so weit war. Jetzt hatte ich erst mal ein Manuskript fertigzustellen. Den Rest würde ich ganz entspannt auf mich zukommen lassen.

Gelassenheit war nicht wirklich das, was mich auszeichnete, als ich am nächsten Tag vor dem großen Einbauschrank stand, in dem meine Garderobe untergebracht war. Erst probierte ich es mit dem blauen Sommerkleid, das ich bei dem Galadinner Unter den Linden getragen hatte. Ein Blick in den Spiegel verriet mir jedoch, dass ich mindestens drei Nummern overdressed war, um mich mit einem netten Feuerwehrmann bei irgendeinem Italiener in Prenzlauer Berg zu amüsieren. In leichter Panik arbeitete ich mich fast eine Stunde durch meinen Kleiderschrank. Jeans und T-Shirt waren zu lässig, die Leinenhose im Marlenestil mit passender Bluse zu geschäftsmäßig und das bereits erwähnte Kleid zu sexy. Schließlich entschied ich mich für ein luftiges schulterfreies Sommerkleid mit großem Blumenmuster und dazu passenden Ballerinas, die im Gesamteindruck den Wunsch nach Italien, Sonne, Pasta und Meer hervorriefen. Zufrieden betrachtete ich mich in dem großen Spiegel und warf Bellini, der ein wenig gelangweilt mein Treiben beobachtete, einen fragenden Blick zu.

»Was meinst du? Kann ich mich so sehen lassen?«

Bellinis einzige Reaktion war ein ausgiebiges Gähnen. Dann legte er seinen Kopf wieder zwischen den Pfoten ab und schickte einen Seufzer hinterher.

»Anna!« Jan Janssen kam mir auf dem Vorplatz der Wache entgegen und strahlte mich an. »Sie sehen toll aus.«

Ich lächelte geschmeichelt. »Danke. Seit unserer ersten Begegnung achte ich etwas mehr auf angemessene Kleidung.«

»Das ist Ihnen ziemlich gut gelungen.«

Er nahm meinen Arm und führte mich in die große Halle, deren Tore weit offen standen.

»Kommen Sie, das Essen ist schon fertig. Ich hoffe, Sie haben Hunger mitgebracht.«

Etwas irritiert folgte ich ihm. Wir würden also nicht ausgehen, sondern bei ihm daheim zu Abend essen? Nun gut, damit hatte ich zwar nicht gerechnet, aber ich nahm an, dass er wusste, was er tat. Und kochen konnte. Mir knurrte der Magen vor Hunger.

Als wir den kleinen Innenhof betraten, kamen mir leichte Zweifel, dass der Abend so verlaufen würde, wie ich es mir vorgestellt hatte.

Ein halbes Dutzend Bierbänke und -tische waren aufgereiht, bunte Lampions hingen an den Bäumen und der große gemauerte Grill auf der Terrasse der kleinen Remise verströmte den intensiven Geruch von Steaks und Würstchen. Aus einem Lautsprecher, der über unseren Köpfen an einer Platane angebracht war, drang der aktuelle Sommerhit in erträglicher Lautstärke.

Das alles entsprach nicht ganz meinen Vorstellungen, passte allerdings hervorragend zu den zahlreichen Menschen, die in kleinen Gruppen an den Biertischen saßen oder sich mit einer Bierflasche in der Hand um den Grill postiert hatten und ihren Kindern dabei zusahen, wie diese in einem aufblasbaren Planschbecken ihren Spaß hatten. Etwas irritiert blieb ich stehen.

Jan sah mich verwundert an. »Alles okay?«

Ich nickte eilig. »Ja … sicher. Das sind nur … mehr Menschen, als ich erwartet hatte.« Ich bereute umgehend, was ich gesagt hatte, als ich erkannte, wie bei Jan der Groschen fiel.

»Oh … sorry …« Er rieb sich etwas schuldbewusst den Nacken. »Einmal im Monat machen wir ein Hoffest mit den Kollegen und ihren Familien.«

»Das ist … doch eine tolle Sache.« Ich versuchte mühsam, meine Fassung wiederzugewinnen, um mir die Enttäuschung nicht allzu sehr anmerken zu lassen.

Jan wirkte tatsächlich zerknirscht. »Sie haben gedacht, Sie und ich, wir würden allein irgendwo …?«

»Ehrlich gesagt, ja.« Ich setzte ein professionelles Lächeln auf und ging selbstbewusst in Richtung improvisierter Bar, die aus zwei großen blauen Plastiktonnen und einer ausgehängten Tür bestand.

»Wissen Sie was? Das hier ist viel besser. Falls wir uns nämlich gegenseitig langweilen oder auf die Nerven gehen, sind noch genug andere Leute da, mit denen wir uns amüsieren können.«

Ich lächelte dem muskelbepackten jungen Burschen hinter der Bar charmant zu. »Ich nehme ein Bier, bitte.«

»Kommt sofort.«

Jan folgte mir. »Sie sind nicht enttäuscht?«

Ich schüttelte den Kopf und nahm die Flasche entgegen, die der junge Adonis mir reichte. »Wieso? Ist doch nett hier.«

Herrn Janssen war anzumerken, dass er meinen Worten nicht allzu großen Glauben schenkte.

»Bellini!«

Lisas Stimme unterbrach unser kleines Geplänkel, und sie stürmte an uns vorbei zu Bellini, der ganz auf den großen Grill und die Schätze, die er zu bieten hatte, konzentriert war. Nachdem sie ihn ausgiebig begrüßt hatte, schenkte sie großzügigerweise auch mir etwas Aufmerksamkeit.

»Hi, Anna. Cool, dass du da bist.«

Sie hatte anscheinend beschlossen, dass wir uns wieder so prima verstanden, dass man auf das förmliche »Sie« verzichten konnte.

Ich hatte keine Einwände. »Ist mir ein Vergnügen.«

Sie löste die Leine von Bellinis Halsband, der daraufhin freudig an ihr hochsprang.

Ich sah sie skeptisch an. »Hältst du das für eine gute Idee?«

»Das Tor nach draußen ist geschlossen und aus dem Hof kann er nicht abhauen. Wo ist das Problem?«

Ich zögerte. Mir fielen ungefähr zehn Probleme ein, die Bellini verursachen könnte. Dabei zählte ich das Klauen der Grillwürste noch nicht einmal mit.

Lisa sah mich mit ihrem verständnislosen Teenagerblick an. »Du bist so ein Kontrollfreak, Anna, echt jetzt. Du und Papa, ihr werdet euch blendend verstehen.«

Ich blickte Rat suchend zu Jan.

Der zuckte nur mit den Schultern. »Lisa passt schon auf ihn auf.« Er sah seine Tochter ermahnend an. «Du passt auf ihn auf, oder?«

Lisa setzte diesen leicht beleidigten Blick auf, den Teenager immer aufsetzen, wenn man sie um etwas bittet, das in ihren Augen das Normalste von der Welt ist.

»Klar. Was hast du denn gedacht?«

»Wollte bloß sichergehen.« Jan ließ sich nicht provozieren, zwinkerte ihr kurz zu und nahm meinen Arm.

»Kommen Sie. Ich stelle Ihnen ein paar Kollegen und Freunde von mir vor. Nur damit Sie sich amüsieren können, falls ich Sie langweile.«

Die nächste Stunde war ich damit beschäftigt, unzählige Hände zu schütteln und mir Namen zu merken, die alle irgendwie komisch klangen und auf i endeten. Es gab einen Wolfi und einen Kopi, eine Hermi, und nur die junge Feuerwehrfrau, die ich bereits kannte, tanzte etwas aus der Reihe und hieß tatsächlich Martha. Ich bekam einen groben Überblick über die alltäglichen Herausforderungen eines durchschnittlichen Berliner Feuerwehrmanns oder einer -frau und stellte erstaunt fest, dass das Auspumpen von voll gelaufenen Kellern, das Entfernen einer Ölspur auf der Prenzlauer Allee und das Löschen in Brand geratener Mülleimer im Mauerpark tatsächlich einen Großteil ihrer Arbeit ausmacht. Das hatte ich mir auch irgendwie spektakulärer vorgestellt. Wenn allerdings etwas los war, dann auch gleich richtig, und ich folgte gebannt der Schilderung eines Hochhausbrandes am Planetarium, der zum Glück und dank des schnellen Eintreffens der Rettungskräfte kein Menschenleben gefordert hatte und von daher noch nicht mal eine Meldung im Lokalteil der Tageszeitungen wert gewesen war.

Das Essen war deftig und das Fleisch scharf gewürzt, und jedes Mal, wenn mein Teller leer war, brachte irgendjemand irgendwas anderes vom Grill, das ich unbedingt noch probieren musste. Ich war kurz vorm Platzen.

»Okay – das war's.« Ich schob den Teller von mir, sah mich nach Bellini um und wedelte mit einer halben Grillwurst, die ich einfach nicht mehr hinunterbekam. »Wo ist mein Hund, wenn ich ihn brauche? Bellini!«

»Er steckt bestimmt mit Lisa in der Remise.« Jan, der neben mir saß, setzte einen vielsagenden Blick auf.

»Anfang des Jahres hat sie beschlossen, Veganerin zu werden, und straft unsere Grillabende seitdem mit Verachtung für unseren herzlosen Fleischkonsum.«

Ich nahm einen Schluck von meinem Bier. »Das werde ich mir auch überlegen.«

»Hat es so schlecht geschmeckt?« Jans Blick war ehrlich beunruhigt.

»Es war hervorragend. Aber damit ist mein Kontingent an tierischem Protein für die nächsten zwanzig Jahre gedeckt.«

»Wir machen es ja nur einmal im Monat. Und in Zukunft besorge ich Veggiewürstchen.«

Ich sah ihn grinsend an. »Dann bin ich jetzt regelmäßiger Gast der Feuerwehr?«

»Wir pflegen einen engen Kontakt zu unseren Mitbürgern. Obwohl ich eigentlich geplant hatte, Sie beim nächsten Mal in ein wirklich gutes Restaurant an der Spree einzuladen, das ich kenne. Die machen hervorragenden Fisch.«

Die laut einsetzende Musik aus den Lautsprechern der improvisierten Musikanlage ließ uns zusammenzucken. Jan grinste breit.

»Oh«, erklärte er über den Lärm hinweg und kam dabei sehr nah mit dem Kopf an mein Ohr. Ich roch sein Aftershave, das sich mit dem Geruch nach Grillkohle und Barbecue vermischte. »Jetzt kommt der wirklich unterhaltsame Teil des Abends.« Er deutete auf den Hof, auf dem die Anwesenden nun die Tische beiseiteschoben.

»Kommen Sie, das wird Ihnen gefallen.« Er nahm meine Hand und zog mich hinter sich her.

Ich ließ es mir etwas widerstrebend gefallen, während sich die anderen Gäste auf die improvisierte Tanzfläche begaben. Ich sah ihn skeptisch an. »Wird jetzt getanzt?«

»Haben Sie das schon mal gemacht?«

»Mache ich den Eindruck, als hätte ich noch nie in meinem Leben getanzt?« Ich sah ihn vielsagend und ausreichend empört an.

Die anderen begannen sich in drei Reihen hintereinander aufzustellen und klatschten rhythmisch zu den rockigen Beats, die aus den Lautsprechern schallten.

Jan lachte mich voller Vorfreude an. »Nicht irgendwie tanzen. Line Dance.«

Das hatte ich in der Tat noch nie gemacht. Und ich hatte nicht vor, das hier und jetzt zu ändern. Abwehrend hob ich die Hände. »Danke auch. Ich schau dann einfach nur zu.«

Jan schüttelte den Kopf und hielt mich an der Hand zurück.

»Auf keinen Fall.« Er grinste breit. »Haben Sie nie *Footloose* gesehen?«

»Ich gehe selten ins Kino.«

Gegenwehr war zwecklos und ich ließ mich neben Jan in die Reihe der Tänzer schieben. »Vor zwei Jahren hatten wir hier ein paar Kollegen aus einer Kleinstadt in Montana zum Austausch. Die waren ganz wild danach. Und haben uns angesteckt.«

Ich stöhnte auf und suchte nach einer Fluchtmöglichkeit. Vergebens.

»Machen Sie mir einfach alles nach, Anna. Das kommt ganz automatisch. Glauben Sie mir.«

»Wenn solche Dinge zu Glaubensfragen werden ...«, stöhnte ich laut genug, dass er es hören konnte. Er lächelte nur. Ich starrte auf seine Beine, die sich im Rhythmus des Taktes zu bewegen begannen und eine schier unglaublich komplizierte Schrittfolge produzierten. Und dann machte ich es ihm nach. Erst zögernd, stolpernd, dann immer schneller, und bevor ich noch einen weiteren Gedanken daran verschwenden konnte, wie lächerlich und albern wir alle auf dem Pflaster des Innenhofs wohl aussehen mussten, fing die Sache an, mir Spaß zu machen.

»Mein Gott!« Durstig setzte ich die Flasche an und stürzte das Bier ohne abzusetzen hinunter. Wenig damenhaft wischte ich mir anschließend mit dem Handrücken über den Mund. »Jetzt weiß ich auch, warum in diesen Countrybars immer so viel Bier ausgeschenkt wird!«

Jan reichte mir eine Flasche mit Mineralwasser. »Zwischendurch solltest du's ruhig hiermit versuchen.«

Er nahm sich ebenfalls eine der Flaschen aus dem Kasten. Seine strohblonden Haare waren an den Seiten nassgeschwitzt und ein paar Schweißtropfen rannen ihm über den Hals in den braun gebrannten Nacken. Das T-Shirt klebte an seinem Oberkörper und betonte seine durchtrainierte Figur ziemlich vorteilhaft.

Ich riss den Blick mühsam von den breiten, muskelbepackten Schultern los (und der Vorstellung, wie es sich wohl anfühlen würde, von diesen Armen gehalten zu werden) und deutete auf die Tänzer im Innenhof, die nicht müde wurden, immer neue Tanzformationen und -schritte zu präsentieren.

»Falls das eure ganz eigene Version von Fitnesstraining ist, bin ich begeistert.«

Er lachte. »In Form zu bleiben, ist nicht ganz schlecht in meinem Job.« Er nahm einen großen Schluck von dem Wasser, räusperte sich kurz und sah mich wieder amüsiert an. »Ich hab keine Ahnung, warum das so ist, aber rein statistisch gesehen brechen die meisten Brände in der fünften Etage der alten Gründerzeitbauten aus.«

Ich war beeindruckt. »Ehrlich? Die meisten Brände?«

Er lächelte erneut. »Na ja, ich weiß nicht, ob die Statistik wirklich stimmt. Gefühlt aber auf jeden Fall. Gestern hatten wir drei Einsätze kurz hintereinander. Und alle waren in den oberen Stockwerken. Meine Oberschenkel haben sich am Abend angefühlt, als wären sie aus Pudding.«

»Dafür machst du heute auf der Tanzfläche eine überaus gute Figur.«

»Danke für das Kompliment.« Er grinste breit. »Das ich sehr gerne zurückgebe.«

Im Laufe der vergangenen Stunde waren auch wir ganz automatisch vom distanzierten Sie zum Du übergegangen, ohne dass einer von uns es besonders erwähnt hätte. Es schien wie bei Lisa ganz natürlich zu sein.

»Warst du eigentlich schon immer bei der Feuerwehr? Ich meine, ist das so etwas wie dein Traumjob?« Ich nippte an meinem Mineralwasser.

Er nickte. »Mit acht bin ich das erste Mal in einem Löschzug mitgefahren. Freiwillige Feuerwehr Oppershusen. Das ist ein kleines Kaff an der Ostseeküste, von dem du garantiert noch nie was gehört hast.« Er wurde tatsächlich etwas verlegen, als er von seinem Kindheitstraum erzählte. »Ich wollte nie wieder was anderes machen in meinem Leben.«

»Das nenne ich konsequent. Die wenigsten erfüllen sich ihre Kindheitsträume. Hast du deine Entscheidung jemals bereut?«

Er überlegte einen Moment zu lange, um wirklich überzeugend zu sein. »Nein.«

»Niemals? Noch nicht mal für einen kurzen Moment?«

Lächelnd bohrte ich nach und wusste, dass er mir in diesem Moment nicht ganz die Wahrheit sagte. Die meisten Entscheidungen, die ein Mensch trifft, wenn er sehr jung ist, bereut er im Laufe seines Lebens mehrmals. Es liegt in der menschlichen Natur, dass wir uns ständig fragen, ob das schon alles gewesen ist. Selbst jemand, der aus tiefster Überzeugung seinen Weg geht und alles erreicht, was er sich vorgenommen hat, stellt sich irgendwann diese Frage. Es ist ein Automatismus unserer Psyche, um uns aus unserer Routine zu holen und unsere Überzeugungen auf den Prüfstand zu stellen. Gemeinhin galt es als ziemlich sicher, dass selbst so außergewöhnliche Persönlichkeiten wie Steve Jobs, Martin Luther King und die Jungs von den Rolling Stones sich an der einen oder anderen Stelle ihres Lebens gefragt haben, ob das alles noch so richtig ist, was sie da tun. Jan Janssen war da bestimmt keine Ausnahme. Und da er mir in diesem Moment nicht die Wahrheit sagte, reizte es mich umso mehr, ihn aus seiner sicher geglaubten Deckung zu locken.

»Du hast es also nie bereut? Selbst dann nicht, als Lisas Mutter euch verlassen hat?«

Augenblicklich verschwand das Lächeln aus Jans Gesicht und er musterte mich mit ernstem Erstaunen. Was dazu führte, dass ich umgehend bereute, das Thema angesprochen zu haben.

»Lisa hat mir von der Trennung erzählt. Nur ganz kurz«, fügte ich erklärend hinzu, als ich sah, wie sich seine Augenbrauen ärgerlich zusammenzogen. »Und das Ende einer Beziehung stellt gemeinhin die bisherige Lebensplanung infrage. Also dachte ich …«

Er unterbrach mich einfach. »Lisa hat dir von Rike erzählt?«

Die Art und Weise, wie langsam, aber sicher ein kühler, abweisender Ausdruck auf seinem Gesicht erschien, deutete darauf hin, dass ich mich auf dünnem Eis befand. Andererseits war schließlich nichts dabei, über ehemalige Beziehungen zu reden. Im Gegenteil. Es war ganz normal, wenn man einem potenziellen Beziehungspartner näherkommen wollte. Warum er jetzt so einen Aufstand deswegen machte, war mir schleierhaft. Und machte mich zudem wütend. Und ein wenig eifersüchtig.

»Falls Rike der Name deiner Ex-Frau ist? Ja, sie hat mir von Rike erzählt.«

Jan atmete tief durch, und es war ihm anzumerken, wie sehr er sich zusammenreißen musste. Wie gesagt, ich fand, er übertrieb maßlos.

»Ich merke schon – sensibles Thema.«

Seine Wangenmuskeln mahlten und er bekam die vollen Lippen kaum auseinander. »Kann man so sagen.«

Sämtliche Leichtigkeit, die dem Abend einen fröhlichen Stempel aufgedrückt hatte, war verschwunden. Stattdessen schien eine dunkle Wolke zwischen uns aufzusteigen, die alles Helle und Unbekümmerte in Sekundenschnelle in sich aufsog.

»Falls es dich beruhigt – ich hatte auch schon ein paar sehr unerfreuliche Beziehungen. Und von den Trennungen will ich gar nicht erst anfangen.«

Das entsprach zwar nicht ganz der Wahrheit, aber egal. Ich lächelte wieder und hoffte, damit die düstere Stimmung zwischen uns etwas aufzuheitern.

Der Versuch misslang gründlich. Jan schien immer ungehaltener zu werden. Etwas zu abrupt stellte er die Flasche auf den Tresen. Ich zuckte zusammen, als ich das Glas klirren hörte.

»Vielleicht sollten wir das Thema wechseln.«

Er nahm mir die Bierflasche aus der Hand und stellte sie auf dem Tresen ab, ohne mich eines Blickes zu würdigen. Ich sah ihn verletzt an. »O-kay ...«

Erstaunt bemerkte ich, wie er in einem Anflug von plötzlichem Aktionismus begann, weitere Flaschen und Gläser von den Tischen zu räumen. Nach fünf Sekunden überkam mich ein ungeahnter Frust, der schnell in Wut umschlug.

»Eins würde ich gerne noch wissen.« Ich wischte mir eine verschwitzte Haarsträhne aus der Stirn. »Warum sind Männer eigentlich immer so sensibel, wenn es darum geht, von Frauen verlassen zu werden? Ich meine, wenn sich die Herren der Schöpfung eine andere suchen oder sich plötzlich selbst verwirklichen wollen und Frau und Kinder verlassen, dann ist das völlig okay. Passiert halt. Aber wehe, eine Frau trifft die gleiche Entscheidung. Dann ist sie gleich das personifizierte Böse.«

Er hatte meine Tirade, ohne mit der Wimper zu zucken und mit versteinertem Gesicht, über sich ergehen lassen.

Ich sah ihn kopfschüttelnd an. »Ganz im Ernst. Ich hab dich nicht für so einen Typen gehalten.«

Er schien nicht ganz zu wissen, wie er auf meine Worte reagieren sollte, und ich sah das Zögern in seinem Blick. Ich hob nur auffordernd die Augenbrauen. Wenn es jetzt noch etwas zwischen uns zu sagen gab, dann sollte er sich etwas beeilen.

In diesem Moment hörten wir das dumpfe Dröhnen einer Explosion und im nächsten Moment das laute Klirren geborstener Fensterscheiben, die auf uns herabregneten. Erschrocken sahen wir uns um. Aus dem ersten Stock der Remise schlugen Flammen und füllten in Sekundenschnelle den Innenhof mit schwarzem, beißendem Rauch.

»Ach, du Scheiße …« Ich starrte völlig paralysiert hoch in die Flammen.

»Kopi! Martha! Schnell! Zweimal C und Atemschutz!«

Jan hatte im Bruchteil einer Sekunde die Situation begriffen und handelte mit kühler, ruhiger Effizienz.

»Jemand muss die Leute rausbringen!«

Jan sah sich suchend um, während er mich kurzerhand in Richtung Feuerwehrhalle schob.

»Weiß jemand, wo Lisa ist?«, rief er über meinen Kopf hinweg in Richtung seiner Kollegen. Obwohl wir uns noch nicht lange und noch nicht gut kannten, entging mir die leichte Panik in seiner Stimme nicht.

In diesem Moment fiel mir zum ersten Mal an diesem Abend auf, dass ich weder Lisa noch Bellini in den vergangenen Stunden gesehen hatte. Seit meiner Ankunft waren die beiden verschwunden. Und dann blickte auch ich panisch zu der Remise, aus der dichter Rauch und Flammen schossen. Und ich hoffte inständig, dass die beiden irgendwo wären, ganz egal, wo – nur nicht da drin.

KAPITEL 9

Man muss sein Glück teilen, um es zu multiplizieren.
Marie von Ebner-Eschenbach

Die Unfallexperten der Versicherung stellten Tage später fest, dass eine überaus unglückliche Verkettung ebenfalls überaus unglücklicher Ereignisse dafür verantwortlich war, dass die Remise im Hinterhof der Feuerwehrwache ein Raub der Flammen geworden war. Es waren zwei abgeklärte Männer mittleren Alters, denen man anmerkte, dass sie im Laufe ihres Berufslebens als Versicherungsangestellte schon einiges gesehen haben mussten. Sie waren dennoch überrascht.

Der Brand hatte sich in Lisas Zimmer ausgebreitet und ebenfalls den angrenzenden Flur erreicht, bevor Jan und seine Kollegen das Feuer unter Kontrolle bringen konnten. Das Löschwasser und der dicke Rauch, der sich wie ein Leichentuch schwarz und klebrig über nahezu alles in dem Haus gelegt hatte, machten die Remise allerdings für die nächsten Monate völlig unbewohnbar.

Unnötig zu erwähnen, dass es der Brand in einer Feuerwehrwache ebenfalls groß auf die Titelseiten der Berliner

Tageszeitungen brachte. Die Ironie an der Story war für die Redakteure einfach unwiderstehlich.

Hatte ich bis zu diesem Ereignis noch geglaubt, Bellini würde sich tatsächlich vom Chaoshund zum Unschuldslamm wandeln, dann war ich danach schlauer.

Natürlich war er an der Katastrophe schuld gewesen.

Wie die Experten der Versicherung minutiös rekonstruierten, hatte Bellini in Lisas Zimmer erst einen Mehrfachstecker, der zu ihrem Computer führte, mit seinen Zähnen bearbeitet, was dieser nicht schadlos überstanden hatte. Zu diesem Zeitpunkt befand sich allerdings kein Strom auf der Dose. Ansonsten wäre vermutlich nur mein Hund gegrillt worden und nicht gleich das ganze Haus. Bellini musste bald die Lust auf Plastik vergangen sein, denn er ließ von der Dose ab, um seinen Durst am Blumenwasser einer Vase zu stillen, die in einem der Regale stand. Was weder das Regal noch die Vase lange überlebte und dabei umstürzte. Das Regal fegte den Computer vom Schreibtisch, der wiederum auf der Verteilersteckdose landete. Genauer gesagt punktgenau auf dem Schalter, der die angenagte Dose wieder unter Strom setzte. Es folgte eine Überhitzung des angenagten Verteilers mit anschließendem Schwelbrand, der erst den etwas angetrockneten Blumenstrauß aus der umgeschmissenen Vase, dann die Matratze von Lisas Bett und anschließend das komplette Zimmer in Flammen aufgehen ließ.

Allerdings konnte man Bellini, der sich nach dem Chaos, das er angerichtet hatte, wieder ins Erdgeschoss flüchtete, nur eine Teilschuld zusprechen. Denn hätte man ihn nicht unbeaufsichtigt gelassen, wäre das ganze Drama nicht passiert. Was wiederum zu der Frage führte, wo Lisa den Abend eigentlich verbracht hatte.

Als Jan und seine Kollegen die brennende Remise stürmten, sprang ihnen Bellini panisch entgegen. Von Lisa fehlte im Haus jedoch jede Spur. Sie tauchte eine Viertelstunde später neben mir vor der Feuerwache auf, wo wir Unbeteiligten ange-spannt drauf warteten, dass unsere Freunde und Kollegen das Feuer löschten.

Erleichtert hatte ich sie angesehen und sie aus einem mir völlig untypischen Impuls umarmt, als sie wie aus dem Nichts plötzlich neben mir stand.

»Lisa! Gott sei Dank!«

»Ach du Scheiße. Was ist denn hier los?« Sie hatte mich etwas irritiert angesehen und war dann auf Abstand gegangen.

»Die Remise brennt. Dein Vater und seine Kollegen löschen bereits.«

»Oh …«

Sie sah etwas abgehetzt und verschwitzt aus, so als wäre sie eine ganze Strecke gerannt.

»Wo hast du nur gesteckt? Dein Vater macht sich große Sorgen.«

Ich sah das Aufblitzen ihres schlechten Gewissens, das sie versucht hatte zu vertuschen, indem sie den Kopf senkte und das Gesicht hinter ihren blonden Locken versteckte.

»War mal kurz weg … mit Bellini ist alles in Ordnung?«

Ich nickte. Tatsächlich hatte sich Bellini von dem ersten Schock erholt, saß neben meinen Füßen und machte einen erleichterten Eindruck, den Flammen entkommen zu sein.

»Er war allein im Haus. Wolltest du nicht auf ihn aufpassen?«

Sie vermied es noch immer, mich anzublicken, und zuckte nur mit den Schultern.

»Ich musste kurz mal weg. Waren bestimmt nur zehn Minuten.«

Ich musterte sie nachdenklich. Es war nicht zu übersehen, dass sie etwas verheimlichte. Teenager in ihrem Alter lügen zwar wie gedruckt, doch sie besitzen noch nicht die Fähigkeit der Erwachsenen, selbst die größten Unwahrheiten lässig vorzutragen. Selbst der leichtgläubigste Mensch der Welt hätte ihre Ausrede in Sekunden durchschauen können.

Wie sich herausstellte, verriet sie auch Jan nicht, wo genau sie gewesen war. Selbst als eindeutig feststand, dass Bellini mindestens eine komplette Stunde unbeaufsichtigt geblieben war, um die Katastrophe anzurichten, die er angerichtet hatte. Was sich als durchaus kapitaler Fehler herausstellen sollte.

»Das können sie doch nicht machen.«

»Wie du siehst, können sie es.«

Jan reichte mir das Schreiben der Versicherung, das er eine Woche später bei sich in der Post hatte, und sah mich düster an. Er hatte vor einer Stunde angerufen und gefragt, ob er vorbeikommen könne, um eine wichtige Angelegenheit wegen des Brandes zu klären. Seit dem Abend hatten wir uns nicht mehr gesehen, und es war eine Woche vergangen, in der ich mindestens zehnmal am Tag zum Handy griff, Lisas Nummer aufrief, um den Anruf bei ihr dann doch zu lassen. Obwohl ich nicht das Geringste für das konnte, was geschehen war, fühlte ich mich verantwortlich. Und mein letztes Gespräch mit Jan war mir auch noch allzu deutlich in Erinnerung. So unangenehm, wie es geendet hatte.

Jetzt stand er in meiner Küche vor mir, und unter seinen Augen lagen dunkle Ringe, die davon zeugten, dass er in den vergangenen Nächten wohl nicht allzu viel Schlaf bekommen hatte.

»Das tut mir alles wahnsinnig leid, Jan. Ich werde mit meiner Versicherung sprechen. Die müssen den Schaden übernehmen. Das Ganze ist doch Bellinis Schuld.«

Da ich Bellini in die Obhut von Lisa gegeben hatte, bestanden sie darauf, dass damit eine Teilschuld bei den Janssens lag und sie gefälligst auch für den Schaden aufkommen sollten. Dies wiederum sah Jans Versicherung überhaupt nicht ein und legte Widerspruch ein. Und wenn Versicherungen über eines verfügten, dann war es Zeit und grenzenlose Geduld bei der Begleichung von Schadensfällen.

Jan rieb sich etwas überfordert und müde über die Augen.

»Das ist nett von dir, aber ich glaube nicht, dass es viel bringt. Erfahrungsgemäß werden sie sich schon irgendwie einigen, aber es wird Monate dauern, bis sie den Schaden zahlen.«

»Ist es sehr schlimm?«, fragte ich zaghaft und deutete auf die Stühle meiner Terrasse. »Setz dich doch bitte. Ich mach uns einen Kaffee.«

Er zögerte kurz. Doch dann nickte er. »Okay.« Er ging zu dem Stuhl aus Teakholz und setzte sich erschöpft. »Schwarz bitte, ohne Zucker.«

Zwei Minuten später reichte ich ihm einen Becher und setzte mich dazu.

»Wann könnt ihr denn zurück in eure Wohnung?«

»Zwei, drei Monate wird es wohl dauern. Wir müssen komplett renovieren. Und einige Möbel müssen auf den Sperrmüll.«

Ich warf Bellini einen vorwurfsvollen Blick zu. »Das ist alles deine Schuld, hörst du?«

»Na ja, Lisa ist auch nicht gerade unschuldig daran. Sie hätte ihn nicht allein lassen dürfen.«

Ich nickte unheilvoll. »Er neigt dazu, Chaos anzurichten, wenn er allein ist.« Ich sah ihn fragend an. »Hat Lisa dir verraten, wo sie gesteckt hat? Und vor allen Dingen, warum sie Bellini allein gelassen hat?«

Jan schüttelte den Kopf. »Sie will nicht mit der Sprache rausrücken. Sie besteht darauf, dass es nur ganz kurz war, obwohl es ganz offensichtlich eine Lüge ist.«

»Sie hat garantiert ein ganz furchtbar schlechtes Gewissen und schämt sich. Da fällt es einem nicht gerade leicht, die Wahrheit zu sagen.«

Er nickte und hing einen Moment seinen trüben Gedanken nach.

»Wo seid ihr denn jetzt untergebracht?«

»Im Augenblick schlafen wir in der Wache, aber das ist natürlich kein Dauerzustand. Eine kleine Wohnung in der Nähe zu finden, ist unmöglich. Die sind alle vermietet. An Touristen. Mal abgesehen davon, dass ich mir das sowieso nicht leisten könnte, selbst wenn die Versicherung zahlt.«

Das klang einleuchtend.

»Wir könnten in das Gartenhaus eines Freundes ziehen, aber das ist in Köpenick und viel zu weit von der Wache entfernt. Außerdem sind die Ferien vorbei und Lisa muss wieder in die Schule.«

»Kann sie nicht zu ihrer Mutter für den Übergang?«

Jan sah mich an und hatte wieder diesen kühlen, abweisenden Blick drauf.

Ich hob abwehrend die Hände. »Okay, ich weiß, sensibles Thema. Aber immer noch besser, als auf der Straße zu stehen, oder?«

Jan atmete tief durch und sah mich dann ernst an. »Rike ist tot, Anna.«

Ich hörte mich schlucken und sah ihn entsetzt an.

Er fuhr ruhig fort. »Sie starb vor vier Jahren an einer höchst seltenen, höchst aggressiven Form von Brustkrebs. Es ist also ziemlich unwahrscheinlich, dass Lisa zu ihr ziehen kann.«

»Oh … das … das …« Ich suchte nach den passenden Worten, während meine Gedanken wild durch mein Hirn tobten.

Auf Jans Lippen erschien ein zynisches Lächeln, das ich nicht von ihm kannte, und sein Blick war hart und kühl und abweisend.

»Ich weiß, was du sagen willst: Es tut dir leid. Das muss alles ganz hart sein. Die arme Lisa.«

Ich sah ihn schuldbewusst an. Er musste wohl mehr als einmal diese hilflosen Phrasen gehört haben, die man angesichts einer solchen Tragödie gerne mal von sich gab.

»Ich hatte keine Ahnung, Jan. Als Lisa mir erzählte, dass ihre Mutter fort ist, da bin ich davon ausgegangen, es wäre so wie immer: Scheidung. Trennung. Das Übliche halt. Das war blöd von mir.«

Ich sah ihn hilflos an. Einen Moment lang musterten wir uns prüfend.

Schließlich wagte Jan ein ehrliches Lächeln, aber es erreichte nicht seine Augen. »Ziemlich blöd von dir.«

»Allerdings«, gab ich zerknirscht zu.

»Ist schon okay.« Er nahm einen großen Schluck von seinem Kaffee und sah mich dann über den Rand der Tasse hinweg an. Kurz hatte ich das Gefühl, auf Herz und Nieren geprüft zu werden. Als er die Tasse wieder abstellte, war der harte Ausdruck in seinen hellen Augen verschwunden.

»Ist ja nicht so, als würde ich mit einem großen Schild auf der Stirn rumlaufen, auf dem *Achtung – Witwer* steht. Ich hätte es dir einfach sagen sollen.«

»Es war wohl noch keine passende Gelegenheit dazu.«

Jan erhob sich. »Ich muss wieder los. Mein Dienst fängt gleich an. Danke für den Kaffee.«

Ich begleitete ihn zum Fahrstuhl. »Und was ist jetzt mit der Wohnung?«

Jan zuckte mit den Schultern. »Wir werden schon was finden. Es gibt immer eine Lösung.«

Er sagte es wie jemand, der tatsächlich daran glaubte. Wie jemand, der das Schlimmste gesehen hatte. Und überlebt hatte. Wie jemand, für den Aufgeben niemals eine Option war. Und das veranlasste mich dazu, etwas zu sagen, was ich noch niemals gesagt hatte.

»Ihr könnt bei mir bleiben. Ich hab zwei Gästezimmer. Und ein großes Extrabad.«

Die Sonne ging hinter der roten Backsteinmauer am Abendhimmel unter und tauchte meine Dachterrasse und das restliche Berlin in ein orangefarbenes Glühen, das an einen Werbeprospekt für Städtereisen erinnerte.

»Du hast Line Dance gemacht?« Leo hatte sich tief in die hellen Polster meiner Loungeecke sinken lassen und verschluckte sich ein wenig an dem Bellini, den ich ihr gemixt hatte. »Ich glaub dir kein Wort!«

»Es war eine Menge Bier im Spiel«, fügte ich erklärend hinzu.

»Und dann ist alles abgefackelt? Weil Bellini Lust auf Kabelsalat hatte?«

Ich nickte. »In der Kurzversion, ja. So ungefähr ist es gewesen.«

Leo konnte es nicht fassen. Sie hatte sich vor einer Stunde mit einem Taxi direkt vom Flughafen zu mir fahren lassen. Die vergangene Woche war sie auf einer großen Verlegermesse in London gewesen, zu der sie ihr Vater verdonnert hatte. Ich war mir ziemlich sicher, dass Leo die Reise schließlich nur angetreten hatte, um die queere Partyszene Londons zu erkunden. Dreimal hatte ich vergeblich versucht, sie anzurufen, und es dann frustriert aufgegeben. In der vergangenen Stunde hatte ich sie endlich über die Ereignisse der letzten Tage aufgeklärt und ihre Augen waren vor Unglauben immer größer geworden.

»Wow! Was so alles passieren kann, wenn man dich mal eine Woche allein lässt.« Es lag eine gewisse Bewunderung in ihrem Blick.

Ich fand allerdings, dass es dafür überhaupt keine Veranlassung gab.

»Darf ich dich daran erinnern, dass es deine grandiose Idee war, Bellini in mein Leben zu schubsen?«

»Ich muss zugeben, der ist wirklich so was wie eine Naturkatastrophe.« Sie verzog mitleidig das Gesicht. »Willst du ihn wieder loswerden? Wir finden bestimmt ein tolles Zuhause für ihn. Irgendwo auf dem Land? Wo er nicht so viel Schaden anrichten kann?«

Ich schüttelte den Kopf, ohne groß darüber nachzudenken, und blickte zu Bellini, der entspannt auf seiner Decke alle viere von sich streckte und uns träge unter schweren Augenlidern anblinzelte. Wie eine Naturkatastrophe sah er nun wirklich nicht aus.

»Ich glaube, er hatte in der Remise Todesangst. Jedenfalls hat er seitdem keinen Blödsinn mehr angestellt.«

»Das hört man doch gern.«

»Ich hoffe, es bleibt dabei.« Ein strenger Blick von mir traf Bellini. »Hast du das verstanden?«

Er blinzelte nicht einmal und lag weiterhin unschuldig auf seiner Decke. Nur die Rute begann aufgeregt auf dem Boden zu klopfen und zeigte mir, dass er meine Worte sicherlich gehört hatte. Ich hoffte, er würde sie auch verinnerlichen.

Leo stellte ihr Glas ab, rückte auf die Sofakante und sah mich dann prüfend an. »Kommen wir zu dem nächsten unglaublichen Ereignis.« Sie hob die Augenbrauen. »Du hast allen Ernstes diesen Feuerwehrmann und seine Tochter bei dir aufgenommen? In deine Wohnung? In die heiligen Hallen, in die nur Louisa und ich dürfen?« Sie blickte zu Bellini. »Und du natürlich.«

Sie hatte mit ihrem Unglauben nicht ganz unrecht. Ich konnte es selber kaum fassen, dass ich Jan diesen Vorschlag unterbreitet hatte. Mein Loft und der große Dachgarten waren mein Heiligtum, mein Elfenbeinturm, mein sicherer Rückzugsort vor der Welt da draußen, die mich total nervte oder überforderte. Hier war ich ungestört, hatte meine Ruhe und konnte in Frieden tun und lassen, was ich wollte. Ich brauchte es wie die Luft zum Atmen.

Wenn man, so wie ich, den Großteil seiner Kindheit bei immer wieder wechselnden Pflegefamilien in Vierbettzimmern zugebracht hatte, sich morgens das Bad mit mindestens sieben weiteren Kindern teilen musste und das Nutella-Glas garantiert leer gekratzt war, wenn man zum Frühstück kam, war das auch nicht weiter verwunderlich.

Bis zum Erscheinen meines ersten Ratgebers hatte ich niemals ein eigenes Zimmer oder eine eigene Wohnung besessen. Ich hatte es mir nicht leisten können. Später mietete ich mir mit dem ersten Geld eine kleine Dachgeschosswohnung, und dann, als sich die Bücher immer erfolgreicher verkauften, gönnte ich mir mein Luxusloft. Für mich war es der Himmel auf Erden im wahrsten Sinne des Wortes.

Damals schwor ich mir, niemals wieder auf diese Freiheit und diesen Luxus zu verzichten. Komme, was wolle.

Bis heute Morgen.

»Es steht noch gar nicht fest, ob er mein Angebot wirklich annimmt.« Ich sah Leo vielsagend an. »Er ist nicht gerade jemand, der gern auf Hilfe angewiesen ist. Eher so der Ich-rette-die-Welt-Typ.«

Leo nickte. »Verstehe.«

»Außerdem muss er es erst noch mit Lisa besprechen. Und die geht mir auch aus dem Weg, seit Bellini alles abgefackelt hat. Ich glaub, sie fühlt sich schuldig.«

»Wozu sie auch allen Grund hat.«

Ich atmete tief durch und goss mir noch ein Glas von dem kühlen Crémant ein. »Wie auch immer. Ich denke mal nicht, dass sie einziehen.« Manchmal kann man sich die Dinge auch schönreden.

Leo beobachtete mich über den Rand ihres Glases hinweg nachdenklich. »Du magst ihn.«

»Wer würde das nicht tun?« Ich verzog ironisch das Gesicht. »Er ist nett, witzig, kann Verantwortung übernehmen und hat die tragische Aura eines Witwers. Mal abgesehen davon, verdient er seinen Lebensunterhalt damit, Menschen zu retten und Katastrophen zu verhindern. Der Typ kommt geradewegs aus einem verdammten Hollywoodfilm!«

Leo hob ihr Glas und prostete mir zu. »Mister Perfect!«

Ich sah meine beste Freundin ernst an. »Das ist mir alles eine Nummer zu groß, Leo. Ich würde ihm vermutlich nur das Herz brechen. Und wie wir alle wissen, gibt das ganz, ganz mieses Karma.«

Leo nahm einen Schluck von ihrem Cocktail und nickte nachdenklich. »Wahrscheinlich hast du recht.«

Dann sah sie mich an und alle Ironie und der ihr sonst eigene Zynismus waren aus ihrem Blick verschwunden.

»Oder er bricht dir das Herz.«

Ich schlief schlecht in jener Nacht. Und das lag nicht nur daran, dass Vollmond war. Er tauchte mein Schlafzimmer in milchig-silbriges Licht und ließ die Schatten der Vorhänge an den gegenüberliegenden Wänden wie Feenflügel tanzen. Ich beobachtete das Schauspiel wie hypnotisiert und hing meinen Gedanken nach.

Hatte ich Jan das Wohnungsangebot nur aus meiner neu erwachten Freundlichkeit meinen Mitmenschen gegenüber unterbreitet? Wobei das schlechte Gewissen wegen Bellinis Untaten sicherlich auch eine maßgebliche Rolle gespielt hatte. Oder steckte mehr dahinter, wie Leo vermutete? Konnte es tatsächlich sein, dass ich drauf und dran war, mich ernsthaft zu verlieben? Etwas, das ich noch niemals in meinem Leben getan hatte und es auch nicht tun wollte.

Ich musste zugeben, dass ich Jan ziemlich anziehend fand. Das lag nicht nur an seinem attraktiven Äußeren, an seinen ungewöhnlichen Quecksilberaugen und dem blonden Dreitagebart.

Es war die Art, wie er mich ansah, wie er mir Komplimente machte, die nichts Forderndes hatten und die von einem warmen Humor begleitet wurden. Ich fühlte mich in seiner Gegenwart wohl und inspiriert und hellwach. Und zu meinem Erstaunen völlig angstfrei. Normalerweise hielt ich zu meinen Mitmenschen ganz automatisch Distanz. Sowohl in körperlicher als auch in emotionaler Hinsicht. Leo war die Ausnahme. Als wir uns vor einer Ewigkeit kennenlernten, hatte sie mir überhaupt keine andere Wahl gelassen, als sie zu mögen. Und anscheinend drückte Jan Janssen dieselben Knöpfe bei mir wie Leo.

Oder lag es einfach daran, dass er mich nackt auf dem Dach vor dem sicheren Tod gerettet hatte? War das, was ich für ihn zu fühlen begann, so eine Art »Stockholm-Syndrom«?

Warum warf ich, nebenbei bemerkt, alle Regeln und Sicherheitsmaßnahmen über Bord, die ich mir in den fünfunddreißig Jahren meines Lebens mühsam aufgebaut hatte, um in dieser chaotischen, gefährlichen Welt überleben zu können?

Ich wälzte mich im Bett hin und her und fand keine Antwort. Schließlich fiel ich in einen traumlosen Schlaf, aus dem mich kurze Zeit später das Klingeln meines Handys weckte. Erstaunt blickte ich auf die digitale Anzeige der Uhr auf meinem Nachttisch. Es war kurz nach sieben in der Früh.

»Hallo?«

»Hi, hier ist Jan«, kam es gedämpft aus dem Lautsprecher des Handys. »Hab ich dich geweckt?«

»Nein. Nein. Ich bin schon wach.« Meine Stimme war rau und verschlafen und vermutlich durchschaute er meine Lüge sofort.

»Tut mir leid, dass ich so früh störe.« Er machte eine kurze Pause, und ich spürte fast körperlich die Überwindung, die es ihn kosten musste, dieses Telefonat zu führen.

»Jan? Bist du noch dran?«

»Ja, sorry, bin noch dran. Es ist nur … meinst du es wirklich ernst mit deinem Angebot?«

»Ja. Absolut ernst«, gab ich ohne zu zögern zurück.

»Du machst das nicht nur, weil du glaubst, uns etwas schuldig zu sein?«

»Nein.« Ich hoffte, meine Stimme klang empört genug.

»Und Lisa und ich werden dir auch nicht auf den Geist gehen, während wir darauf warten, dass unsere Wohnung wieder bewohnbar wird?«

Ich atmete tief durch und erhob mich von meinem Bett. »Jan, du hast meine Wohnung gesehen. Die ist riesig. Wahrscheinlich werden wir uns kaum über den Weg laufen.« Ich blickte hinaus auf die Dachterrasse, die in der Morgensonne erstrahlte und ihre blütenreiche Pracht üppig zur Schau stellte. »Die meiste Zeit sitz ich eh im Dachgarten und schreibe. Mein neues Manuskript muss fertig werden. Außerdem könnte Lisa sich um Bellini kümmern, während ich arbeite. Das würde mir sehr helfen.«

Wieder eine kurze Pause. Dann hörte ich, wie er tief durchatmete. »Okay. Abgemacht. Dann ziehen wir bei dir ein. Heute Abend, nach meinem Dienst? Wär dir das recht?«

»Ja, kein Problem. Heute Abend.«

»Dann bis später.« Er hörte sich erleichtert an. »Und vielen Dank, Anna.«

»Nichts zu danken. Das mache ich sehr gern.«

Mit breitem Lächeln legte ich auf und atmete tief durch, während ich mein Gesicht in die Morgensonne hielt. Vermutlich lag es nicht nur an dem herrlichen Wetter und dem intensiven Duft des Lavendels, dass ich ausgesprochen gute Laune hatte.

KAPITEL 10

Es gibt nur zwei Tage im Jahr, an denen man nichts tun kann.
Der eine ist Gestern, der andere Morgen. Dies bedeutet, dass heute
der richtige Tag zum Lieben, Glauben und in erster Linie zum
Leben ist.

Dalai Lama

Wie angekündigt, tauchten Jan und Lisa pünktlich um sieben Uhr am Abend vor meiner Haustür auf. Als sich die Fahrstuhltüren öffneten, begrüßte Bellini sie aufgeregt und vor Freude außer sich. Anscheinend war er der Meinung, dass ein bisschen Leben in der Bude nicht schaden konnte. Die beiden hatten nur ein paar Taschen und zwei Rollkoffer dabei.

»Die meisten Sachen müssen erst mal gereinigt werden. Der Ruß ist durch jede Ritze gedrungen«, klärte Jan mich auf.

Lisa knuddelte Bellini ausgiebig, der sich ihr sofort zu Füßen geworfen hatte und seinen Bauch zum Kraulen präsentierte. Sie sah deprimiert auf.

»Den Rest hat das Wasser erledigt.« Sie machte nicht gerade einen begeisterten Eindruck. »Die Hälfte meiner Klamotten ist Geschichte. Im Winter muss ich wohl nackt rumlaufen.«

Jan sah sie mahnend an. »Ich bin mir sicher, dass das nicht passieren wird.«

Die beiden standen etwas unschlüssig in der Mitte meines offenen Wohnbereichs. Ich wusste nicht so recht, was ich sagen sollte.

»Ja … habt ihr Hunger? Ich wollte gleich was beim Inder bestellen.« Ich ging zur Küchentheke und nahm die Karte von meinem Lieblingsinder von der Pinnwand. »Die machen wirklich hervorragendes Biryani.«

Jan und Lisa tauschten einen Blick und Jan rieb sich verlegen den Nacken.

»Was dagegen, wenn ich koche? Meine Spaghetti in Käsesoße sind legendär. Dazu gibt's frischen Salat. Wenn du magst?«

Ich sah ihn überrascht an. »Ja … natürlich. Gerne.«

Lisa verdrehte die Augen und verschränkte die Arme vor der Brust. »Papa ist der Meinung, wir müssen unser Geld sparen. Pizza und Thaicurry sind daher gestrichen.« Sie seufzte theatralisch. »Vermutlich für die nächsten hundert Jahre.«

Jan verzog ironisch das Gesicht. »Danke, Lisa, für diese Information. Anna ist sicherlich brennend an unserer finanziellen Situation interessiert.«

Es war ihm anscheinend unangenehm, dass Lisa völlig unbekümmert die Geldknappheit angesprochen hatte, unter der die beiden leiden mussten, denn der Brand hatte ja fast ihr ganzes Hab und Gut zerstört.

»Nein. Schon gut. Ich hätte es mir ja eigentlich denken können.«

»Dass wir pleite sind und quasi auf der Straße stehen?« Jan hob ironisch die Augenbrauen.

»Ja … nein … also, ich meine …« Überfordert blies ich die Wangen auf und steckte etwas hilflos die Hände in die Taschen meiner Jeanshose.

Lisa warf ihrem Vater einen Blick zu, der wohl so etwas wie *Mit der wird's echt anstrengend* bedeuten sollte.

Jan rettete mich und klatschte auffordernd in die Hände. »Okay, dann stürze ich mich aufs Abendessen.« Er deutete auf die Taschen und Rollkoffer. »Kümmerst du dich um unsere Sachen, Lisa?«

»Klar, wenn ich wüsste, wo die hinkommen. Oder schlafen wir hier auf dem Boden?«

Mir fiel ein, dass ich ihnen noch nicht mal die Gästezimmer gezeigt hatte.

»Nein, natürlich nicht.« Ich deutete auf die große Schiebetür am Ende des Wohnbereichs, von dem ein kleiner Flur in den hinteren Bereich meines Lofts führte.

»Da vorne ist der Gästebereich. Da, wo der Flur ist.«

Lisa verdrehte die Augen. »Wow! Der *Gästebereich.* Ist ja wie im Hotel hier.«

Jan warf ihr einen mahnenden Blick zu. »Lisa!«

Sie schnappte sich nur eine Tasche und einen Rollkoffer und folgte mir zu den Zimmern. Jan nahm das restliche Gepäck.

Rechts und links von dem langen Flur gingen jeweils die Zimmer ab. Ich öffnete die Tür zum Gästezimmer und deutete in den Raum.

»Das ist ab jetzt euer Reich.«

Das Zimmer war spartanisch eingerichtet. Ein kleines Doppelbett, ein Kleiderschrank und ein Sessel nebst Beistelltisch und Vintagestehlampe waren alles, was das Zimmer hergab. Am Nachmittag hatte ich das Bett frisch bezogen und Handtücher rausgelegt.

Lisa sah sich gespielt beeindruckt um. »Ist ja echt wie im Hotel.« Sie sah mich spöttisch an. »So persönlich.«

»Ab und zu übernachtet eine gute Freundin von mir hier. Die hat sich bislang nicht beschwert.«

»Es ist perfekt. Vielen Dank, Anna.« Er wandte sich streng an Lisa. »Und du reißt dich jetzt mal zusammen, klar?«

Lisa nickte und schmiss dann ihre Tasche aufs Bett, auf dem es sich Bellini bereits bequem gemacht hatte. Er starrte seine neue Mitbewohnerin voller Vorfreude an.

Ich deutete auf die Tür, die gegenüberlag. »Dann schläfst du wohl hier.« Ich öffnete das Zimmer und erklärte etwas entschuldigend: »Es ist nicht wirklich ein Gästezimmer. Eher mein Lesezimmer. Aber auf der Couch schläft man wirklich gut. Und du kannst über die Terrassentür direkt in den Dachgarten.«

Jan folgte mir und lächelte milde. »Das ist klasse. Wirklich.« Er deutete auf die prall mit Büchern, Zeitschriften und sonstigen Andenken gefüllten Regale, die jede Wand des Zimmers bedeckten. »Jedenfalls wird's nicht langweilig, falls ich nachts mal nicht schlafen kann.«

»Bedien dich.« Ich lächelte ihn an. »Aber falls es dir nichts ausmacht, dann stell die Bücher bitte wieder da ab, wo du sie rausgeholt hast. Sie sind sortiert.«

»Warum überrascht mich das jetzt nicht?« Er schickte ein warmes Lächeln hinterher. »Stört es dich wirklich nicht, wenn ich hier schlafe? Du musst doch arbeiten?«

»Oh, nein.« Ich winkte ab. »Hier lese ich nur, wenn ich was recherchieren muss. Das Schreiben erledige ich im Sommer auf der Terrasse und, wenn's regnet, im Wintergarten.«

»Ein eigenes Zimmer nur fürs Lesen – das nenne ich mal echt dekadent.« Lisa war uns gefolgt und sah sich nun auch in dem Zimmer um. Schließlich nickte sie anerkennend. »Hast du die alle gelesen?«

Ich nickte.

»Dann musst du echt viel Zeit haben.« Sie sah mich wieder spöttisch an.

»Okay.« Jan verhinderte, dass Lisa weitere bissige Bemerkungen machen konnte, und sah seine Tochter auffordernd an. »Du kümmerst dich um unsere Klamotten.«

Er nahm eine Tasche hoch, die prall mit diversen Lebensmitteln gefüllt war, und sah mich lächelnd an. »Wenn du mir jetzt noch verrätst, wo ich die Töpfe in der Küche finde, können wir in einer halben Stunde essen.«

Während Jan die mitgebrachten Lebensmittel in meinem viel zu großen und viel zu leeren Kühlschrank verstaute und dann damit anfing, Zwiebeln, Knoblauch und Kräuter klein zu hacken, den Salat zu putzen und einen sehr intensiv duftenden italienischen Weichkäse für die Soße zu zerbröseln, zog ich mich in meine Schreibecke auf der Terrasse zurück. Bellini verfolgte aufgeregt Lisa und beobachtete sie dabei, wie sie ihre und Jans Sachen in den Zimmern verstaute.

Von der Terrasse aus hatte ich einen guten Blick auf das Treiben in der Küche und sah Lisa von Zeit zu Zeit in mein Lesezimmer flitzen und mit einer für Teenager ungewöhnlichen Sorgfalt Kleidungsstücke, Ladekabel und sonstige Gegenstände des persönlichen Bedarfs in Schränke und Ablagen sortieren. Ab und zu hörte ich, wie sie Jan eine Frage stellte, wo genau er seine Sachen haben wollte.

Jan arbeitete stumm und konzentriert vor sich hin. Er machte den Eindruck eines Mannes, der nicht zum ersten Mal in einer Küche stand und der es gewohnt war, schnell und effektiv ein Essen zu zaubern, das nicht allein aus Fertigprodukten bestand und in der Mikrowelle aufzuwärmen war.

Ich war beeindruckt. Der Mann musste tatsächlich dem Wunschkatalog für Traummänner entsprungen sein. Ich beobachtete, wie seine schlanken Hände das Messer hielten, als er mit knappen, effizienten Bewegungen die Zwiebeln und den Knoblauch klein hackte. Ich sah das feine Spiel seiner

Unterarmmuskeln unter dem blonden Flaum seiner Haut, als er die Paprika abspülte, um sie ebenfalls klein zu schneiden und in den Salat zu geben. Er arbeitete konzentriert und routiniert und mit einer Schnelligkeit, die beeindruckend war.

An Schreiben war nicht mehr zu denken. Bestimmt, so redete ich mir ein, lag dies daran, dass ich es einfach nicht gewohnt war, an einem Manuskript zu arbeiten, während jemand in meinem Zuhause Spaghetti kochte, den Salat putzte und sich häuslich niederließ. Ich starrte auf den Bildschirm meines Laptops und versuchte mich auf die Sätze zu konzentrieren.

Doch das Einzige, was mein Kopf zustande brachte, war das Wahrnehmen eines verlockenden Duftes aus meiner Küche, in dem ein nahezu fremder Mann mein Abendessen zubereitete. Kurz überlegte ich, ihm meine Hilfe anzubieten. Allerdings war es eine Ewigkeit her, dass ich tatsächlich für mich oder sonstwen gekocht hatte. In meiner Kindheit hatte ich jeden Tag in der Küche meiner diversen Pflegemütter gestanden und dabei geholfen, Berge von Kartoffeln, Möhren, Kohlrabi und andere Zutaten zu schälen. Mit deftiger Hausmannskost wie Buletten, Koteletts mit Erbsen und Möhren oder Kartoffelsuppe mit Würstchen kannte ich mich super aus. So super, dass ich schon vor Jahren beschlossen hatte, nie wieder etwas zu kochen, was auch nur entfernt damit Ähnlichkeit hatte.

Schließlich stand ich auf und rupfte ein paar Stängel Pfefferminze heraus, die in einem kleinen Hochbeet auf meiner Dachterrasse üppig wuchs, und ging damit in die Küche. Eigentlich mochte ich keinen Tee, und es war auch viel zu heiß dafür, aber stumm vor meinem Laptop sitzen konnte ich keine Minute länger.

»Magst du auch einen Tee? Mit frischer Pfefferminze?« Ich lächelte Jan leichthin an, während ich die Stängel in der Spüle abbrauste.

Er blickte auf und lächelte zurück. »Gern. Ich hab lange keinen frischen Pfefferminztee getrunken. Bei dieser Hitze ist es super.«

Ich nickte überzeugend, als wäre dies genau meine Absicht gewesen. »Ob Lisa auch etwas mag?«

Jan gab den zerbröselten Käse zu den bereits angeschwitzten Zwiebeln und zum Knoblauch und ließ ihn schmelzen.

»Bestimmt.« Er hob kurz die Stimme und rief in Richtung Flur. »Lisa? Kommst du mal bitte?«

Er lächelte mich an. »Deine Wohnung ist wirklich riesig. Vielleicht bringe ich morgen ein paar Funkgeräte mit. Erleichtert die Kommunikation.«

Ich grinste breit. »Keine schlechte Idee. So praktisch.«

In diesem Moment erschien Lisa mit Bellini an ihrer Seite, Knöpfen vom Kopfhörer in den Ohren und dem Handy in ihrer Rechten.

»Was gibt's denn?«

Er deutete auf den Herd. »In zehn Minuten können wir essen. Kannst du bitte den Tisch decken?«

Lisa zuckte mit den Schultern, was wohl so viel wie *geht in Ordnung* heißen sollte, legte Handy und Kopfhörer ab und sah mich fragend an.

»Wo finde ich denn Teller?«

Ich zeigte es ihr und deutete auf den großen Teaktisch, der vor der Terrassentür im Dachgarten stand und der von Oleanderbüschen in großen Kübeln eingerahmt war.

»Lass uns doch draußen essen.«

Lisa nickte wieder.

»Ich mach gerade frischen Pfefferminztee. Möchtest du auch?«

»Klar.« Ihre Antwort war knapp und sie ging mit Platzdecken, Tellern und Besteck hinaus auf die Terrasse. Ich holte eine Flasche Weißwein aus dem Kühlschrank.

»Bier ist leider nicht da, aber der Weißwein passt bestimmt gut zum Käse.«

Jan schüttelte bedauernd den Kopf. »Ich nehme lieber Wasser. Und den Tee.«

Unschlüssig stand ich mit der Flasche in der Hand da, dann packte ich sie wieder zurück in den Schrank.

Jan sah mich überrascht an. »Nimm ruhig den Wein. Ich hab nur Bereitschaft, da trink ich keinen Alkohol.«

»Bereitschaft?« Ich sah ihn verständnislos an.

Während Jan die Spaghetti abgoss und in eine große Schüssel gab, klärte er mich über die Arbeitsbedingungen der Berliner Feuerwehr auf.

»Eigentlich ist mein Dienst heute Abend beendet. Ich muss erst in zwei Tagen wieder ran. Aber falls ein Notfall eintritt und alle Kollegen draußen bei Einsätzen sind, dann muss ich einspringen.«

Ich goss das heiße Wasser in einer Karaffe über die Minzeblätter und legte noch eine Scheibe Zitrone oben drauf.

»Passiert das denn öfter?«

Er zuckte nur mit den Schultern.

»Wir haben Wochenende. Und es sind eine Menge Touristen in der Stadt. Da wird viel Party gemacht.« Er goss die cremige Käsesoße über die Nudeln und schmeckte mit Pfeffer und Salz ab, während er weitersprach. »Im Winter ist es aber schlimmer. Da gibt es wesentlich mehr Brände und wir rücken meist in ganzer Mannschaftsstärke aus.«

Ich nickte interessiert. Bis vor Kurzem hatte ich mich noch nie mit der Arbeit der Feuerwehr beschäftigt. Ich ging einfach davon aus, dass sie da war, wenn's brannte oder wenn man sie aus irgendwelchen anderen Gründen brauchte. Wenn ich ehrlich war, dann war mir erst an dem Abend im Hinterhof der Wache in den Sinn gekommen, dass die Männer und Frauen in ihren roten Autos mit dem Martinshorn und dem Blaulicht oben drauf ganz normale Familienväter oder -mütter waren, auf die zu Hause die Kinder warteten.

»Ist bestimmt nicht so einfach«, erwiderte ich nachdenklich. Er sah mich fragend an. »Was genau?«

»Na, Job und Familie und Kinder so unter einen Hut zu bringen? Wenn man nie so genau weiß, was kommt.«

Er lächelte, doch in seine Augen trat ein müder Ausdruck. »Man gewöhnt sich dran. Mit der Zeit.«

»Ich werde mich nie dran gewöhnen. Nur damit du's weißt.« Lisa war von der Terrasse zu uns hereingekommen und hatte den letzten Teil unseres Gesprächs gehört. Sie sah mich vielsagend an. »Mir wär es lieber, er hätte 'nen normalen Job.«

Wobei sie *normal* so betonte, als käme Feuerwehrmann gleich hinter Hundefänger oder Metzger.

»Irgendwas mit Internet wär cool. Dann käme ich bestimmt billig an 'nen neuen Handytarif.«

Sie schnappte sich ihr Handy und die Kopfhörer vom Tresen. »Tisch ist gedeckt. Bin gleich wieder da.«

Ich sah ihr kopfschüttelnd hinterher, als sie in ihrem Zimmer verschwand und Bellini ihr wie ein Schatten folgte.

»Ich glaube, in ihrem Alter hätte ich es toll gefunden, wenn mein Vater Feuerwehrmann gewesen wäre.«

Jan zuckte nur mit den Schultern. »Du kannst mir glauben: Als Vater kann man es einer dreizehnjährigen Tochter niemals recht machen – egal, was man tut. Das ist so eine Art Naturgesetz.«

Mein Lächeln war durchaus mitleidig.

Er schnappte sich die Schüssel mit den fertigen Spaghetti. »Komm. Und verrat mir beim Essen, was dein Vater so gemacht hat, um deinen Unwillen zu erzeugen.«

Ich wich seinem Blick aus und nahm die Schüssel mit dem Salat. »Ich hab keine Ahnung, was er gemacht hat. Ich bin meinem Vater nie begegnet.«

Ich versuchte, es möglichst unbedeutend klingen zu lassen. Im Laufe meines Lebens hatte ich mir eine beißende Ironie zugelegt, wenn das Thema auf meine Eltern kam. Was es später oder früher immer tat.

Jan sah mich einen Moment besorgt an. »Das ist ... schade.«

Ich sah ihn offen an. »Nein. Das ist es nicht. Nach allem, was ich von ihm weiß, und das ist nicht besonders viel, wäre er nicht gerade das gewesen, was man einen Vorzeigepapa nennen würde. Ich denke mal, für alle Beteiligten ist es besser gewesen, dass wir uns niemals kennengelernt haben.«

Ich stellte die Salatschüssel ab und rief nach Lisa. »Lisa! Wir können anfangen!«

Dann schnupperte ich an den Spaghetti. »Riecht sehr gut. Ich hab wirklich Hunger.«

Ich merkte Jan an, dass er unsicher war, ob er weiter mit dem Vaterthema fortfahren sollte. Im nächsten Moment tauchten Lisa und Bellini auf, und wir begannen, uns über die Nudeln und den Salat herzumachen.

Zwei Stunden später war die Küche blitzblank geputzt und aufgeräumt, die Spülmaschine verrichtete leise gurgelnd ihren Dienst und ich hatte mit Bellini und Lisa eine Abendrunde absolviert, während Jan die Reste unseres Abendessens aufräumte.

Jan kam in kurzen Boxershorts und einem frischen T-Shirt aus seinem Zimmer. Er lächelte uns an und winkte mit einem Handtuch. »Ich wollte noch schnell duschen und dann ins Bett. War ein langer Tag heute.«

Ich nickte. »Sag Bescheid, wenn ihr noch was braucht.«

Er nickte. »Okay.« Und verschwand im Bad.

»Ich hau mich auch hin. Nacht, Anna.« Lisa warf Bellinis Leine neben der Fahrstuhltür auf den Boden und nahm ihm sein Geschirr ab. Sie sah mich fragend an. »Kann Bellini bei mir schlafen?«

Ich zuckte mit den Achseln. »Wenn er das möchte, klar.«
Wie sich herausstellte, mochte er sehr.

Augenblicke später stand ich allein in dem großen, plötzlich sehr ruhigen und leeren Wohnzimmer herum und wusste nicht so recht, was ich anfangen sollte. Aus dem Bad hörte ich das gedämpfte Rauschen der Dusche, und aus Lisas Zimmer kam unverständliches Gemurmel, als sie mit Bellini sprach. Ich seufzte, ging zum Kühlschrank, überlegte, mir doch noch ein Glas Wein einzuschenken, und griff dann lieber zu dem Pfefferminztee, der mittlerweile kalt und erfrischend war.

Ich setzte mich hinaus auf die Dachterrasse und starrte in die Nacht.

Der erste Abend mit meinen Mitbewohnern war zu Ende. Zu meiner Überraschung war er weniger anstrengend verlaufen, als ich befürchtet hatte. Vielleicht war es ja gar nicht mal so schlecht, eine Weile nicht allein hier zu sein. Durch das hell erleuchtete Fenster meines Lesezimmers, das nun Jan Janssen beherbergte, sah ich, wie er aus der Dusche kam, seine Sachen ordentlich ablegte und die Kissen seines Bettes aufschüttelte. Als er die Vorhänge zuzog, duckte ich mich ein wenig hinter dem Oleanderbusch, sodass er mich nicht sehen konnte. Kurze Zeit später erlosch das Licht hinter den Vorhängen.

Zufrieden nippte ich an meinem Pfefferminztee und war erstaunlich im Reinen mit mir und der Welt.

KAPITEL 11

Man muss die Musik des Lebens hören.

Theodor Fontane

Der durchschnittliche Mensch ohne größere psychische Probleme besitzt eine bemerkenswerte Eigenschaft, die ihm das Leben unglaublich erleichtert. Dummerweise ist diese Eigenschaft auch sein größter Fehler – es ist die Gewohnheit.

Wir Menschen sind Gewohnheitstiere. Haben wir uns einmal an einen bestimmten Umstand unseres Lebens gewöhnt, dann möchten wir, dass alles so bleibt, wie es ist. Selbst wenn uns das alles andere als glücklich macht.

Wir gewöhnen uns an unsere morgendliche Tasse Kaffee und wollen selbst dann nicht darauf verzichten, wenn sie uns Sodbrennen verursacht. Wir gehen morgens ins Büro und machen einen Job, von dem wir schon seit Jahren wissen, dass er uns niemals erfolgreich, wohlhabend und glücklich machen wird. Wir können nicht auf unseren Sonntagsbraten verzichten, auch wenn wir wissen, dass dafür ein Lebewesen auf höchst unangenehme Art und Weise zu Tode gebracht worden ist.

Mit der Gewohnheit ist es in etwa so wie mit dem Frosch und der Schüssel voll Wasser, die auf einem Bunsenbrenner

146

steht. Der Frosch merkt gar nicht mehr, wie das Wasser immer heißer und heißer und heißer wird. Bis … nun – den Rest können Sie sich sicher denken.

Auf eine bestimmte Gewohnheit zu verzichten, ist eine ziemliche Herausforderung. Man muss das Alte lassen und dafür etwas Neues einüben. Und das möglichst lange und kontinuierlich. Wobei *lange* höchst individuell ist. Bei einigen reichen drei Wochen, andere brauchen zwei Monate, um sich an die neuen Umstände zu gewöhnen. Fragen Sie mal die Ex-Raucher in Ihrem Freundeskreis, die können ein langes Klagelied davon singen.

Zum Glück hatte ich niemals in meinem Leben etwas so Blödsinniges getan, wie ein Vermögen für krebserregende Substanzen auszugeben. Dennoch konnte ich mich schon bald in die Qual der Nikotinjunkies hineinversetzen, die beschlossen hatten, auf ihre Lieblingsbeschäftigung zu verzichten.

Auch ich litt, und das nicht zu knapp.

Das Zusammenleben mit Jan und Lisa stellte meinen bisherigen Alltag komplett auf den Kopf und verursachte mir Kopfschmerzen.

Wenn ich morgens verschlafen aus meinem Schlafzimmer stolperte, erwartete mich bereits das pralle Leben in meinem Zuhause. Lisa hockte am Küchenblock über einer Schüssel Cornflakes, tippte auf ihrem Handy herum und lieferte sich nebenbei wortreiche Auseinandersetzungen mit ihrem Vater, der bei Kaffee und Toast gänzlich andere Vorstellungen von der aktuellen Tagesgestaltung hatte. Dazwischen Bellini, der der Meinung war, man habe ihn beim Frühstück übersehen, obwohl er Sekunden zuvor eine riesige Schüssel Trockenfutter verspeist hatte, und seinen Unmut lautstark vortrug. Aus dem Radio versprühte ein nerviges Moderatorenpaar aufgesetzt gute Laune und kündigte mit schlechten Witzen den neuesten Allerweltssommerhit an.

Ich flüchtete umgehend in mein Bad, um unter der Dusche halbwegs wach zu werden und mich den Anforderungen des Tages gewachsen zu fühlen.

Anschließend versuchte ich freundlich und gut gelaunt bei meinen Mitbewohnern zu erscheinen, obwohl ich in dem Kühlschrank so gut wie nichts mehr wiederfand, um mir mein Frühstück zu machen.

Ich schluckte meinen Ärger hinunter, weil Lisa ihre Cornflakes aus meiner Lieblingsschale löffelte, nahm bemüht gleichgültig zur Kenntnis, dass Jan meine Espressomaschine auf die falsche Betriebstemperatur eingestellt hatte und Bellini das falsche Futter bekam. Aus unerklärlichen Gründen war nie genug Milch für einen Cappuccino übrig, obwohl Jan ständig neue anschleppte. Waren die beiden endlich auf dem Weg zur Arbeit oder in die Schule, atmete ich erleichtert auf.

Ich versuchte mich nicht darüber zu ärgern, dass meine cremeweißen Framsohn-Handtücher zusammen mit den blauen Socken meiner Gäste in der Waschmaschine landeten und nun eine undefinierbare Farbe zwischen Schlammbraun und Lila hatten. Ich versuchte zu ignorieren, dass mich die Aufforderung, doch mit den beiden zu Abend zu essen, aus dem Konzept brachte und mich in meiner Konzentration störte, während ich meinem Manuskript den letzten Feinschliff gab. Ich versuchte, mich frei und ungezwungen in meinen eigenen vier Wänden zu bewegen und nicht ständig das Gefühl zu haben, beobachtet zu werden.

Ich weiß, was Sie jetzt denken. Warum sollte man sich über solche Kleinigkeiten aufregen? Davon geht schließlich die Welt nicht unter. Sie haben recht. Davon geht sie nicht unter. Aber meine wohlgeordnete kleine Welt wurde ordentlich aus den Angeln gehoben. Nach einer Woche gab ich auf, mich an dem morgendlichen Treiben der Familie Janssen zu beteiligen, und zog mich in mein Schneckenhaus zurück.

Ich gewöhnte mir an, nach einem kurzen Morgengruß so lange im Bad zu verschwinden, bis die beiden weg waren.

Ich machte mich mit Bellini auf in den Park, kurz bevor Lisa aus der Schule kam und Jan seinen Dienst beendet hatte. Es wurden ausgedehnte Runden, sehr zur Freude Bellinis. Wir übten weiter mit dem Futterbeutel und mein Hund beherrschte die Kommandos *Sitz, Platz, Bleib* und *Zu mir* immer besser.

Jan und Lisa konnten derweil ungestört in *meiner* Wohnung *ihrer* Tagesroutine nachgehen. Anschließend aß ich in einem kleinen Straßencafé eine Kleinigkeit und ging zurück, um weiterzuarbeiten. Lisa hatte sich meist schon wieder in ihr Zimmer zurückgezogen, und Jan war irgendwohin unterwegs, um die Renovierung der Remise zu organisieren. Ich bekam ihn so gut wie nie zu sehen. Der Streit unserer Versicherungen zog sich, wie nicht anders befürchtet, in die Länge, und der Ausgang war ungewiss. Ich war beeindruckt davon, wie rücksichtsvoll und zurückhaltend er war. Dummerweise sprachen wir kaum noch ein Wort miteinander. So vergingen drei weitere Wochen, in denen wir uns nur noch selten über den Weg liefen.

An diesem Nachmittag tauchte Lisa früher auf als gewohnt. Ich hatte beiden einen Schlüssel und die Codekarte für den Fahrstuhl gegeben, sodass sie jederzeit in die Wohnung konnten.

Nachdem sie ihre Sachen achtlos in ihr Zimmer geschmissen, sich einen kleinen Snack aus dem Kühlschrank gegönnt und mich spöttisch dabei beobachtet hatte, wie ich auf meinem Laptop rumtippte *(dass man so sein Geld verdienen kann, ist echt krass)*, bestand sie darauf, mit mir und Bellini in den Park zu gehen, um nach unseren Trainingsfortschritten zu sehen. Seit dem Brand hatte sich Bellini tatsächlich zusammengerissen und keine weiteren Katastrophen verursacht. Wenn man davon absah, dass er alles klaute, was auch nur entfernt an Essen erinnerte. Auch Jans Boxershorts stibitzte er, um sie in den Blumentöpfen zu verbuddeln, und Lisas Zahnspange hatte er genüsslich in ihre Bestandteile zerlegt. Was Lisa als Wink des Schicksals auffasste und der Meinung war, nun keine mehr zu brauchen.

»Nächste Woche noch, dann bist du uns wieder los.«

Lisa und ich saßen im Gras unter dem Schatten einer alten Platane und blickten auf das Treiben vor uns. Bellini hatte eine halbe Stunde lang demonstriert, was er mittlerweile alles drauf hatte, döste an unserer Seite und ließ sich von mir die Ohren kraulen.

Ich blickte überrascht zu Lisa auf. »Nächste Woche schon?«

Lisa nickte.

Meine Stimme klang etwas enttäuscht, denn Lisa schenkte mir ein ironisches Lächeln.

»Jetzt sag bloß nicht, du wirst uns vermissen?«

»Na ja.« Ich wich ihrem Blick ertappt aus. »Wenn man's genau nimmt, seid ihr zwei mir kaum aufgefallen.« Ich sah sie fragend an. »Kann es sein, dass dein Vater mir aus dem Weg geht?«

Lisa nickte völlig selbstverständlich. »Klar. Er will dich nicht bei deiner Arbeit stören.«

Wobei sie das Wort *Arbeit* so betonte, dass jeder normale Mensch es für alles andere, nur nicht für Arbeit gehalten hätte.

»Das tut er doch gar nicht.«

»Ja. Weil er dir ja aus dem Weg geht.«

Ich sah beleidigt zur Seite. »Du tust gerade so, als würde ich euch die ganze Zeit das Gefühl vermitteln, ihr seid bei mir nicht willkommen.«

Lisa seufzte theatralisch und sah mich mit diesem mitleidigen Blick an, den Teenager draufhaben. »Falls du uns das Gefühl *nicht* vermitteln willst, dann solltest du dir echt abgewöhnen, sofort abzuhauen, wenn wir in dein Blickfeld kommen.«

»Das tue ich doch gar nicht.«

Lisa lachte höhnisch auf. »Aber so was von.« Sie schüttelte den Kopf. »Dein Blick, wenn du uns morgens in der Küche siehst, ist ätzend. Da möchte man sich sofort in Luft auflösen, echt jetzt.«

Ich schluckte und wandte den Kopf ab, damit sie nicht sehen konnte, wie meine Wangen vor Scham erröteten. »Ich bin nur nicht daran gewöhnt, dass da jemand ist, wenn ich morgens aufwache.« Ich sah sie an und hoffte, mein Blick wäre aufrichtig genug. »Aber ich freue mich, wenn ich euch sehe, wirklich.«

Lisa sah mich einen Moment lang prüfend an und war dann wohl der Ansicht, dass ich die Wahrheit sagte. Sie schüttelte nachlässig den Kopf. »Dann hast du aber eine echt komische Art, das zu zeigen.«

Womit sie vermutlich nicht ganz unrecht hatte.

»Okay.« Ich stand auf und schüttelte mir das Gras von der Hose. »Ich werde dir beweisen, dass ich sehr gastfreundlich sein kann und mich darüber freue, dass ihr da seid.«

Ich sah sie entschlossen an.

»Hat dein Vater heute Abend frei, oder muss er zum Dienst?«

»Frei.«

Sie sah mich skeptisch an.

»Gut. Dann koche ich heute Abend für uns.«

Lisa erhob sich ebenfalls und musterte mich aus ihren kritischen Teenageraugen. »Du musst es nicht gleich übertreiben, okay.«

»Keine Widerrede. Du passt auf Bellini auf und ich gehe jetzt einkaufen.«

Lisa schnappte sich Bellinis Leine und zuckte mit den Schultern.

»Solange ich nicht kochen muss. Und es keine toten Tiere gibt.«

Entschlossen verließen wir den Park.

»Ist was passiert? Hab ich was Wichtiges verpasst?« Jan betrat irritiert meine Wohnung und sah den liebevoll gedeckten Tisch und das Chaos, das ich in der Küche veranstaltet hatte, um Gemüselasagne und Salat zuzubereiten.

Lisa hatte den Tisch gedeckt und ihrer Fantasie und Kreativität dabei freien Lauf gelassen. Ein paar meiner Blumen hatten dabei dran glauben müssen, und ihre bunten Köpfe schmückten nun, zugegebenermaßen recht dekorativ, den Tisch.

Ich lächelte ihn an.

»Lisa und ich haben nur gekocht.«

Lisa deutete auf das Chaos in der Küche. »Sie hat gekocht. Ich bin nicht dafür verantwortlich.«

Jan trat näher und blickte erstaunt in die Töpfe. »Das ist … nett von dir.«

»Anna glaubt, du machst einen großen Bogen um sie, weil du Angst hast, ihr auf die Nerven zu gehen.«

Er blickte mich entsetzt an und mir schoss wieder die Schamesröte ins Gesicht.

»So habe ich das nicht gemeint. Ich wollte einfach nur … einfach nur …« Ich stotterte mich mal wieder um Kopf und Kragen.

»… ich wollte … einfach nur nett sein.«

Jans helle Quecksilberaugen, um die ein müder Schatten lag, lächelten mich an.

Lisa klopfte mir anerkennend auf die Schulter. »Also ich hab kein Problem damit.«

»Ich auch nicht«, versicherte ihr Vater schnell.

»Dann lasst uns endlich essen. Ich hab Hunger.«

Eigentlich hatte ich einen Lachs-Spinat-Auflauf geplant, dessen Rezept ich bei einem Aufenthalt an der normannischen Atlantikküste abgestaubt hatte.

Lachs?! Lisa hatte mich angewidert angeblickt. *Ich ess keine toten Tiere. Und Fische sind ja wohl Tiere, oder?!* Danach hatte ich den Lachs in die Tiefkühltruhe gepackt, war wieder in den Supermarkt geeilt und hatte alle notwendigen Zutaten für ein garantiert vegetarisches Abendessen eingekauft. Gefühlt hatte ich ungefähr tausend Mal Gemüselasagne in meinem Leben gemacht. Es war neben Buletten, Spaghetti bolognese und Kartoffelsuppe ein weiteres Standardgericht in Pflegefamilien, das mindestens einmal die Woche auf den Tisch kam. Da ich wirklich eine Menge Zeit zum Üben gehabt hatte, gelang sie mir immer hundertprozentig. Das Geheimnis waren die Extraportion Mozzarella und ein ganzer Liter Sahne. Es machte alles ungeheuer fett und damit ungeheuer schmackhaft.

Eine Stunde später hatten wir die komplette Auflaufform verputzt, die normalerweise für sechs Personen reichte.

Lisa gab mir zufrieden das Daumen-hoch-Zeichen. »Hätte ich dir gar nicht zugetraut. Das war lecker.«

»Danke für das Kompliment. Zum Nachtisch habe ich Maracujaeis.«

Jan winkte dankend ab. »Ich brauche erst mal eine Pause. Aber ich kann mich meiner Tochter nur anschließen.«

»Du hast es mir nicht zugetraut?«

Ich sah ihn herausfordernd an und er grinste satt und zufrieden.

»Es war sehr lecker.«

Ich wollte aufstehen und das Eis holen, aber Lisa kam mir zuvor. »Ich mach das schon. Ihr alten Leute könnt euch mal 'ne Pause gönnen.«

Jan sah ihr hinterher. »Ob du's glaubst oder nicht – vor eineinhalb Jahren war sie noch die liebste, schüchternste und netteste Elfjährige, die du dir vorstellen kannst.« Er warf mir einen vielsagenden Blick zu. »Eines Morgens ist sie aufgewacht und hatte sich in dieses Monster verwandelt. Einfach so. Über Nacht.«

Ich lächelte ihn an. »Das nennt man Pubertät. Haben wir alle mal hinter uns gebracht.«

Ich spielte gedankenverloren mit meinem Glas. »Solange sie keine Drogen nimmt, ungewollt schwanger wird oder mit einem Freund heimkommt, der dein älterer Bruder sein könnte, ist doch alles normal.« Ich blickte auf und sah in das entsetzte Gesicht von Jan. »Rein hypothetisch gesprochen«, fügte ich eilig hinzu.

»Das hoffe ich doch mal. An so was will ich noch nicht mal denken.«

Er drehte sich um und sah seiner Tochter dabei zu, wie sie das Fruchteis aus dem großen Becher in Dessertschalen füllte und Bellini dabei den Löffel ablecken ließ.

»Ich glaub nicht, dass Lisa der Typ für diese Art von Dummheiten ist, Jan«, versuchte ich ihn weiter zu beruhigen.

»Na ja, sie hat mir immer noch nicht verraten, wo sie gesteckt hat, als das Feuer in der Remise ausgebrochen ist.«

Jan spielte gedankenverloren mit seinem Glas. Unsere Hände waren sehr nah beieinander.

»Sie war gerade mal neun, als Rike starb.« Er blickte kurz auf. »Und davor hatte sie zwei Jahre lang mitbekommen, wie sie immer kränker und schwächer wurde.«

»Das muss hart für sie gewesen sein.«

Ich konnte mir lebhaft vorstellen, was es für ein Gefühl sein musste, wenn man als Kind gerade die Welt entdeckt und dabei feststellen muss, dass diese Welt ein verdammt gefährlicher und todbringender Ort ist.

»Rike hat alles versucht, damit Lisa nicht mitbekam, wie schlecht es ihr ging.« Er atmete tief durch. »Bis zum Schluss. Vielleicht war das ein Fehler. Sie hat nicht verstanden, warum ihre Mutter plötzlich nicht mehr da war.«

Ich sah ihn nachdenklich an. »In so einer Situation kann man nichts richtig oder falsch machen. Es ist einfach grausam und ungerecht und unfair allen gegenüber.«

Jan blickte mich an, und er hatte wieder diesen prüfenden Blick, unter dem ich das Gefühl hatte, auf Herz und Nieren geprüft zu werden.

»Wow! Ihr habt ja eine Laune!« Lisa kam mit dem Eis zu uns und sah uns spöttisch an. »Soll ich wieder gehen? Dann könnt ihr euch ungestört angrummeln.«

»Wir haben uns nur über die Dauer deiner pubertären Phase unterhalten.« Jan warf ihr ein zuckersüßes Lächeln zu. »Und angesichts der Tatsache, dass es noch Jahre dauern wird, sind wir in Depressionen verfallen.«

»Haha.« Lisa verzog das Gesicht, schnaufte empört und schaufelte sich den Nachtisch in den Mund. »Ihr zwei seid echt witzig.« Sie blickte fragend von einem zum anderen. »Und? Wie geht's weiter heute Abend? Irgendwas Besonderes geplant?«

Genau genommen hatte ich keine Pläne. Wir schwiegen ratlos. Die laue Sommerluft trug die Geräusche der Stadt, die unter uns pulsierte, zu uns herauf. Aus der Entfernung drang kaum hörbar die Salsamusik aus dem Parkcafé zu uns.

»Ich weiß, was wir jetzt noch machen.«

Erstaunt tauschten Vater und Tochter einen Blick.

»Lasst euch überraschen.«

Die Dämmerung hatte schon eingesetzt, und der Park, durch den wir tagsüber mit Bellini getobt waren, lag im düsteren Zwielicht. Am anderen Ende sah man die bunten Lichter der Salsabar, die die Tanzfläche beleuchteten, auf der sich schon unzählige Paare im mitreißenden Rhythmus der Musik bewegten.

»Salsa? Das ist cool.«

Lisa war Feuer und Flamme. Was man von ihrem Vater nicht gerade behaupten konnte.

Gemeinsam hatten wir in rekordverdächtiger Geschwindigkeit die Küche aufgeräumt, die Spülmaschine angeschmissen und waren hinaus in den warmen Sommerabend marschiert. Jan hatte wohl mit einer kleinen Hunderunde gerechnet und war nun umso überraschter, wo ich die beiden hinführte. Er sah hilfesuchend von mir zu Lisa.

»Ich kann so was nicht.«

Lisa und ich warfen uns einen vielsagenden Blick zu.

»Dann wird es höchste Zeit, es zu lernen.« Ich zwinkerte ihm spöttisch zu. »Ist ungefähr so wie Line Dance. Nur anders.«

»Sehr witzig.« Jan war alles andere als begeistert, ließ sich jedoch von uns mitziehen.

Lisa entpuppte sich als Naturtalent. Ich versuchte ihr die Grundschritte zu zeigen, doch sie ignorierte meine tanzschulmäßige Darbietung einfach. Sie beobachtete lieber ein sehr leidenschaftliches und salsabegabtes Tanzpaar, das die Hüften im Rhythmus der treibenden Musik sexy kreisen ließ. Und dann fing Lisa einfach an.

Jan beobachtete uns mit Bellini an der Leine vom Rand der Tanzfläche aus skeptisch.

Als ein südländisch aussehender junger Tänzer Lisa aufforderte, mit ihm zu tanzen, verließ ich die Tanzfläche und kam lachend zu Jan.

»Jetzt bist du dran.«

Er deutete abwehrend auf Bellini. »Und wer soll auf ihn aufpassen?«

Ein älteres Ehepaar, das ich vom Sehen kannte und das sich gerade an einem der Nebentische bei einem Wein vom Tanzvergnügen erholte, sprach mich augenzwinkernd an.

»Lassen Sie ihn ruhig bei uns, meine Liebe. Zeigen Sie dem jungen Mann, was man mit Salsa alles machen kann.«

Einen Augenblick später zog ich Jan auf die Tanzfläche. Er sah mich etwas entsetzt an. »Ich habe das wirklich noch nie gemacht.«

»Du wirst es lieben.«

Ich zeigte ihm die Schritte, die er sehr konzentriert und langsam nachmachte, um sie sich genau einzuprägen. Nach ein paar holprigen Versuchen machte er Fortschritte.

Ich lächelte ihn an. »Und jetzt vergiss das Mitzählen. Eigentlich ist es egal, welche Schritte du machst.« Er sah mich skeptisch an, während ich mich eng an seine Hüfte schmiegte. »Du musst nur dem Rhythmus folgen. Und meinen Bewegungen.«

»Ja, das ist mir schon aufgefallen.« In seinem Blick lag ein warmes Lachen. Und dann gab er sich tatsächlich dem Rhythmus der Musik hin und ließ sich von mir durch den Tanz führen. Er machte seine Sache ganz gut, auch wenn er niemals der begnadete Salsatänzer werden würde. Dafür war er einfach zu groß und seine Schultern zu breit, um die eleganten, anmutigen und fließenden Bewegungen hinzubekommen, die zum Beispiel der junge Tänzer hatte, mit dem Lisa über die Tanzfläche schwebte. Aber das war auch nicht wichtig. Hier ging es einfach nur darum, Spaß zu haben und sich in einer lauen Sommernacht mitten im Park von der Musik treiben zu lassen. Und genau das taten wir.

Um kurz nach elf wurde die Musik leise gedreht und der Sommernachtstanz für beendet erklärt – aus Rücksicht auf die Anwohner des kleinen Parks, die schließlich auch irgendwann ihre Ruhe haben wollten. Ohne zu murren, verließen die Paare die Tanzfläche und gingen verschwitzt und beglückt zurück an ihre Tische, leerten ihre Getränke und verschwanden dann in der Dunkelheit des Parks. Sonia und Enrique, die Betreiber des Cafés, räumten die Gläser ab, schlossen die Bar, löschten die bunten Lampions und holten den verzauberten Ort wieder zurück in die Normalität einer der üblichen Berliner Grünflächen. Ich war jedes Mal ein wenig wehmütig, wenn dies geschah. So als erwache man aus einem wunderbaren Traum, um festzustellen, dass man wieder in der hässlichen Realität gelandet war.

Nun schlenderten wir alle drei mit Bellini durch die Nacht. Unser Vierbeiner erforschte neugierig die Gerüche des Tages, schnupperte hier und da, hob das Bein an der einen oder anderen Ecke und genoss den nächtlichen Ausflug. Ich merkte, wie mich Lisa von der Seite musterte.

»Was ist?« Ich sah sie lächelnd an.

Lisa schüttelte den Kopf. »Ich hätte echt nicht gedacht, dass du auf so was stehst. Das war cool.«

»Und ich nehme an, das war ein Kompliment. Also danke.«

»Du machst das öfter, oder?«

Ich zuckte mit den Schultern. »Einmal die Woche. Aber nur im Sommer. Es entspannt mich.«

»Hat man gemerkt.« Sie grinste mich frech an. »Du warst auch nicht schlecht, Papa. Und ich finde es definitiv cooler als Line Dance.«

Jan beugte sich gespielt sorgenvoll zu mir. »Danke, Anna. Und wie soll ich jetzt meine Kollegen von Salsa überzeugen?«

Ich war mir keiner Schuld bewusst und klopfte ihm aufmunternd auf die Schulter. »Das schaffst du.«

So gingen wir gut gelaunt zurück in meine Wohnung.

»Nacht, ihr beiden. Schlaft gut.« Lisa stand in ihrem Schnuffelshirt in der Terrassentür, hatte bereits die Zähne geputzt und wollte ins Bett.

Ich winkte ihr von meinem Loungesessel aus zu, in den ich mich mit einem Glas Pfefferminztee gesetzt hatte. »Du auch.«

»Nacht, Kleines.« Jan stand ebenfalls mit einem Glas in der Terrassentür und gab ihr einen Kuss auf die Wange.

Lisa ging grinsend in ihr Zimmer, überlegte es sich nach zwei Schritten noch mal anders und kam breit grinsend zurück. »War ein echt cooler Abend.«

Ich lächelte, entzückt darüber, ihr so gute Laune gemacht zu haben.

Als sie die Zimmertür hinter sich geschlossen hatte, sah mich Jan beeindruckt an. »Es hat ihr wirklich gefallen. So happy habe ich sie lange nicht mehr gesehen.«

»Sie hatte in letzter Zeit ja auch nicht wirklich viel zu lachen. Wenn einem das Zuhause über dem Kopf abbrennt, kriegt man schon mal miese Laune.«

Jan nickte vielsagend. Er stand etwas unschlüssig an der Tür herum, unsicher, ob er mir noch Gesellschaft leisten sollte oder nicht.

Ich deutete auf die breite Lounge. »Die ist wirklich bequem.« Ich lächelte aufmunternd. »Nur für den Fall, dass du genug davon hast, da einfach rumzustehen.«

Er kam lächelnd näher und ließ sich mir gegenüber auf dem Sofa nieder.

Ich stöhnte schuldbewusst auf. »Mein Gott, ich muss die letzten Wochen schrecklich gewesen sein, wenn du dich noch nicht mal von alleine traust, einen höchst amüsanten Abend mit mir auf der Terrasse zu beenden.«

»Du kannst einem sehr deutlich zu verstehen geben, dass du nicht gestört werden willst.«

»Ich hab doch gar nichts gesagt.«

»Glaub mir, bei deinen Blicken musst du auch nichts *sagen*. Die sprechen für sich.«

Ich verzog das Gesicht und vergrub es in meinen Händen. »Oh nein … Bin ich wirklich so ein Scheusal?«

Er lachte und schüttelte den Kopf. »Nein.« Er überlegte kurz. »Auf jeden Fall nicht immer. Manchmal kannst du sogar richtig nett sein.«

Einen Moment lang schwiegen wir uns an. Er beobachtete mich nachdenklich und ich hob fragend die Augenbrauen.

»An was denkst du gerade?«

»Ich hab mich nur gefragt, wieso jemand wie du allein ist.«

»Jemand wie ich?« Meine Frage klang anklagender, als ich es beabsichtigt hatte und Jan machte eilig einen Rückzieher.

»'tschuldigung. Ich wollte dir nicht zu nahe treten.«

»Bist du ja auch nicht. Aber mich würde schon interessieren, wie du auf die Idee kommst.«

Er zuckte mit den Schultern und wich meinem prüfenden Blick aus. Stattdessen nippte er an seinem Glas und ließ sich Zeit mit der Antwort. »Du kannst sehr witzig sein, wenn du willst.«

Ich hob gespielt erstaunt die Augenbrauen, kommentierte seine Bemerkung aber nicht weiter. Was Jan dazu ermunterte fortzufahren.

»Du hast einen guten Draht zu Kindern. Lisa mag dich, wirklich. Außerdem bist du attraktiv, ziemlich wohlhabend und äußerst erfolgreich. Die Männer müssten bei dir Schlange stehen, wenn du mich fragst.«

Ich sah ihn provozierend an. »Wer sagt denn, dass sie es nicht tun?«

»Autsch.« Er lächelte und hob sein Glas. »Der Punkt geht an dich.«

Ich prostete zurück und sah ihn fragend an. »Darf ich dir auch eine Frage stellen?«

»Nur zu.«

»Wie kommt es, dass du noch alleine bist?«

In seine quecksilberhellen Augen trat wieder dieser melancholische Ausdruck, und ich bereute umgehend, die Frage gestellt zu haben.

»Sorry, das war blöd von mir. Und total unsensibel.«

»Nein.« Er schüttelte langsam den Kopf. »Nein. Du hast vollkommen recht.« Er schwieg einen Moment. »Im November werden es fünf Jahre, dass Rike … dass sie gestorben ist.«

Er hing seinen Gedanken nach, ohne mich anzuschauen.

»Trauer braucht Zeit.« Ich blickte in mein Glas und versuchte mich daran zu erinnern, was meine Lebensratgeber zu diesem Thema zu sagen hatten. »Es gibt da keinen Zeitplan. Menschen sind völlig unterschiedlich.«

Er nickte.

»Ich glaube, ich bin immer noch wütend auf sie.« Er blickte nun hoch und sah mich verletzt an. »Dass sie uns verlassen hat. Dass sie all die Pläne, die wir hatten, einfach verraten hat.« Er schüttelte den Kopf. »Ich weiß, dass das völlig irrational ist. Es war dieser verdammte Krebs, der alles zerstört hat.«

Es gab vier Phasen der Trauer, wie ich wusste. Erst kam der Schock, das Nichtwahrhabenwollen, dass etwas, das man so sehr liebte, nicht mehr bei einem sein würde.

Dieser Zustand wurde abgelöst von einem Gefühlschaos, das sich in Wut, Angst und Sehnsucht niederschlagen konnte. Wie lange diese Phase anhielt, konnte man schlecht sagen. Manche überwanden sie früher, manche später. Und es gab Trauernde, die kamen gar nicht mehr aus diesem Zustand heraus. So wie es schien, war Jan Janssen einer dieser Menschen.

»Ich hab mich ein paarmal mit Frauen getroffen. Wirklich netten Frauen. Meine Kollegen haben keine Gelegenheit ausgelassen, mich zu verkuppeln.« Sein Lachen klang bitter. »Du glaubst gar nicht, wie viele Schwestern, Cousinen und junge Tanten wir im Kollegenkreis haben.«

Ich musste ebenfalls lachen.

»Wenn man's genau nimmt, dann sind die Grillabende bei uns auf der Wache so eine Art Datingbörse für mich. Irgendwer schleppt immer irgendwen an, den ich unbedingt kennenlernen sollte.«

»Hat bis jetzt wohl nicht ganz so viel gebracht.«

Jan zuckte etwas ratlos mit den Schultern. »Vielleicht, wenn Lisa älter ist.« Er sah mich nachdenklich an. Und schwieg.

Ich wusste auch nicht mehr, was ich sagen sollte. Also saßen wir schweigend da und blickten in den Abendhimmel.

»Es ist spät.«

Ich nickte.

»Wir sollten ins Bett.«

Ich nickte wieder.

Er stand auf und ich folgte seinem Beispiel. Einen Moment standen wir uns ganz nah und sahen uns an.

Ich hatte keine Ahnung, ob es daran lag, dass wir uns beim Tanzen so nahe gekommen waren, ob es die laue Sommernacht war oder der Wein, den wir getrunken hatten. Ich sah in seine Quecksilberaugen, und dann beugte ich mich vor, stellte mich auf die Zehenspitzen und hob den Kopf, um ihn zu küssen.

Einen Moment lang schien er überrascht, irritiert. Doch er wich nicht zurück. Stattdessen legte er seine Hand auf meinen Hinterkopf und zog mich näher zu sich heran, während die andere Hand auf meiner Hüfte lag und langsam meinen Rücken hochwanderte.

Es war ein langer Kuss; erst vorsichtig, herantastend, dann intensiver und fordernder und von nie geahnter Intensität. Er raubte mir den Atem. Und den Verstand.

Nach einer Ewigkeit, wie es schien, lösten wir uns voneinander. Das Blut in meinen Ohren rauschte und mein Herz schlug wild in meiner Brust. Er sah mir in die Augen, fragend, ratlos.

Ich sagte nichts. Ich nahm seine Hand und führte ihn in mein Schlafzimmer.

162

In meinen Ratgebern hatte ich mich immer über die Menschen lustig gemacht, die von ihren Erleuchtungserlebnissen berichtet hatten. Von dem einen Moment, in dem sie erkannten, warum sie existierten. Warum sie auf diesem kleinen rotierenden Planeten lebten, der mit irrsinniger Geschwindigkeit durchs unendliche Weltall flog und der angesichts dieser Unendlichkeit doch völlig bedeutungslos erschien. In dieser Nacht hatte ich nicht einfach nur Sex mit einem Mann, den ich attraktiv fand.

Wir redeten nicht viel, das mussten wir auch nicht. Unsere Körper sagten alles, was gesagt werden wollte, gaben sich einander hin und erkundeten die intimsten Stellen mit einer Leidenschaft und Hingabe, die ich so noch nie erlebt hatte. Ich nahm jedes Detail seines Körpers wahr. Die vollen, sanften Lippen, die eine brennende Spur auf meiner nackten Haut hinterließen. Die feinen Stoppeln seines Bartes, die meinen Bauch kitzelten, als sein Kopf tiefer an meinem Körper hinunterwanderte und seine Zunge schließlich die Stelle fand, die mich vor Lust aufstöhnen ließ. Ich hörte auf zu denken, war nur noch Empfindung; Erregung; Lust. Wir waren keine getrennten Wesen mehr. Wir waren eins. Völlig im Gleichklang mit unseren Bewegungen und dem Schlagen unserer Herzen und der Leidenschaft, die unser Innerstes auflöste, es verwandelte und einen geschmolzenen Kern übrig ließ, in dem wir uns atemlos wiederfanden. Ich vergaß Zeit und Raum und gab mich ganz dieser Erfahrung hin.

Das erste Zwielicht des Tages warf diffuse Schatten auf die zerwühlten Laken meines Bettes. Ich drehte mich verschlafen herum und tastete nach dem anderen Körper, der mir in den vergangenen Stunden so vertraut geworden war.

Er war nicht mehr da.

Irritiert öffnete ich die Augen einen Spalt. Jan stand, nur als Schattenriss erkennbar, vor der großen Terrassentür, die hinaus in den Dachgarten führte. Er hatte bereits seine Jeans an und zog sich gerade das T-Shirt über den Kopf. Ich blinzelte auf die Digitalanzeige neben meinem Kopf. Es war kurz vor fünf in der Früh.

»Verrätst du mir, wo du so früh am Morgen hinwillst?« Meine Stimme war kaum mehr als ein Flüstern, noch rau und schläfrig von der Nacht.

Jan blickte ertappt auf. »Sorry, ich wollte dich nicht wecken.« Seine Stimme war sanft und rau zugleich.

»Schon passiert. Ich habe einen leichten Schlaf.«

Ich rieb mir über die Augen und setzte mich auf. Das Laken wickelte ich um meinen nackten Körper.

Jan zögerte einen Moment, dann kam er zu mir, barfuß, die Schuhe in der Hand, und setzte sich auf die Bettkante.

»Normalerweise schleiche ich mich nach so einer Nacht nicht einfach davon.« Er lächelte und in seinen Augen sah ich das Begehren von letzter Nacht.

»Falls das ein Kompliment sein sollte, muss ich dir sagen, dass es nicht so gut ankommt, wie es von dir vielleicht gemeint ist.«

Er atmete tief ein, und sein Brustkorb, den ich vor wenigen Stunden mit meinen Fingern erkundet hatte und auf dem ich die feinen Linien seiner Muskeln nachgefahren hatte, hob sich langsam. Er wollte etwas sagen, etwas erklären, und fand nicht die richtigen Worte.

Nach einer endlos langen Pause hörte ich wieder diesen sanften Klang seiner Stimme. »Lass es uns langsam angehen.«

Ich nickte, sagte nichts, so perplex, wie ich war.

Er küsste mich auf den Mund und es war nur ein Hauch. »Wir sehen uns beim Frühstück?«

Da war wieder dieses Lächeln in seinem Blick.

Ich nickte erneut und versuchte ebenfalls ein Lächeln, das darüber hinwegtäuschen sollte, wie frustrierend ich das alles fand. Er öffnete leise die Terrassentür, um über den Dachgarten in sein Zimmer zu verschwinden.

»Ist es wegen Lisa?«

Er hielt kurz inne. »Ja. Auch.« Dann verschwand er aus meinem Blickfeld.

Ich starrte ihm hinterher. Hörte nach einem Augenblick das Geräusch, das die Terrassentür meines Lesezimmers machte, als sie behutsam auf- und wieder zugeschoben wurde. Ich war allein mit meinen Gedanken.

Es war nicht das erste Mal in meinem Leben, dass ich dem spontanen Wunsch nach einem One-Night-Stand nachgegeben hatte und mit einem Mann, den ich kaum kannte und mit dem ich wahrlich keine feste Beziehung eingehen wollte, im Bett gelandet war.

Zwei Dinge waren jedoch neu für mich. Erstens – normalerweise war ich diejenige, die im Morgengrauen aufstand und sich heimlich davonmachte.

Das Zweite, was mir Kopfzerbrechen bereitete, war mir unheimlich und ließ mich nicht wieder einschlafen. Es war die Tatsache, dass ich überhaupt nichts dagegen gehabt hätte, am frühen Morgen neben einem Mann aufzuwachen, mit dem ich den wohl besten Sex meines Lebens gehabt hatte und bei dem ich den Wunsch verspürte, mit ebendiesem Mann den ganzen Tag im Bett zu vertrödeln. Meinetwegen auch ohne Sex. Obwohl ich mir sicher war, dass das nahezu unmöglich war.

Jan war der erste Mann, bei dem ich es mir tatsächlich vorstellen konnte, gemeinsam verschlafen an der Küchentheke Kaffee zu schlürfen, am Müsli zu knabbern und über die Belanglosigkeiten des *Morgenradios* zu plaudern.

Ich starrte an die Decke und beobachtete, wie sich die ersten Sonnenstrahlen in mein Zimmer schlichen und das Zwielicht der Morgendämmerung erfolgreich vertrieben.

Vielleicht lag es ja daran, dass Jan Janssen bereits seit Wochen mein Zuhause mit seiner nicht zu übersehenden Präsenz erfüllte.

Vielleicht lag es daran, dass ich ihn morgens durch die halb geschlossene Tür des Gästebads nackt unter der Dusche hatte stehen sehen. Was ein durchaus angenehmer Anblick gewesen war. Vielleicht lag es daran, dass ich seit einigen Wochen tatsächlich so etwas wie ein Familien- und Beziehungsleben führte. Nur ohne Familie und ohne Beziehung eben. Ich stöhnte frustriert auf. Was um alles in der Welt war nur in mich gefahren?

Ich vergrub mein Gesicht in den Kissen. Nein. Auf keinen Fall. Ich würde mich nicht in einen alleinerziehenden Vater verlieben, der unter Liebe und Beziehung etwas komplett anderes verstand als ich. Ich würde mich nicht in dieses absurde Theater stürzen, bei dem, wenn der letzte Vorhang fiel, garantiert etliche Herzen gebrochen am Boden lagen.

Nur noch eine Woche, redete ich mir ein. *Noch eine einzige Woche*, dann wären Jan und Lisa wieder aus meinem und Bellinis Leben verschwunden, und ich würde einfach da weitermachen, wo ich aufgehört hatte.

Eine Woche, in der ich einen großen Bogen um Jan machen würde, mich komplett in die Überarbeitung meines Manuskriptes stürzen könnte und jegliche weitere körperliche und emotionale Annäherung an Jan und seine Tochter unterlassen würde. Mit seinem Karma spielte man schließlich nicht gedankenlos herum.

Als ich zwei Stunden später frisch geduscht und angezogen mein Bad verließ, hockten Jan und Lisa wie gewohnt an der Küchentheke. Ich grüßte freundlich in die Runde, knuddelte Bellini und machte mir einen frischen Espresso. Von dem, was in der vergangenen Nacht zwischen mir und ihrem Vater vorgefallen war, schien Lisa nicht das Geringste zu ahnen.

»Hi, Anna.«

»Morgen, Lisa.«

»Gehen wir heute Abend wieder in den Park? Tanzen?«

Sie strahlte mich voller Vorfreude an. Ich versuchte Jan nicht anzublicken und konzentrierte mich auf meinen superteuren Kaffeeautomaten.

»Daraus wird leider nichts. Das Tanzen findet nur einmal in der Woche statt. Immer am Mittwoch. Und das auch nur bis zum Ende des Sommers.«

Lisa zog missmutig die Augenbrauen zusammen. »Kann mir mal einer erklären, warum die Sachen, die Spaß machen, nur einmal in der Woche stattfinden, man aber *jeden Tag* zur Schule muss?«

Ich sah sie mitleidig über den Rand meiner Kaffeetasse hinweg an und vermied es weiterhin, einen Blick auf Jan zu werfen, obwohl ich spürte, wie er mich beobachtete.

»Tja, Lisa, ich fürchte, das wird eines der großen Mysterien des Universums bleiben.«

»So wie die Fragen: Gibt es Gott? Ein Leben nach dem Tod? Sind wir nicht allein im Universum?« Sie sah mich noch immer missmutig an.

»Genau so.« Ich nickte.

»Da wir gerade beim Stichwort sind.« Jan stellte seine Tasse in die Spülmaschine und sah Lisa mahnend an. »Müsstest du dich nicht langsam mal auf den Weg in die Schule machen?«

»Ja-a«, kam es ziemlich genervt, und Lisa räumte ebenfalls ihr benutztes Frühstücksgeschirr in die Maschine, die noch offen stand.

»Ich hab's heute Morgen nicht mehr geschafft, mit Bellini rauszugehen, sorry.«

»Kein Problem. Ich geh gleich mit ihm.«

Sie schlurfte in ihr Zimmer, um ihren Rucksack zu holen. Im nächsten Moment standen Jan und ich uns ungestört gegenüber.

»Guten Morgen ...«

Ich spürte, wie der Klang seiner Stimme und das Lächeln in seinen Augen mir einen wohligen Schauer in der Magengrube und etwas tiefer verursachten. Ich lächelte zurück.

»Morgen, Jan ...«

Mehr sagten wir nicht. Doch unsere Blicke sprachen Bände.

»Ich bin dann mal weg.« Lisas Stimme ließ mich zusammenzucken und ich riss mich von Jans Augen los.

»Ich komme auch gleich mit. Bin auch spät dran.«

Jan schnappte sich seine Jacke von der Stuhllehne und winkte mir kurz zu. »Bis später, Anna.«

»Tschüss.«

Ich winkte ihnen zum Abschied zu. Dann schlossen sich die Fahrstuhltüren und ich war wieder allein mit meinen verwirrenden Gedanken.

KAPITEL 12

Wenn ich mein Leben noch einmal leben könnte, würde ich die gleichen Fehler machen. Aber ein bisschen früher, damit ich mehr davon habe.

Marlene Dietrich

»Anna?« Leos Fassungslosigkeit war unübersehbar. Eilig kam sie um ihren unaufgeräumten, chaotischen Schreibtisch herum, auf dem sich Manuskripte, Unterschriftenmappen und Probedrucke stapelten, auf mich zu. »Was machst denn du hier?«

»Ich wollte mal sehen, wie du so dein Geld verdienst.« Ich lächelte vielsagend. »Und dir das hier vorbeibringen.«

Der USB-Stick, auf dem die fertige Fassung meines neuen Ratgebers über die Suche nach dem Glück abgespeichert war, glänzte silbern in meiner Hand.

Irritiert nahm Leo ihn entgegen.

Nicky, Leos Assistentin, die mich am Fahrstuhl in Empfang genommen und zu Leos Büro begleitet hatte, sah mich freundlich lächelnd an.

»Kann ich euch was zu trinken bringen?«

»Danke, sehr gerne. Für mich einen Cappuccino.«

Leo reichte den Stick weiter.

»Für mich bitte auch, Nicky. Und kannst du das gleich mal abspeichern und ein paar Kopien ausdrucken?«

Nicky nickte und ließ uns allein.

Ich trat näher und sah mich im Büro meiner besten Freundin und Verlegerin um. Der Ausblick hier oben aus dem zwanzigsten Stockwerk des Hardenstein-Towers war spektakulär. Unter uns lag der Potsdamer Platz und man konnte das futuristische Dach des Sony-Centers gut erkennen. Dahinter erstreckte sich das grüne Quadrat des Tiergartens und die Spitze der Siegessäule ragte aus dem grünen Dach der Bäume hervor. Ich nickte anerkennend.

»Nicht schlecht.«

»Paps' Büro ist noch besser. Der blickt auf den Reichstag und das Brandenburger Tor.«

Sie ließ sich in das schiefergraue Designersofa plumpsen, das gegenüber der aus bodentiefen Fenstern bestehenden breiten Bürofront lag. Bellini, der mich begleitete und brav neben mir gewartet hatte, nahm es als Aufforderung, es sich ebenfalls bequem zu machen, und sprang zu Leo aufs Sofa.

»Na, mein Großer.« Sie knuddelte seine Ohren, was er sichtlich genoss. »Ich hab gehört, du machst Fortschritte.«

Ich ließ mich in einem großen, vermutlich antiken Ohrensessel nieder, dessen Leder erstaunlich weich und warm war.

»Er mutiert zum Musterschüler.«

Leo kraulte anerkennend seinen Bauch, den er ihr bereitwillig präsentierte, und sah mich dann fragend an.

»Was führt dich in die heiligen Hallen des großen Hardenstein-Verlags?« Sie grinste breit. »Was, nebenbei bemerkt, dein bisher erster und einziger Besuch hier ist.«

Das stimmte. Vor fünf Jahren, bei der Eröffnung dieses riesigen Bürogebäudes, als Leos Vater und sein Verlag in die obersten fünf Etagen eingezogen waren (und er den Rest der Büroräume zu irrsinnig hohen Mieten an die Crème de la Crème der deutschen DAX-Gesellschaften vermietet hatte), hatte ich mich standhaft geweigert, zu der großen Eröffnungsfeier zu kommen.

Leos Vater war fast ein Jahr lang sauer auf mich gewesen. Immerhin stand das Hochhaus auf historischem Grund. Vor hundert Jahren hatte Leos Großvater an gleicher Stelle des Potsdamer Platzes das erste Verlagshaus der Firmengeschichte gebaut. Bedauerlicherweise war es im Krieg bis auf die Grundmauern zerstört worden. Nach der Wende hatten die Hardensteins das Grundstück wieder zugesprochen bekommen und angefangen, mit einem eigenen Hochhaus ihren Teil zur neuen Skyline der Berliner Mitte beizutragen. Ein fantasieloser Kasten, wie ich fand, mit historisierender Fassade, die wohl an die Wolkenkratzer New Yorks erinnern sollte, es aber auch nicht besser machte.

Der Ausblick war allerdings, wie gesagt, spektakulär.

Leo wurde etwas ungeduldig. »Jetzt sag schon, was ist bei dir los?«

Ich wich ihrem prüfenden Blick aus und starrte lieber hinüber zum Tiergarten.

»Nichts. Ich wollte einfach mal Hallo sagen und das Manuskript vorbeibringen.«

»Du sagst nie einfach so Hallo. Und deine Manuskripte schickst du per Mail.« Sie hob vielsagend die Augenbrauen. »Nicky hätte dich fast gar nicht reingelassen. Die kannte dich bislang nur als nervige Stimme am Telefon. Sie hat behauptet, da gibt sich jemand sehr Nettes als Anna Boje aus.«

Ich sah sie verblüfft an.

»Ich konnte sie davon überzeugen, dass du tatsächlich die bist, als die du dich ausgibst.«

Ich verzog beleidigt das Gesicht. »Hab ich wirklich so einen miesen Ruf hier, oder sagst du mir das nur, um mich zu ärgern?«

Bevor Leo antworten konnte, kam Nicky mit unseren Getränken herein und lächelte freundlich in die Runde.

»Vielen Dank.« Ich strahlte sie betont freundlich an.

Sie lächelte zurück, warf Leo noch einen leicht irritierten Blick zu und war dann wieder draußen.

»Also los, Anna, warum bist du wirklich hier?«

Ich atmete tief durch. Seit der gemeinsamen Nacht mit Jan war eine Woche vergangen. Und diese Woche hatte mich noch ratloser zurückgelassen als all die Wochen zuvor.

Als Jan am besagten Morgen aus meiner Wohnung verschwand und dabei so tat, als hätten wir in der Nacht nicht den besten Sex meines Lebens gehabt, hatte ich mir zwei Stunden lang das Hirn zermartert.

Gegen Mittag war ich zu der bitteren Erkenntnis gelangt, dass es keinerlei Bedeutung hatte. Wir hatten Sex gehabt, na und?! Das passierte unter erwachsenen Menschen nun mal. Ohne dass daraus gleich welche Art von Beziehung auch immer werden musste. Warum fühlte es sich dann nur so … enttäuschend an?

Am Nachmittag war ich dann auf hundertachtzig gewesen. Ich war sauer auf Jan, auf mich, auf Bellini, dessen Missetat dazu geführt hatte, dass Jan und Lisa überhaupt bei mir eingezogen waren. Für den Bruchteil eines Augenblicks hatte ich tatsächlich an diesem Morgen gedacht, zwischen Jan und mir sei es anders als sonst zwischen den Männern und mir.

Jan schien anderer Ansicht zu sein. Das hatte er zwar nicht mit Worten, dafür aber mit allem anderen ziemlich deutlich zum Ausdruck gebracht. Nun gut. Ich würde es überleben. Und ich würde ihn garantiert nicht spüren lassen, wie sehr es mich verletzte.

Am frühen Abend kam Lisa heim. Offensichtlich hatte sie wieder eine ihrer Abenteuertouren durch die Stadt absolviert, um die sie immer so ein Geheimnis machte.

Ich hatte den Nachmittag und meine Wut dazu genutzt, den Dachgarten auf Vordermann zu bringen. Sämtliche

überflüssigen Blätter, welken Blüten und die üppig wuchern-
den Rosen hatte ich gestutzt. Auch der Lavendel, dessen lila-
farbene Blüten mittlerweile etwas grau aussahen, bekam
einen Radikalschnitt. Zwei große Abfallsäcke standen auf der
Terrasse herum. Ich hörte meine Nachbarn im Geiste schon
wieder maulen, dass ich die Biotonne mit meinem Grünzeug
mal wieder allein in Beschlag nahm. Sollten sie nur kommen.
Ich war genau in der richtigen Stimmung für einen kleinen
Nachbarschaftsstreit.

»Wow. Das hast du heute ganz allein geschafft?« Lisa lehnte
in der Terrassentür und nuckelte an einem Smoothie, den sie
sich unterwegs geholt haben musste.

»Yep.« Meine Antwort war denkbar kurz.

»Sag Bescheid, wenn du Hilfe brauchst.«

Ich nickte knapp. »Mach ich.«

Ich spürte, wie sie mich einen Moment lang beobachtete.

»Alles okay bei dir, Anna?« Ihre Stimme klang besorgt und
der trotzig-rotzige Teenagerunterton, der sonst bei ihren Fragen
mitschwang, fehlte.

Schuldbewusst und etwas alarmiert sah ich auf.

»Nein. Nein. Alles gut.« Ich bemühte mich zu lächeln.
»Wieso sollte etwas nicht gut sein?«

Lisa zuckte mit den Schultern und sah mich prüfend an.
Ich fühlte mich wie unter einem Mikroskop. Hatte sie vielleicht
heute Nacht etwas mitbekommen? War ihr nicht entgangen,
dass Jan und ich, heute Nacht …

Oh Gott, mir stieg die Röte ins Gesicht, und ich beeilte
mich, in den Abfallsäcken rumzudrücken, damit sie davon
nichts mitbekam.

»Und bei dir so? Was macht die Schule?«

»Geht so. Nervt ein bisschen.«

Sie stellte ihren Smoothie ab und begann, den abgeschnittenen Lavendel, den ich in einer Ecke gestapelt hatte, in einen

weiteren Kompostsack zu packen. Ich war froh, ein unverfänglilches Thema gefunden zu haben.

»Was genau nervt denn an der Schule?«

»Keine Ahnung. Einfach alles, würde ich mal sagen.«

Ich musste lächeln und sah sie an. »Diejenigen, die unser Schulsystem erfunden haben, wollten garantiert nicht, dass irgendjemand damit Spaß hat.«

Lisa lächelte zurück. »Du bist die Erste, die mich versteht. Danke. Es gibt doch noch Hoffnung.«

»Andererseits muss jeder da durch. Auch du, meine Liebe.«

Sie verdrehte wieder die Augen, doch ihr Lächeln blieb. »Ich wusste, dass da noch was ...«, sie machte zwei Anführungszeichen mit den Fingern in die Luft, »... *Schlaues* kommt.«

»Sorry, wenn ich dich enttäusche.«

Wir lachten uns ungezwungen an. Vielleicht war dies ja ein guter Zeitpunkt, die Frage zu stellen, die mir schon seit einer ganzen Weile im Kopf rumspukte.

»Lisa, darf ich dich mal was fragen?«

»Klar. Kein Problem.«

»Was machst du eigentlich, wenn du nachmittags nicht sofort nach Hause kommst? Hängst du in irgendwelchen Einkaufszentren ab?«

Sie sah mich fassungslos an. »Sehe ich etwa so aus?«

Ich schüttelte den Kopf. »Nein. Genau deshalb frage ich ja.«

Ich sah, wie es hinter diesen meergrünen Augen arbeitete und sie sich ganz genau überlegte, ob sie mich in ihre Geheimnisse einweihen sollte. Schließlich nickte sie.

»Alles klar. Aber nur unter einer Bedingung. Erzähl Papa nichts davon. Das würde den nur wieder stressen.«

»O...kay.« Ich überlegte kurz. »Ich verrate nichts. Es sei denn, es sind irgendwelche Drogengeschichten oder zehn Jahre ältere Typen, mit denen du abhängst und ...«

»Iiieehhh!« Lisa kreischte auf und verzog angewidert das Gesicht. »Hast du etwa solche Sachen in meinem Alter gemacht? Ist ja eklig!«

»Nein! Natürlich nicht!«

Sie bedachte mich mit einem Blick, der wohl zum Ausdruck bringen sollte, dass sie so ihre Zweifel daran hatte.

»Also, was machst du, wenn niemand dabei ist?«, brachte ich das ursprüngliche Thema wieder zur Sprache. Sie lachte mich an, schnappte sich ihre Jacke und marschierte zum Fahrstuhl.

»Komm schon, Bellini. Du darfst auch mit.«

Das ließ sich Bellini nicht zweimal sagen und sprang erfreut auf. Auch ich folgte ihr nach kurzem Zögern.

Ich war mir nicht sicher, was genau ich erwartet hatte, aber das, was ich eine Stunde später zu sehen bekam, überraschte mich dann doch.

»Ich hatte keine Ahnung, dass es so was hier gibt.«

»Also ehrlich, Anna, in was für einem Universum lebst du eigentlich?!«

Sie sah mich spöttisch von der Seite an, während wir vor einem riesigen zylindrischen Aquarium standen, das sich über drei Stockwerke in die Höhe einer ebenfalls riesigen Hotelhalle erstreckte.

Langsam schlenderte Lisa um den gigantischen Zylinder herum, und ich folgte ihr mit Bellini an meiner Seite, der neugierig die Fische hinter dem Glas beobachtete.

»Das ist das größte zylindrische Aquarium der Welt. Fasst eine Million Liter Wasser.«

Ich nickte beeindruckt, während Lisa weitererzählte. »Da leben mehr als tausendfünfhundert Fische drin und über neunzig unterschiedliche Arten.«

»Beeindruckend. Und so was steht in einer Hotellobby«, stellte ich trocken fest.

Eine junge Frau in der Uniform einer Hotelmitarbeiterin kam an uns vorbei und grüßte lässig.

»Hi, Lisa. Noch was vergessen?«

Lisa deutete auf mich. »Ich wollte das nur mal einer Freundin von mir zeigen. Ist doch okay, oder?«

Die junge Frau nickte lächelnd. »Kein Problem. Wenn ihr noch in die Ausstellung wollt, dann sag ich Tim Bescheid. Der lässt euch rein.«

»Super, Mia. Und danke.«

Ich sah ihr irritiert hinterher, während sie hinter der Rezeption des edlen und futuristisch anmutenden Hotels verschwand. Dann blickte ich fragend zu Lisa, die mein Erstaunen zufrieden beobachtete.

»Die kennen dich hier alle.«

»Klar. Was hast du denn gedacht?«

Eine Stunde später wusste ich alles, was es über das Aquarium, seine tierischen Bewohner und die gesamte einheimische Wasserwelt zu wissen gibt. Lisa führte mich durch die Ausstellung und zeigte mir die großen grauen Wrackbarsche, die filigranen, mit graziöser Anmut durchs Becken schwebenden Seepferdchen (eindeutig meine liebsten Geschöpfe, wie ich umgehend beschloss), die Katzenhaie und Rochen sowie unzählige andere Pflanzen und Tiere, die ich niemals in unseren Gewässern vermutet hätte.

Ich war schwer beeindruckt, und das sagte ich ihr auch.

Sie zuckte nur mit den Schultern und tat so, als wäre es nichts Besonderes.

»Ich find's cool, hier abzuhängen. Wenn ich die Schule echt überleben sollte, dann studiere ich Biologie und werde Meeresforscherin.«

Ich hatte nicht den leisesten Zweifel daran, dass sie das schaffen würde.

»Sollte dir irgendein Lehrer jemals Steine in den Weg legen, sag Bescheid. Ich sorge dafür, dass er still und heimlich verschwindet.« Ich sah sie mit ehrlicher Bewunderung an. »Ich finde das großartig, Lisa, ehrlich.«

Sie wurde tatsächlich etwas verlegen und ich legte ihr aufmunternd den Arm um die Schulter.

»Vermutlich wirst du so eine Art weiblicher Jacques Cousteau. Und ich habe es als Erste gewusst.«

Sie strahlte mich an, sichtlich stolz darüber, dass jemand ebenso begeistert war wie sie selbst über ihre Pläne. Es gab nur eine Sache, die ich nicht verstand.

»Lisa, ganz im Ernst, das musst du deinem Vater erzählen. Ich bin mir sicher, er wird begeistert sein.«

Ein Schatten legte sich über ihr Gesicht und sie wand sich aus meiner Umarmung. »Kann schon sein.«

Sie wich mir aus und ich verstand nicht, warum.

»Warum sagst du es ihm dann nicht?«

»Es würde ihn nur wieder traurig machen.«

Ich kapierte immer noch nicht, um was es hier eigentlich ging. Lisa sah mich an und legte dann eine Hand auf das Glas des Aquariums, hinter dem die Fische unbekümmert zwischen den Steinen und Unterwasserpflanzen ihre Bahnen zogen.

»Mama hat hier gejobbt. Als sie noch studiert hat.« Lisa sah mich kurz an, dann blickte sie wieder zum Wasser. »Sie hat mich immer mitgenommen, schon als Baby. Deshalb kennen mich hier alle.«

Sie lächelte wehmütig, und mir brach es fast das Herz, sie so traurig zu sehen.

»Mama wollte auch Meeresbiologin werden. Sie arbeitete gerade an ihrer Doktorarbeit, als sie krank wurde. Na ja, und den Rest kennst du ja.« Sie seufzte einmal schwer auf und sah mich entschuldigend an.

»Papa macht immer einen großen Bogen um alles, was mit Wasser zu tun hat. Ich glaube, es erinnert ihn zu sehr an Mama. Und das macht ihn dann traurig. Deshalb erzähle ich ihm lieber nichts davon.«

Zum ersten Mal begriff ich voll und ganz, was für eine Tragödie über die beiden hereingebrochen war, als sie den wichtigsten Menschen in ihrem Leben verloren hatten. Ich begriff, warum Jan sich so seltsam verhielt. Und einen Augenblick lang schämte ich mich dafür, ihn in Gedanken verflucht und beschimpft zu haben. Er war nicht so wie die anderen Männer, die ich in meinem Leben kennengelernt hatte. Er war einfach anders. Und wer war ich, mir ein Urteil darüber zu erlauben, was für ihn richtig oder falsch war. Einen Augenblick lang standen wir stumm vor dem Aquarium und gaben uns der hypnotischen Schönheit dieses bunten Treibens hin.

»Ich bin froh, dass du es *mir* erzählt hast, Lisa.« Ich sah sie lächelnd an. »Danke.«

Dann legte ich wieder den Arm um ihre Schulter und drückte sie an mich. Sie ließ es ohne Widerstand geschehen.

Jan kam spät nach Hause und entschuldigte sich damit, noch in der Remise gearbeitet zu haben. Die Renovierungsarbeiten waren fast abgeschlossen, und er und Lisa konnten am Ende der Woche damit beginnen, ihre Sachen, die sie vor den Flammen hatten retten können, wieder in die Wohnung zu schleppen. Ich versicherte ihm, es hätte keine Eile und sie könnten sich ruhig Zeit lassen.

Wir plauderten eine Weile über Belanglosigkeiten auf der Terrasse, während Jan die restlichen Nudeln aß, die Lisa und ich für das Abendessen zubereitet hatten. Unseren Ausflug zum Aquarium erwähnten wir mit keinem Wort. Es würde mein und Lisas Geheimnis bleiben, so, wie ich es ihr versprochen hatte.

Lisa erzählte stöhnend von ihrer nervigen Englischlehrerin und den großkotzigen Jungs, die sich rühmten, bei Ego-Shooter-

Spielen die Helden zu sein, aber in Panik verfielen, wenn eine Spinne im Klassenzimmer an der Decke hing. Alle drei machten wir mit Bellini noch eine Runde um den Block und genossen die laue Sommernacht. Lisa verabschiedete sich wieder in ihr Zimmer. Und Jan und ich waren allein.

Ich räumte die Spülmaschine leer, die während unserer Abendrunde ihren Dienst verrichtet hatte, und Jan räumte ganz automatisch das Geschirr, das ich ihm anreichte, in die Schränke. Er kannte sich mittlerweile sehr gut in meiner Küche aus. Ich sah ihn von der Seite an.

»Du siehst müde aus. Anstrengender Tag?«

Er blickte auf und sah mir in die Augen. »Nein. Kein anstrengender Tag.«

Unsere Hände berührten sich, als ich ihm ein Glas reichte. Und diese Berührung reichte aus, alle Vorsicht fallen zu lassen. Er nahm das Glas, stellte es ab und beugte sich hinunter zu mir, um mich zu küssen. Für einen Augenblick vergaßen wir, dass Lisa nur ein Zimmer weiter auf ihrem Bett lag und uns jeden Moment überraschen konnte. Nach einem Moment lösten wir uns atemlos voneinander.

Schweigend beendeten wir unsere Arbeit, löschten das Licht und gingen in unsere Zimmer.

Eine halbe Stunde später öffnete sich die Terrassentür und Jan stieg zu mir ins Bett. Wir liebten uns stumm. Erkundeten den Körper des anderen staunend und still und gaben uns unserem Verlangen hin, bis wir Stunden später in einen kurzen, tiefen Schlaf fielen, aus dem uns die morgendliche Dämmerung weckte. Dann verschwand Jan so leise, wie er gekommen war, und ich blieb bis zum Morgen allein in meinem Bett zurück.

So vergingen die restlichen Tage der Woche. Wir redeten nicht über das, was in der Nacht passierte, und gingen tagsüber unserer Arbeit nach. Lisa trainierte mich und Bellini und beschwerte sich weiter über die Schule; Jan erzählte von den abenteuerlichen Erlebnissen als Feuerwehrmann in Berlin, und nachts schliefen wir miteinander, als wäre es unser Lebenselixier. Über das, was da zwischen uns passierte, verloren wir kein Wort.

Am Freitag hatte ich mein Manuskript beendet und stand bei Leo im Büro.

Sie sah mich nur schweigend an, nachdem ich ihr das alles erzählt hatte. Nachdenklich nippte sie an ihrem Cappuccino. Ich wartete auf eine Reaktion. Sie kam nicht. Jedenfalls nicht sofort.

»Und?« Ich sah sie fragend an. »Was sagst du dazu?«

Sie stand schließlich auf, ging hinüber zur Fensterfront und ihr Blick richtete sich in die Ferne. »Was soll ich dazu sagen, Anna?«

»Du hast zu allem was zu sagen.«

Sie drehte sich um und der mitleidige Ausdruck auf ihrem Gesicht überraschte mich. »Das ist ernst, Anna. Du spielst mit dem Feuer.«

»Das von dir zu hören, ist ... überraschend.« Beleidigt stellte ich meine Tasse ab und erhob mich.

»Bleib sitzen und hör mir zu.«

Leo kam zu mir, drückte mich zurück in den Ledersessel und setzte sich auf den niedrigen Couchtisch, der vor uns stand. »Bist du verliebt?«

Wenigstens lächelte sie schon wieder.

Ich sah sie empört an. »Also ...«

»Bist du? Oder bist du nicht?«

Leos prüfendem Blick hatte ich noch nie widerstehen können.

»Ich weiß es nicht, Leo. Um ehrlich zu sein, das ist komplettes Neuland für mich.«

Leo nickte. »Gut.«

»Was ist daran jetzt genau gut?«

»Gut ist, dass es nicht dein übliches Spiel ist.«

Ich zog verärgert die Augenbrauen zusammen und verschränkte die Arme vor der Brust. »Das klingt, als wäre ich normalerweise eine männermordende Sexbestie, die den Kerlen ihr Lebenselixier aussaugt.«

»Woran erst mal nichts falsch ist, wenn alle Beteiligten die Spielregeln kennen.«

»Und das ist jetzt nicht der Fall?« Ich sah sie fragend an.

»Das weißt du am besten, nehme ich mal an.« Sie sah mich mitleidig an. »Anna, ich kenne dich jetzt fast eine Ewigkeit, und in all den Jahren ist es niemals vorgekommen, dass du bei mir aufgetaucht bist und mich um Rat gefragt hast, wenn es um Männer, Beziehungen oder …«, sie machte eine Pause und zögerte kurz, »… um die Liebe geht.«

»Ich habe nicht behauptet, dass es um Liebe geht.«

»Das brauchst du auch nicht.«

Ich rieb mir mit den Händen übers Gesicht und schloss die Augen. »Was soll ich denn jetzt machen, verdammt?«

Leo schüttelte den Kopf. »Ich hab keine Ahnung, Anna.« Sie erhob sich wieder und schlenderte zu ihrem Schreibtisch hinüber. »Aber ich denke mal, das könnt ihr nur gemeinsam herausfinden. Du und Jan. Und dazu müsstest du nicht mit mir reden, sondern mit ihm.«

Ich sah sie zweifelnd an. Ich wusste, dass sie recht hatte. Und ich wusste, dass mir das Ende des Gesprächs mit Jan vielleicht nicht gefallen würde. So oder so.

Kapitel 13

Liebst du dein Leben? Dann verschwende nicht die Zeit! Denn die Zeit ist der Stoff, aus dem Leben gemacht ist.

Benjamin Franklin

Ich hatte mehr als genug Zeit, nachdem ich Leos Büro verlassen hatte und nach Hause gegangen war, um mich auf die Aussprache vorzubereiten. Viel zu viel Zeit, nach meinem Geschmack. Dabei geisterten mir ein halbes Dutzend Variationen eines Gesprächs durch den Kopf und die meisten waren alles andere als ermutigend.

Nach einer Stunde Grübeln sprang ich auf und begann, im Dachgarten zu arbeiten. Blöderweise hatte ich den bereits so gut in Schuss gebracht, dass selbst ein anspruchsvoller britischer Gartenenthusiast vor Langeweile das Weite gesucht hätte.

Ich schnappte mir den Staubsauger und einen Staubwedel und begann akribisch jedes einzelne Haar aufzuspüren, das Bellini im Laufe seines Zusammenlebens mit mir in meiner Wohnung hinterlassen hatte und das noch nicht von Louisa gefunden worden war. Mein ultramoderner, ultraallergie- und hundehaartauglicher Staubsauger überforderte mich anfangs etwas. Was nicht nur an der komplizierten Bedienung lag, die an eine computergesteuerte Mondlandung erinnerte, sondern auch daran, dass ich damit noch nie staubgesaugt hatte.

Ich hasste Putzen. Abgrundtief. Verständlich, wenn man bereits im Kindergartenalter die verkalkten Kacheln der Badezimmer meiner Pflegefamilien mit einer alten Zahnbürste hatte schrubben müssen. Nicht zu vergessen die unzähligen Fenster, die ich geputzt hatte, und an den tonnenschweren antiquierten Staubsauger von damals, der noch aus der Nachkriegszeit stammte und der vermutlich heute noch funktionierte, erinnerte ich mich ebenfalls. Genauso wie an die abgewetzten und überstrapazierten Teppichböden, die ich damit gesäubert hatte.

Seit ich so viel Geld verdiente, dass ich mir eine Putzfrau leisten konnte, hatte ich nie wieder freiwillig einen Putzlappen in die Hand genommen. Bis zum heutigen Tag. Jetzt musste ich irgendetwas tun, um meine rotierenden Gedanken mit etwas anderem zu beschäftigen als der Frage, was aus meiner Affäre mit Jan Janssen werden würde.

Bellini beobachtete mich dabei skeptisch. Aus sicherer Entfernung. Er hatte sich lieber auf die Terrasse zurückgezogen, lag auf seinem Hundebett und verfolgte jeden meiner Schritte mit einem gewissen Misstrauen. Vermutlich fürchtete er, ich könnte ihn gleich mit aufsaugen, so entschlossen, wie ich das Hightechgerät durch die Wohnung jagte.

Am späten Nachmittag waren weder Lisa noch Jan aufgetaucht, was komisch war. Ich checkte die Nachrichten auf meinem Smartphone. Etliche Mails und ein Anruf von Leos Assistentin waren eingetrudelt, die ich ignorierte. Eine Nachricht von meinen Mitbewohnern war nicht dabei.

Als wirklich kein einziges Haar und kein Staubkorn mehr in der Wohnung zu finden waren, verstaute ich am frühen Abend die Putzutensilien. Und fing langsam an, mir Sorgen zu machen. Ich schickte Lisa eine SMS und fragte in betont lockerem Ton, ob sie beim Clownfisch im Aquarium hängen geblieben sei und ob ich auch vorbeischauen könnte. Es kam keine Antwort. Nun gut. Es war jetzt nicht so außergewöhnlich für einen Teenager, nicht sofort auf die nervige Nachfrage einer Erwachsenen zu antworten.

Von meiner Putzaktion war ich so durchgeschwitzt, dass eine Dusche keine schlechte Idee war. Als ich wieder aus dem Bad kam, war immer noch keine Nachricht da. Langsam wurde ich sauer. Dann keimte das unangenehme Gefühl von großer Besorgnis in mir auf.

Geschlagene zehn Minuten stand ich mit dem Smartphone in der Hand in meiner Küche und überlegte, Jan anzurufen. Ich wollte nicht überfürsorglich erscheinen, wollte nicht den Eindruck erwecken, ich würde Lisa als Vorwand für ein Gespräch benutzen, und steckte das Handy schließlich wieder weg. Stattdessen schnappte ich mir Bellinis Leine.

»Na, komm, Großer. Lass uns eine Runde drehen.«

Bellini sprang freudig auf und wuffte mich ungeduldig an, während ich ihm sein Geschirr anlegte. Der Fahrstuhl meldete sich mit einem Pling und kündigte an, mit neuen Besuchern auf dem Weg nach oben zu sein. Erleichtert atmete ich auf. Das wurde aber auch Zeit.

Ich setzte eine betont lässige Miene auf und wartete, dass sich die Fahrstuhltüren öffneten und ich Lisa die Meinung geigen konnte.

Als der Fahrstuhl in meiner Wohnung ankam, war ich so schockiert, dass ich erst mal gar nichts sagen konnte.

»Es war ein ganz blöder Unfall. Wirklich. Saublöd« Unter Jans hellen Augen befanden sich dunkle Ringe, die durch die Blässe seiner Wangen noch betont wurden. Stöhnend versuchte er eine angenehmere Position auf dem Sofa zu finden, auf dem er sich niedergelassen hatte, nachdem er humpelnd und auf Lisa gestützt aus dem Fahrstuhl gestolpert war.

Ich hatte mit allem gerechnet. Damit nicht.

»Oh, Mann – hörst du eigentlich nie Nachrichten? Das war heute das Topthema auf allen Sendern.« Lisa hatte mich kopfschüttelnd und leicht verärgert angesehen.

Wie sich herausstellte, waren Jan und ein weiterer Kollege am Morgen nur knapp dem Tode entronnen, als sie auf einer Baustelle in Mitte einen Kran sichern sollten, der durch unsachgemäße Aufstellung auf ein benachbartes Wohn- und Geschäftshaus zu kippen drohte. Was er dann auch tatsächlich tat, ohne dass das Großaufgebot der Feuerwehr es verhindern konnte. Wenigstens hatten sie die angrenzenden Gebäude bereits evakuiert, während der Kran mehr oder weniger kontrolliert in sich zusammenbrach. Dabei war Jan unter einen abgerissenen Träger geraten und hatte sich den Unterschenkel gebrochen und die Schulter ausgekugelt.

Das Wohnhaus blieb tatsächlich verschont, die Baustelle glich allerdings einem Trümmerfeld. Sämtliche Berliner Fernsehsender und Radiostationen hatten live von dem Vorfall berichtet, und Jan und seine Kollegen waren die Helden der Stadt, die todesmutig eine noch größere Katastrophe verhindert hatten.

Lisa sah das Ganze etwas kritischer. »Wie kann man nur so bescheuert sein?!« Sie sah ihren Vater blass vor Sorge an. »Du hättest tot sein können!«

Jan sah sie mit schiefem Grinsen an. »So gefährlich war das gar nicht. Die vom Fernsehen übertreiben doch immer.«

Auch wenn ich nicht viel von Feuerwehreinsätzen im Allgemeinen und von diesem im Besonderen verstand, wusste ich, dass es eine Lüge war. Mein gesunder Menschenverstand sagte mir nämlich, dass man, wenn ein mehr als hundert Tonnen schweres Stahlmonster droht umzustürzen, machen sollte, dass man wegkam. Und so, wie es aussah, hatten Jan Janssen und seine Kollegen dies nicht getan.

Lisas Miene war wie versteinert. »Du bist so was von blöd!«

Jan verzog nun verärgert das Gesicht. »Hör zu, Lisa ...«

»Nein, du hörst *mir* zu!« Ihre Stimme erhob sich etwas schrill.

»Hey, das ist mein Job.« Jan versuchte ruhig zu bleiben und seine Tochter nicht noch mehr aus der Fassung zu bringen. »Ich weiß, was ich tue. Es ist alles in Ordnung gewesen.«

»Nichts ist in Ordnung.« Ihre Augen füllten sich mit Tränen und sie bebte vor Zorn. »Ich hasse dich.«

Damit drehte sie sich um und eilte in ihr Zimmer.

»Lisa!« Jan wollte sich aufrichten und ihr hinterhereilen. Vor Schmerz stöhnte er auf und ließ sich wieder in die Polster des Sofas sinken.

»Lass sie, Jan. Sie beruhigt sich schon wieder.« Ich hatte die ganze Zeit geschwiegen, nun legte ich ihm beruhigend die Hand auf den Arm.

Er sah mich skeptisch an. »Ich verstehe nicht, warum sie sich so aufregt.«

»Das verstehst du nicht?« Konnte man wirklich so unsensibel sein? »Ernsthaft? Das verstehst du nicht?«

»Bitte, Anna, du nicht auch noch.« Jans Stimme war leise und klang sehr müde. »Es war wirklich ein blöder Tag, und ich habe keine Nerven mehr, mich mit wem auch immer zu streiten.«

»Das musst du auch nicht«, antwortete ich eine Spur zu schnippisch. »Ich geh mal nach Lisa sehen.«

Bevor er noch etwas erwidern konnte, stand ich auf.

Ich hörte ihn schwer seufzen, als ich, ohne mich noch einmal umzublicken, an Lisas Zimmertür trat und anklopfte. Behutsam öffnete ich die Tür.

»Kann ich reinkommen?«

Lisa lag auf ihrem Bett, Bellini an ihrer Seite, der mit ihr geflüchtet war, und hatte einen Arm auf ihre Augen gelegt, damit man die Tränen nicht sehen konnte.

»Bist ja schon drin.«

Ich schloss behutsam die Tür und setzte mich auf die Bettkante. Bellini sah mich mit fragendem Blick an. Er merkte sehr genau, dass einer seiner Lieblingsmenschen nicht besonders gut drauf war. Dass ausnahmsweise mal nicht er dafür verantwortlich war, schien ihm schwer zu denken zu geben.

»Verrätst du mir, was dich so wütend macht?«

Ich blieb eine Weile still neben ihr sitzen und wartete darauf, dass sie den Anfang machte.

Ich konnte mich noch genau daran erinnern, wie es sich angefühlt hatte, ein Teenager zu sein, und die Welt einen davon überzeugen wollte, dass man noch keine Ahnung hatte von den Dingen, die im Leben wichtig waren. Dabei wusste man das doch schon ganz genau.

Ich betrachtete Lisa, wie sie trotzig dalag – sauer auf ihren Vater und die ganze Welt.

Noch vor wenigen Wochen hätte ich mir in meinen kühnsten Träumen nicht ausgemalt, jemals am Bett einer Dreizehnjährigen zu sitzen, die sich in mein Herz geschlichen hatte, genauso wie der nicht zu bändigende Mischlingshund an ihrer Seite. Und nicht zu vergessen der Mann, der draußen auf meinem Sofa lag.

Es war nicht das, was ich mir gewünscht hatte. Nicht das, was ich mein Leben lang gesucht hatte. Und dennoch hatte ich etwas gefunden, was mir auf eine schräge, manchmal nervtötende und angsteinflößende Weise das Gefühl gab, zu Hause zu sein. Leo hatte so recht gehabt. Wenn ich Lisa ansah, dann erkannte ich mich in diesem trotzigen Teenager wieder, der mit der Welt und dem Leben haderte. Dem mehr aufgebürdet worden war, als man in diesem Alter ertragen konnte.

»Papa ist ein egoistisches Arschloch!« Lisa schniefte hinter ihrem Arm, der noch immer quer über dem tränenüberströmten Gesicht lag.

»Ich glaube, da kann ich dir im Augenblick nicht widersprechen.«

Sie hob ihren Arm und sah mich skeptisch an.

»Er ist ein egoistisches Arschloch.« Ich lächelte bitter und sah sie vielsagend an.

Sie richtete sich auf und sah mich skeptisch an. »Du verarschst mich nicht gerade, oder?!«

Ich schüttelte den Kopf. »Was Jan heute gemacht hat, war verantwortungslos und dumm, und du hast allen Grund, sauer auf ihn zu sein.«

Sie glaubte mir noch nicht wirklich. »Hast du ihm das auch schon gesagt?«

»Ich werde es bei nächster Gelegenheit nachholen. Versprochen.«

Sie richtete sich weiter auf, stützte sich auf dem Ellbogen ab und begann Bellinis Bauch zu kraulen, den er ihr genussvoll hinstreckte. *Geniale Taktik, mein Großer*, lobte ich ihn in Gedanken. Es gab schließlich nichts Entspannenderes als ein zufrieden vor sich hin grummelndes Haustier, das man streicheln konnte.

»Er hat es mir versprochen, weißt du, Anna. Er hat mir versprochen, auf sich aufzupassen und nichts zu machen, was gefährlich ist.«

»Das ist dann ziemlich schiefgegangen.«

»Als Mama … nicht mehr bei uns war, da hat er mir versprochen, dass er mich nicht auch noch alleine lässt.«

Sie blickte mich an, und all der teenagerhafte Trotz und die Launenhaftigkeit und die Arroganz, es auf jeden Fall und immer besser zu wissen, waren verschwunden. Ich erkannte die

Angst und die Hilflosigkeit, die sich hinter Lisas selbstbewusster Fassade verbargen. Sie schüttelte verzweifelt den Kopf.

»Er hat mir versprochen, dass er sich einen neuen Job sucht. Einen, der nicht so gefährlich ist.« Sie schnaubte verächtlich. »Er hat mich total verarscht. Er hat sich ja nicht einmal *bemüht*, etwas anderes zu finden. Er hat mich immer damit vertröstet, dass wir doch Geld brauchen und in der Remise fast umsonst wohnen können und er einfach Zeit braucht, was zu finden, von dem wir auch leben können.« Sie sah mich verletzt an. »Aber im Grunde war das nur die totale Verarsche.«

Ich sah sie nachdenklich an. »Kann schon sein.«

»Hört sich an, als würde gleich ein *Aber* kommen.« Sie verzog wieder sauer die Augenbrauen.

»Stimmt genau.« Ich dachte einen Moment nach und überlegte mir die Worte sehr genau. »Ich habe keine Ahnung, was dein Vater denkt oder ob er dich mit Absicht verarscht hat. Vielleicht glaubt er ja, dass er dir nicht das bieten kann, was du verdienst, wenn er sich einen anderen Job sucht?«

Sie sah mich einen Moment zweifelnd an. »Ich komme auch mit weniger klar.« Ihr Trotz war herzergreifend. »Mit viel weniger, echt jetzt.«

»Das Problem ist, wenn man jemanden so sehr liebt wie dein Vater dich, dann will man unter allen Umständen, dass es ihm an nichts fehlt und er sich niemals Sorgen machen muss. Das ist schon eine ziemliche Verantwortung.«

Lisa nickte nachdenklich. Schließlich sah sie mich an, und da war wieder diese Angst in ihren meergrünen Augen, die von den vergossenen Tränen ganz gerötet waren.

»Das verstehe ich, Anna, wirklich, ich kapiere das. Nur, wenn Papa mich jetzt auch noch im Stich lässt, was soll ich denn dann machen? Dann bin ich ganz allein.«

Ich wusste, wovon sie sprach. Kannte dieses Gefühl, keinen sicheren Hafen zu haben, in den man fliehen konnte, wenn die

189

Welt da draußen gemein und gefährlich und erschreckend für einen war.

»Du bist nicht allein, Lisa. Jan ist da und er wird dich nicht im Stich lassen. Niemals.« Ich sah ihr fest in die Augen. »Und ich auch nicht.«

Sie blinzelte kurz, wollte etwas sagen, wich dann jedoch meinem Blick aus und streichelte weiter Bellinis weichen Bauch. Langsam nickte sie. »Okay. Wir werden ja sehen.«

Jan hatte mich fragend angesehen, als ich nach einer Ewigkeit, wie es schien, wieder aus Lisas Zimmer herausgekommen war.

»Ich mache ein paar Nudeln. Lisa hat seit heute Morgen nichts mehr gegessen.«

Er nickte vage und humpelte mit seinem geschienten Bein um die Küchentheke herum.

»Ich kann dir helfen.«

Ich hatte ihn angesehen und nur den Kopf geschüttelt.

»Geh zu Lisa, erklär ihr, wie dumm das heute von dir war. Und dann entschuldigst du dich dafür.«

Er wollte etwas sagen, doch ich legte ihm nur die Hand auf den Arm.

»Jan. Sie wird fast wahnsinnig bei dem Gedanken, dass du stirbst. Und sag jetzt nicht, dass das völlig unsinnig ist. Denn das ist es nicht, wenn man seine Mutter hat sterben sehen.«

Er schluckte schwer. Sein Blick flackerte unruhig hin und her. Dann nickte er und humpelte ohne ein weiteres Wort zu Lisa ins Zimmer.

Eine Stunde später hatte ich ein Abendessen mit Spaghetti, Tomatensoße mit frischen Kräutern und einem Salat aus meinem Dachgarten vorbereitet. Nudeln wurden langsam zum Standardprogramm in meiner Küche.

Ich hatte keine Ahnung, was die beiden hinter der verschlossenen Tür miteinander besprachen. Es ging mich auch nichts an. Ich hoffte nur inständig, dass Jan die richtigen Worte finden würde.

Nun saß ich alleine an dem großen Holztisch auf der Terrasse, den ich liebevoll gedeckt hatte, während Jan und Lisa das klären mussten, was es zwischen ihnen zu klären gab. Die Tomatensoße wurde auf dem Herd warmgehalten, ebenso die Nudeln. Ich pickte ein paar Salatblätter aus der Schüssel und wartete.

Schließlich öffnete sich die Tür und Bellini kam herausgeschossen wie ein Blitz und stürzte sich auf die gefüllte Schale mit Trockenfutter, das ich ebenfalls für ihn bereitgestellt hatte. Lisa folgte ihm, und als sie mich und den gedeckten Tisch sah, lächelte sie vage.

»Sieht lecker aus.«

Ich war aufgestanden, um die Nudeln und die Soße zu holen. »Kannst du die Soße nehmen?« Ich deutete auf den Topf.

Jan kam humpelnd dazu. Auch er hatte ein scheues, erschöpftes Lächeln im Gesicht und rieb sich etwas verlegen den Nacken.

»Ich glaube, ich hab mich noch nie im Leben so sehr auf Spaghetti mit Tomatensoße gefreut. Ich hab einen Bärenhunger.«

Ich lächelte ihn an und wir setzten uns an den Tisch und schaufelten uns riesige Portionen von Nudeln und Soße und frisch geriebenen Parmesan und Salat auf unsere Teller. Ich hatte auf Wein oder Bier verzichtet. Bestimmt hatte Jan im Krankenhaus Schmerzmittel bekommen, und in Kombination mit Alkohol erschien mir das keine gute Idee.

Wir genossen das Essen und den lauen Sommerabend. Ich erzählte von meinem Besuch bei Leo (dass es dabei hauptsächlich um das gegangen war, was zwischen Jan und mir in der Nacht passiert und nicht jugendfrei war, verschwieg ich lieber) und dass mein Manuskript für meinen neuen Bestseller so gut wie abgeschlossen war. Die nächsten Tage hatte ich frei und würde einen großen Bogen um den Computer machen.

Jan erzählte, dass er die nächsten Wochen wohl Bürodienst auf der Wache schieben müsste, und bedauerte, die Renovierung der Remise nicht wie geplant abschließen zu können.

»So, wie es aussieht, wirst du uns noch ein paar Tage länger beherbergen müssen.« Ich tauschte einen Blick mit Lisa, die das anscheinend nicht sehr zu bedauern schien.

»Ihr könnt so lange bleiben, wie ihr wollt.« Ich deutete auf sein geschientes Bein. »Du kannst auf Bellini aufpassen, wenn Lisa und ich zum nächsten Tanz in den Park gehen.«

Lisa strahlte. »Cool.«

Jan bestand darauf, den Tisch abzuräumen und die Spülmaschine zu befüllen, während Lisa und ich mit Bellini unsere Abendrunde drehten.

»Ich hab mir nur das Bein gebrochen. Ansonsten funktioniert bei mir noch alles genauso, wie es sein sollte«, erwiderte er leichthin auf unsere Zweifel. »Das schaffe ich auch humpelnd.«

Wir schnappten uns Bellini und fuhren hinunter ins abendliche Berlin. Langsam schlenderten wir durch die Straßen, grüßten die anderen Hundebesitzer, die ebenfalls ihre Runden drehten, und ließen Bellini mit seinen Lieblingskumpels kurz herumtoben. Wir waren schon fast wieder vor meiner Haustür, als Lisa innehielt.

»Anna?«

Ich drehte mich um zu ihr und sah sie fragend an.

»Danke.« Sie senkte den Blick und spielte unsicher mit Bellinis Leine in ihrer Hand. »Ich meine, für vorhin. Und dafür, dass wir bei dir wohnen können. Und überhaupt … irgendwie für alles.«

Plötzlich hatte ich einen Kloß im Hals. »Es ist schön, dich zu kennen, Lisa Janssen. Und dich bei mir zu haben.« Ich deutete auf Bellini, der zwischen uns saß und neugierig zu uns aufblickte. »Bellini ist übrigens der gleichen Meinung.«

Ich lächelte leicht, um diesem rührenden Moment ein wenig die Schwere zu nehmen. Plötzlich fühlte ich, wie Lisa die Arme um mich legte, ihren Kopf an meine Schulter drückte und mich so heftig umarmte, dass mir für einen Moment die Luft wegblieb. Ich zögerte den Bruchteil einer Sekunde, dann schlang ich meine Arme ebenfalls um sie und erwiderte sanft den Druck ihrer Umarmung.

Eine gefühlte Ewigkeit standen wir so vor meiner Haustür, hielten uns, nahmen den Duft des anderen ganz nah an unserem Gesicht wahr und gaben uns ganz diesem Moment hin.

Lisa atmete noch einmal tief durch, dann löste sie sich wieder von mir, als wäre nichts Besonderes geschehen, lächelte kurz und ging weiter, um die Haustür aufzuschließen. »Komm, Bellini.«

Ich blieb einen Moment irritiert stehen. An die plötzlichen Gefühlswechselbäder dreizehnjähriger Teenager würde ich mich wohl noch gewöhnen müssen.

Jan hatte es während unserer Abwesenheit tatsächlich geschafft, nicht nur den Tisch abzuräumen, sondern auch die Spuren meiner Kochkünste zu beseitigen. Die Küche war wieder blitzblank. Lisa verabschiedete sich in ihr Zimmer und ich blieb allein mit Jan zurück. Wir sahen uns vielsagend an. Er grinste schief und rieb sich wieder etwas verlegen den Nacken.

»Ich denke mal, ich bin dir einen Riesengefallen schuldig, dafür, dass du Lisa wieder beruhigt hast.«

Ich sah ihn ernst an. »Dafür bist du mir nichts schuldig.« Es wurde Zeit, ein paar Dinge zwischen uns zu klären. »Wir müssen reden, Jan. Komm mit.«

Ich wartete seine Antwort gar nicht erst ab und ging zu der kleinen Sitzecke im hinteren Teil des Dachgartens, wo wir ungestört waren und Lisa uns nicht hören konnte. Es dauerte ein paar Augenblicke zu lange, bis ich seinen humpelnden Schritt auf den Holzplanken hörte. Er war anscheinend nicht sonderlich begeistert über meinen Vorschlag.

»Falls du mir jetzt auch eine Moralpredigt darüber halten willst, wie gefährlich mein Job ist, kann ich dir versichern, dass ich künftig besser auf mich aufpassen werde.«

Ich saß bereits auf der kleinen Holzbank und beobachtete, wie er etwas umständlich seine große Gestalt auf einen der Holzstühle zwängte.

»Es geht nicht nur um deinen Job, Jan.«

»Nein? Geht es nicht?«

Ich seufzte tief. »Nein! Hier geht es um ein paar Dinge mehr.« Ich schenkte ihm einen ernsten Blick und senkte die Stimme. »Zum Beispiel um das, was wir seit fünf Nächten miteinander machen. Zum Beispiel darum, dass wir nicht darüber reden. Herrgott noch mal, Jan, was passiert da gerade mit uns?«

Er wich meinem Blick aus. Seine Quecksilberaugen verdüsterten sich.

»Wir schlafen miteinander. Ja.«

»Und?« Ich sah ihn ungläubig an. »Das ist alles?«

Er hob den Blick. »Nein. Das ist nicht alles. Und das weißt du auch. Ich hab keine Ahnung, was da zwischen uns passiert, Anna.«

Ich hob ironisch die Augenbrauen. »Prima. Dann sind wir ja schon zu zweit. Und was machen wir jetzt?«

»Vielleicht erst mal gar nichts.« Jan blickte hinaus in die Nacht, und ich hatte das dumpfe Gefühl, er tat es nur, damit ich nicht in seinem Gesicht lesen konnte, was er wirklich dachte. »Lisa ist schon angespannt genug durch die Geschichte heute und …«

»Oh nein. Das wirst du nicht tun.« Ich unterbrach ihn ungehalten, stand auf und sah fassungslos auf ihn herab. »Du wirst jetzt nicht Lisa vorschieben, nur um mir eine Antwort schuldig zu bleiben.«

Er sah zu mir hoch. »Das alles ist kompliziert.«

»Die wichtigen Dinge im Leben sind meist kompliziert«, gab ich noch immer ungehalten zurück.

»Du musst es ja wissen.« Seine Antwort klang kühl und herablassend.

»Ach, tue ich das?«

Jan stand ebenfalls auf und sah mich an. »Ganz im Ernst, Anna. Du hast nicht wirklich eine Ahnung von dem, was tatsächlich wichtig ist im Leben.«

Ich wollte etwas erwidern, aber Jan unterbrach mich mit einer Handbewegung.

»Du sitzt hier oben in deinem Elfenbeinturm und schreibst einen Ratgeber nach dem anderen. Und deine klugen Sprüche klaubst du dir aus anderen Büchern zusammen. Dabei hast du keine Ahnung, was da unten wirklich passiert.« Er deutete auf die Stadt, die wie ein Lichtermeer zu unseren Füßen lag. »Ich hab mal in ein paar deiner Bücher reingelesen. Die sind ja so lustig und so ironisch und am Ende ist alles irgendwie doch total egal. So ist das Leben nicht, Anna. Auf jeden Fall nicht meins und nicht das von Lisa.«

Er spuckte mir die Worte förmlich entgegen und ich sah all die Verzweiflung und den Schmerz der vergangenen fünf Jahre in seinem Blick.

Wut stieg in mir auf. Und Zorn darüber, dass er sich anmaßte, mir zu sagen, wie schrecklich unfair das Leben doch sein konnte. Das musste er mir nicht erklären. Ich wusste es aus eigener Erfahrung. Mühsam verschloss ich meinen Ärger und meine Wut hinter einer Mauer aus eisiger Ruhe. Damit kannte ich mich schließlich auch aus.

»Wenn du deine Tochter wirklich lieben würdest, Jan, dann hättest du dir schon vor Jahren einen anderen Job gesucht.

Denn jedes Mal, wenn du aus der Tür gehst und deinen Dienst antrittst, hat Lisa das Gefühl, sie sieht dich zum letzten Mal.«

Er schluckte kurz, und ich sah, wie sich seine Wangenmuskeln anspannten, als er vor unterdrückter Wut die Zähne zusammenbiss.

»Und übrigens – Lisa hat recht. Du bist ein egoistisches Arschloch.«

Damit drehte ich mich um und ließ ihn stehen. Zwischen uns war alles gesagt, was es zu sagen gab.

Kapitel 14

Die Herausforderung des Lebens besteht darin, herauszufinden,
wie man sich verhält, wenn man keine Ahnung hat, was man
tun soll.

Jamie Holmes

Am nächsten Morgen tauchte Leo überraschend in meiner
Wohnung auf.

Jan und Lisa waren längst aufgebrochen. Lisa, um ihre
Zeit in der Schule zu verplempern, wie sie grimmig über ihren
Cornflakes zum gefühlt hundertsten Mal feststellte. Und Jan,
um im Büro der Feuerwehrwache noch dringenden Papierkram
zu erledigen. Selbst jemand mit dem Gespür einer Dampfwalze
hätte sofort merken können, dass dies eine sehr plumpe und
fadenscheinige Ausrede war. Jan wollte um alles in der Welt
vermeiden, mit mir allein zu sein. Ich konnte es ihm nicht
verübeln.

»Das Manuskript ist klasse. Ich hab es gestern in einem
Rutsch gelesen.« Leo enterte völlig selbstverständlich meine
Küche, schmiss den Kaffeeautomaten an und wuschelte Bellini
durchs Fell, der aufgeregt um sie herumwuselte. »Na, Großer,
heut schon irgendwelche Katastrophen angestellt?«

Ich stand an der Anrichte, beobachtete die beiden und schloss innerlich mit mir eine Wette ab, wie lange es wohl dauern würde, bis Leo auf den eigentlichen Grund ihres Besuchs kam. Nach meiner Erfahrung würde es keine zwei Minuten dauern.

Während der Automat die Kaffeebohnen mahlte, das Wasser aufheizte und in weniger als zwei Minuten einen duftenden Cappuccino zaubern würde, sah Leo sich möglichst unauffällig in meiner Wohnung um.

Ich musste lächeln.

»Sie sind schon weg. Alle beide.«

Leo hob gespielt erstaunt die Augenbrauen. »Ach, wirklich?«

Ich atmete tief durch, stieß mich von der Anrichte ab und schlenderte hinaus in den Dachgarten. Über die Schulter winkte ich Leo zu.

»Bring mir einen Kaffee mit raus, dann erzähl ich dir alles, was du wissen willst.«

Zwei Cappuccino später war Leo über alles informiert und konnte sich ein Bild von dem desaströsen Chaos machen, das der gestrige Tag in meinem Leben angerichtet hatte.

»Puuh – das ist heftig.« Sie nippte an ihrem Kaffee und sah mich an. »Was wirst du jetzt machen?«

Das war eine gute Frage. Sie hatte mich den Großteil der gestrigen Nacht beschäftigt, als ich grübelnd im Bett lag und an Schlaf nicht zu denken gewesen war.

»Ich werde es als das abhaken, was es ist: eine interessante Erfahrung meines Lebens. Und dann wieder so weitermachen wie immer.«

Ich blickte hinaus in den weiten blauen Sommerhimmel. Am Morgen war die Luft bereits kühl, und der Sommer bereitete sich darauf vor, sich zu verabschieden.

»Die vergangenen Wochen waren irgendwie … verrückt.«
Ich lächelte Leo an. »Das hab ich dir zu verdanken. Bellini hat
mein Leben ordentlich durcheinandergewirbelt.«

Leo verzog zerknirscht das Gesicht. »Sorry, Süße. Das hab
ich echt nicht gewollt.«

Ich schüttelte den Kopf. »Es ist schon in Ordnung, Leo.
Wirklich.«

Ich versuchte die positiven Aspekte zu sehen, die die letzten
Wochen mit sich gebracht hatten.

»Bellini hab ich ganz gut im Griff. Mittlerweile. Dank Lisa.
Und ohne ihn und das Chaos, das er anrichtet, würde ich vermutlich immer noch auf einen leeren Bildschirm starren, und
du hättest kein neues Manuskript auf dem Schreibtisch, das du,
wie auch immer, zu einem Bestseller machen wirst.«

»Es ist wirklich gut. Ganz ehrlich.« Leo fühlte sich verpflichtet, mein angeschlagenes Ego ein wenig zu trösten.

»Gut zu wissen.«

»Wie geht es jetzt weiter? Für dich?« Sie zögerte kurz und
sah mir dann direkt in die Augen. »Und für Jan? Und Lisa?«

Ich hatte keinen Plan. Jedenfalls keinen genauen.

»Sie werden vielleicht noch zwei Wochen bei mir wohnen.
Dann geht es zurück in die Remise. Und in der Zwischenzeit
bleibt alles so, wie es war.« Ich grinste ironisch. »Nur ohne Sex.«

Leo lächelte ebenfalls. Aber es war nicht das unbeschwerte,
sorglose Lächeln, das ich sonst von ihr kannte.

»Ich finde es schade, Anna. Keine Ahnung, warum es so
ist – aber in all den Jahren, in denen ich dich kenne, habe ich
dich noch nie so entspannt und gelassen erlebt wie in den letzten
Wochen.«

Ich runzelte die Stirn. Das hörte sich so gar nicht nach
Leo an, denn normalerweise vermied sie es, mich oder mein
Verhalten in irgendeiner Weise zu beurteilen oder zu kritisieren.
Es war ein Grund dafür, warum sie meine beste Freundin war.

»Selbst jetzt, Anna, habe ich das Gefühl, du bist entspannter, als du es die meiste Zeit, seit wir uns kennen, warst.« Sie schüttelte den Kopf, als wäre sie erstaunt über das, was sie gerade von sich gegeben hatte. »Ich glaube selbst kaum, was ich da gerade gesagt habe.«

Sie sah mich an und erwartete wohl eine meiner üblichen zynischen Bemerkungen. Doch ich konnte ihr nicht widersprechen.

»Ich bin nicht sauer auf Jan. Auf jeden Fall bin ich nicht wütend darauf, dass er mich so abgekanzelt hat. Es ist vermutlich besser für uns beide. Wir sind nicht dafür gemacht, eine feste Beziehung zu führen.« Ich atmete wieder tief durch und sah Leo an. »Ich bin nur sauer, weil er Lisas Ängste nicht ernst nimmt. Und ich hoffe inständig, dass das, was ich ihm gestern gesagt habe, ihn zum Nachdenken bringt. Das ist alles, was ich mir wünsche.«

Leo ließ nun auch einen tiefen Seufzer los. »Wirklich schade. Ich hätte gern erlebt, was aus euch noch alles hätte werden können.«

Damit war das Thema erledigt. Wir besprachen noch das weitere Vorgehen mit meinem Manuskript, machten Termine für das Lektorat, die Marketingbesprechung und eine grobe Planung, welche Termine im kommenden Frühjahr für die Veröffentlichung anstanden. Ich begleitete Leo runter auf die Straße, verabschiedete mich von ihr und drehte dann meine Runde mit Bellini im Park. Einmal mehr war ich überrascht davon, wie gut er es schaffte, mich aus meinen Gedanken zu reißen, die sich anscheinend unaufhörlich im Kreis drehten und weit entfernt von einer Problemlösung waren. Was auch immer zwischen Jan und mir passiert war, es war vorbei. Und spätestens in zwei Wochen würde ich wieder allein sein in meinem wohlgeordneten Leben.

Nun, nicht ganz allein. Zum Glück gab es noch Bellini.

Nach einer Stunde Apportiertraining, Rumgeraufe mit seinen Kumpels im Park und ausgiebigem Geschnupper in zerrupften Büschen und übervollen Mülkörben machten wir uns wieder auf den Heimweg.

Warum ich mich für den kleinen Umweg entschied, der an der Feuerwehrwache vorbeiführte, blieb mir ein Rätsel. Denn eigentlich war ich alles andere als erpicht darauf, Jan Janssen zu begegnen.

»Anna?« Jan sah überrascht auf.

Ich stand in dem kleinen Einsatzleitungsbüro der Wache.

»Was machst du denn hier?«

Martha war so freundlich gewesen, mir den Weg von der Halle unten hoch in die Büros zu zeigen.

»Ich bin dann wieder unten«, erklärte sie augenzwinkernd und ließ mich mit Jan allein.

Jan kam humpelnd um den Schreibtisch herum. In seinem Gesicht erkannte ich die Besorgnis darüber, wohl gleich eine ziemlich hässliche Szene gemacht zu bekommen.

»Keine Angst, ich bin nicht hier, um dir zu sagen, was für ein Idiot du bist und dass ich es ziemlich mies finde, was für eine Nummer du mit mir abgezogen hast.«

Er sah mich erstaunt an. »Nein?«

Ich schüttelte den Kopf. »Ich bin hier, um dir zu sagen, dass alles okay ist zwischen uns. Wir müssen nicht die nächsten zwei Wochen umeinander herumschleichen und uns aus dem Weg gehen, bis ihr wieder in die Remise könnt.«

Ich atmete tief durch, und es gelang mir sogar, so etwas wie ein Lächeln zustande zu bringen.

»Lisa ist ziemlich clever. Sie würde merken, dass etwas nicht stimmt. Und ich habe eigentlich keine Lust darauf, ihr

201

zu erklären, dass wir eine Bettgeschichte gehabt haben, die ein wenig aus dem Ruder gelaufen ist.«

Jan stützte sich mit der Hand auf dem Schreibtisch ab. »Anna, ich … ist es das gewesen? Eine Bettgeschichte, die aus dem Ruder gelaufen ist?« Er sah mich ein wenig ratlos an.

»Ja.« Ich nickte langsam und sah ihm offen ins Gesicht. »Wenn du ehrlich mit dir bist, Jan, dann weißt du das auch. Weil du nämlich nicht mehr willst als genau das, was wir miteinander hatten. Und ich weiß es deshalb so genau, weil ich auch nicht mehr will als genau das.«

Er sagte nichts.

»Wir beide, wir sind nicht auf der Suche nach Liebe oder einer Beziehung«, stellte ich nüchtern fest. »Ich glaube nicht daran.«

Er sagte noch immer nichts, sondern sah mich nur ruhig an.

»Und du, Jan, du liebst schon jemanden. Und das bin nicht ich.«

Einen Augenblick lang standen wir uns stumm gegenüber. Die Worte, die ich gerade gesagt hatte, ragten wie eine Mauer zwischen uns auf. Es war die Wahrheit. Wir wussten es beide.

»Gut.« In seiner Stimme war nicht der Hauch eines Zweifels. Erstaunlicherweise fühlte ich mich erleichtert. Erleichtert und frei.

In den darauffolgenden Tagen gingen Lisa, Jan und ich wieder unserer täglichen Routine nach und es herrschte eine bemerkenswert entspannte Atmosphäre zwischen uns.

Am dritten Abend überraschte uns Jan mit ungewöhnlichen Neuigkeiten.

»Was ist das?« Lisa nahm das Schreiben, das Jan ihr beim Abendessen über den Tisch gereicht hatte, irritiert an.

»So, wie es aussieht, hab ich ab Oktober einen neuen Job.«

Er lächelte seine Tochter vielsagend an. Lisa studierte das offiziell aussehende Schreiben überrascht. Ich blickte fragend zu Jan hinüber, der mich fast schüchtern anlächelte.

»Ich hab mich als Lehrgangsleiter bei der neuen Ausbildungsakademie in Tegel beworben.«

»Und bist angenommen worden!« Lisa blickte von dem Schreiben auf, und ihre Freude über das, was sie gelesen hatte, war unübersehbar.

»Das ist …« Sie sprang auf, kam um den Tisch herum und fiel Jan um den Hals. »… oh, Mann, das ist so cool.«

»Ich weiß nicht, ob du es auch so cool findest, wenn ich dir erzähle, dass wir dann nächstes Jahr in Tegel wohnen.«

Er lachte und seine Freude über Lisas euphorische Reaktion strafte seine Worte Lügen.

»Zu dem Job gehört auch eine neue Dienstwohnung auf dem Gelände. Kann sein, dass du die Schule wechseln musst.«

Lisa setzte sich wieder und strahlte über das ganze Gesicht. Es schien sie nicht weiter zu stören.

»Allerdings wird es noch dauern, bis da alles umgebaut ist. So lange können wir noch in der Remise bleiben.«

Ich hatte die beiden stumm beobachtet und begann nun das Geschirr und unsere Teller zusammenzustellen.

»Herzlichen Glückwunsch. Das sind wirklich tolle Neuigkeiten.«

Ich lächelte Jan aufmunternd an. Und ich war ein wenig überrascht. Er hatte sich das, was ich ihm über Lisa gesagt hatte, tatsächlich zu Herzen genommen und sich einen ungefährlicheren Job gesucht. Ich konnte mir vorstellen, dass ihm diese Entscheidung nicht leichtgefallen war. Er liebte seine Arbeit. Doch so, wie es aussah, liebte er Lisa noch mehr.

Es war spät in der Nacht, und ich saß auf der Holzbank in der hintersten Ecke der Terrasse, starrte auf den nachtblauen

Himmel, nippte an meinem Wein und zog mir fröstelnd eine Decke über die Schultern. Dunstige Schwaden lagen vor dem hell erleuchteten Mond und tauchten den Dachgarten in milchfarbenes Licht. Bald würden die Tage wieder kürzer werden, all die Pflanzen und Blumen würden in ihren winterlichen Schlaf verfallen und ich würde mich zum Schreiben wieder in das beheizte Gewächshaus verziehen müssen. Alles würde wieder seinen normalen Gang gehen, so, als hätte es diesen Sommer mit Lisa und Jan niemals gegeben. Das war in Ordnung so. Ich hatte es nicht anders gewollt. Und ich hatte Bellini, der bei mir bleiben und mit mir die langen Winterabende auf dem Sofa vor dem Kamin teilen würde.

Plötzlich überkam mich die irrationale Angst, ihn auch noch zu verlieren, und ich schüttelte mich. Das war ein unsinniger Gedanke. Und vor allen Dingen entsprach er so überhaupt nicht jener Anna Boje, die ich bis vor Kurzem noch gewesen war. Ich wollte gerade aufstehen, um mir ein weiteres Glas Wein einzuschenken (vielleicht würde das ja meine trüben Gedanken verdrängen), als ich hörte, wie die Terrassentür des Lesezimmers aufgeschoben wurde. Ich setzte mich wieder zurück auf meine Bank.

Einen Augenblick später stand er neben mir, lehnte sich an das Mauerwerk der Dachbegrenzung und blickte, die Hände in den Hosentaschen, hinaus in die Nacht.

»Früher habe ich den Herbst geliebt.« Seine Stimme war leise und ruhig und tieftraurig. »Lisa wurde an einem herrlichen sonnigen Oktobertag geboren, und wir sind mit ihr in die Wälder gefahren und haben das bunte Laub bestaunt und die klare, frische Luft genossen, die nach Pilzen und Moos riecht.«

Er blickte zu mir und seine Quecksilberaugen leuchteten im schwachen Licht des Mondes. Ich schwieg, hörte zu und sah ihn nur an.

»Rike starb auch an einem sonnigen Tag im Oktober. Vor dem Hospiz gab es einen kleinen Park mit großen, mächtigen Eichen. Ihr Laub hat so wunderbar geleuchtet in der Herbstsonne. Rot und gelb und orange.«

Ob es uns wohl schwerer fiel, diese Welt zu verlassen, wenn sie uns ihre Schönheit ein letztes Mal so vor Augen führte?

»Sie war zu schwach, um noch irgendetwas zu sagen oder den Kopf zu heben. Also schob ich ihr Bett quer in den Raum und sie konnte mühelos aus dem Fenster sehen. An ihrem letzten Tag blickte sie stundenlang einfach nur auf diese Bäume.« Er atmete tief durch, zitternd und überwältigt von den Gefühlen, an die er sich erinnerte.

»*So schön* … es war das Letzte, was sie sagte – einfach *so schön*. Das war alles.«

Es gab nichts, was ich sagen konnte, nichts, was ihm Trost spenden würde. Also schwieg ich weiter. Er wischte sich kurz mit der Hand über die Augen.

»Seitdem mag ich den Herbst nicht mehr. Lisa und ich fliegen in den Ferien immer in den Süden. Irgendwohin, wo noch Sommer ist. Oder in die Berge, wo man schon Ski fahren kann.« Er sah mich an. »Fährst du eigentlich Ski?«

Ich schüttelte den Kopf. »Ich bin mehr so der Großstadtmensch.«

Er deutete auf meinen Dachgarten. »Dafür hast du dir hier eine Menge Natur zugelegt.«

Ich zuckte etwas ratlos mit den Schultern und erkannte die Widersprüchlichkeit in dem, was ich gerade gesagt hatte.

»Wir Menschen sind sehr widersprüchliche Wesen. Was in meinem Falle damit wohl bewiesen wäre.«

»Das erklärt wohl auch, warum man eine Sache will und im gleichen Moment alles dafür tut, sie nicht zu bekommen.«

Ich sah ihm in die Augen und wusste, dass er über uns sprach.

»Das, was du für Lisa tust, ist großartig. Und längst über-fällig.« Ich schickte meinen Worten ein Lächeln hinterher, um nicht zu überheblich zu klingen. »Ich kann mir denken, dass es dir sehr schwergefallen ist, den neuen Job als Ausbilder anzunehmen.«

Er verlagerte sein Gewicht ein wenig und lehnte sich weiter an die Mauer. »Ehrlich gesagt war es gar nicht schwer. Im Gegenteil. Es war sogar sehr leicht. Es hat sich gut angefühlt. Und richtig.«

Ich nickte nachdenklich. Er ließ mich nicht aus den Augen, und einen Moment lang fühlte ich mich wie die Maus, die von der Katze beobachtet wird.

»Wenn du mich weiter so anschaust, dann bekomme ich Angst.«

Er lächelte wie ertappt. »Ich hör sofort damit auf.« Er senkte den Blick. »Ich hab gerade nicht von Lisa gesprochen, Anna. Ich hab uns gemeint.« Er sah mich wieder an. »Ich weiß nicht mehr, was ich überhaupt noch fühle. Da war ein-fach so lange nichts, dass ich mich kaum noch daran erinnern kann, wie es ist, jemanden zu lieben, der auch wirklich bei mir ist.«

In seinem Blick lag völlige Ratlosigkeit. Ich riss mich von diesen Augen los, die mein Innerstes zum Schmelzen brachten.

»Wir wollen immer das, was wir nicht haben können, Jan. Auch das liegt in der menschlichen Natur. Es ist die Sehnsucht, die uns antreibt. Und die dafür sorgt, dass wir uns die meiste Zeit des Lebens mies fühlen, wenn wir nicht darauf aufpassen, diese Sehnsucht in den Griff zu bekommen.«

»Ist das aus einem deiner Bücher?«

»Ja.« Ich lächelte ihn müde an. »Aber ich habe es abge-schrieben. Von einem Typen namens Buddha.«

»Ich glaube, von dem hab ich schon mal gehört.« Er grinste schief.

Ich erhob mich und legte die Decke zurück auf die Bank. Dann sah ich ihn an.

»Es war schön mit dir und Lisa. Und ich bereue nichts von dem. Aber es ist nicht das, was wir beide wirklich suchen.«

Dann ging ich. Als ich aus dem Bad in mein Schlafzimmer kam, war das Licht der Dachterrasse erloschen und Jan war fort. Müde legte ich mich ins Bett. Und schlief zum ersten Mal seit Tagen sofort ein.

»Kannst du mir heute Nachmittag helfen, ein paar Kisten von Martha abzuholen?« Lisa saß über ihre Cornflakes gebeugt an der Küchenanrichte und wischte sich einen Milchfleck vom Kinn.

»Klar. Kein Problem. Mein Auto steht unten in der Tiefgarage. Wo willst du die Kisten denn hinbringen?«

»Zurück in die Remise. Papa meint, mein Zimmer und seins sind jetzt fertig und unsere Klamotten können zurück.«

Sie schaufelte sich eine neue Ladung Cornflakes in den Mund.

»Er würde sie lieber selber abholen, aber mit dem gebrochenen Bein kann er noch nicht fahren.«

Sie sah mich bedeutungsschwer an.

»Und er würde dich niemals darum bitten. Wenn ich das nicht in die Hand nehme, dann kann ich die nächsten Wochen in meinen Sommerklamotten erfrieren.«

Die Tage seit dem Abend auf der Terrasse waren im Nu verflogen und Jan und Lisa standen kurz vor ihrem Umzug in die frisch renovierte Remise.

Wir hielten freundliche Distanz zueinander. Jan bereitete sich gewissenhaft auf seine neue Aufgabe als Ausbilder vor. Lisa hatte mir erzählt, dass die Kollegen in der Wache nicht gerade begeistert über Jans Entschluss gewesen waren und erst mal tagelang geschmollt hatten. Jan hatte sich davon nicht beeindrucken lassen und mit einer Mischung aus Selbstironie und liebevollen Sticheleien auf die Enttäuschung seiner Kollegen reagiert. Nach ein paar Tagen war der Frieden wiederhergestellt, und man hatte beschlossen, die Wochen und Tage zu genießen, die sie noch miteinander arbeiten würden.

Lisa machte einen erleichterten und sehr zufriedenen Eindruck und ließ sich ihre Freude über den Entschluss ihres Vaters jede Minute anmerken.

Bellini hatte noch mehr an Gewicht und Größe zugelegt, und aus dem tapsigen, unerschrockenen Welpen war ein stattlicher Junghund geworden, der mir fast bis zur Hüfte reichte. Mittlerweile konnten wir ihn fast überall unangeleint mitnehmen, ohne dass er uns ausbüxte, todesmutig Tauben auf der dreispurigen Hauptstraße jagte oder Wohnungen in Schutt und Asche legte. Nur manchmal ging es noch mit ihm durch, und dann fand ich die Überreste der Brötchentüte versteckt auf der Terrasse, während von den darin befindlichen Croissants kein Krümel mehr übrig geblieben war. Essbares durfte man einfach nicht herumliegen lassen, er fand es garantiert und schlang es in einem Tempo herunter, das sich nahe der Lichtgeschwindigkeit bewegte.

Dass es zwischen mir und Bellini immer besser funktionierte, hatten wir Lisa zu verdanken, und ich ließ es sie auch wissen.

»Wenn ich alt genug bin, mache ich 'ne Hundeschule auf. Damit kann ich bestimmt ein Vermögen verdienen!«

Wir schleppten die Kisten, die bei Martha in der Garage eingelagert worden waren, zu meinem Auto.

»Wolltest du nicht Meeresbiologin werden?«

»Klar. Das mach ich auch.« Sie sah mich mitleidig an, als wäre ich jemand, der nicht mehr mitbekommt, wie sich die

Welt um einen herum verändert. Es erinnerte mich an den Blick, den ich meinen Pflegeeltern zugeworfen hatte, wenn sie sich darüber beschwerten, wie oft wir am Computer saßen und das damals noch ganz neue Internet für uns entdeckten.

»Die Zeiten sind doch total vorbei, in denen man einen Job macht und den bis an sein Lebensende behält.« Sie stapelte die Kiste auf ein paar weitere, die bereits im Kofferraum lagen. »Und wenn ich Meeresbiologin bin und eine Hundeschule habe, dann schreib ich vielleicht auch noch Bücher. So wie du. Ist ein cooler Job. Dann hat man jede Menge Freizeit.« Sie grinste mich frech an.

»Ich glaube, du hast da völlig falsche Vorstellungen von meinem Job. Ehrlich.« Ich packte eine weitere Kiste dazu, schnappte mir die Wasserflasche und nahm einen großen Schluck.

»Nur noch die zwei Kisten, dann haben wir alles.« Lisa schob ihre Sonnenbrille zurück auf die Nase. »Wirst du uns vermissen, wenn wir wieder weg sind?«

Ich sah sie irritiert an. »Klar.« Ich wich ihrem prüfenden Blick aus und ruckelte an den Kisten, um ihnen mehr Standfestigkeit zu verschaffen. »Noch wohnt ihr um die Ecke. Wir werden uns vermutlich öfter sehen, als dir lieb ist.«

Lisa spürte ganz genau, dass dies eine Lüge war. Wenn sie auszogen, dann würde jeder wieder in sein altes Leben zurückkehren. Mit seiner alten Routine. »Warum probiert ihr es eigentlich nicht miteinander?«

Ich verschluckte mich an dem Wasser und prustete los. »Was?«

»Du und Papa. Man muss nicht besonders helle sein, um zu kapieren, dass da was zwischen euch läuft.« Sie zuckte mit den Schultern. »Oder lief. Na ja, wie auch immer.«

Ich lief rot an und der Schweiß trat mir auf die Stirn. »Wie ... wie kommst du da drauf?«

Sie schlurfte zurück zur Garage, während sie mir über ihre Schulter hinweg erklärte: »Ihr solltet beim Sex echt leiser sein, wenn ihr nicht wollt, dass alle es mitbekommen.«

Mir blieb vor Verblüffung der Mund offen stehen und ich starrte ihr hinterher.

Zwei Minuten später stand sie mit einer neuen Kiste wieder grinsend vor mir. Ich hatte mich nicht von der Stelle gerührt.

Lisa sah mich irritiert an. »Habt ihr echt gedacht, ich kriege das nicht mit?«

Nun, wenn sie mich schon so ehrlich fragte.

»Seit wann weißt du, dass ich … und dein Vater … also, dass wir …?«

»Komm mal wieder runter, Anna.« Sie stellte die Kiste auf den Rand des Kofferraums und klopfte mir aufmunternd auf die Schulter. »Echt. Halb so wild. Ich hab damit kein Problem. Ihr seid erwachsen und müsst wissen, was ihr tut.«

Das klang reichlich abgeklärt. Für eine Dreizehnjährige.

Ich räusperte mich mühsam. »Äh … ja … danke.« Ich musterte sie verstohlen von der Seite. »Hast du mit Jan darüber gesprochen?«

Sie verdrehte die Augen. »Bist du irre?! Natürlich nicht! Papa dreht vermutlich noch mehr durch als du jetzt.«

Ich atmete tief durch, während Lisa mich weiterhin grinsend beobachtete.

»Ich fänd's ja cool, wenn aus euch was wird. Dann ist Papa nicht allein, wenn ich in ein paar Jahren abdüse und mein eigenes Leben lebe.«

Ich blies überfordert die Wangen auf. »Nun, ich denke mal, das liegt noch in weiter Ferne.«

Lisa verzog nur vielsagend das Gesicht. »Ich hol mal die letzte Kiste.«

Sie ließ mich stehen und ich schob die Kiste in den Kofferraum. Ich war froh, einen Moment meine verwirrten

Gedanken zu ordnen. Lisa war wirklich bemerkenswert. Vor zwei Wochen war sie noch ein panisches Kind gewesen, das Angst davor hatte, völlig allein auf der Welt zu sein. Im nächsten Augenblick machte sie sich Gedanken darüber, dass ihr Vater zu sehr an ihrem Rockzipfel hing, wenn sie älter wurde. Als pubertierender Teenager hatte man es schon nicht leicht. Einerseits wollte man die Nähe und die Sicherheit der Familie, andererseits konnte man es nicht erwarten, endlich auf eigenen Füßen zu stehen und der behüteten Kindheit den Rücken zu kehren. Kein Wunder, dass man da manchmal zickig wurde und die Welt und die Erwachsenen im Besonderen nicht verstand.

»So. Das war's.«

Lisas Stimme hinter mir ließ mich aus meinen Gedanken auffahren. Völlig entspannt reichte sie mir die letzte Kiste, so als hätten wir gerade das Wetter besprochen und nicht die wirklich wichtigen Themen des Lebens.

»Ich mach mal die Garage zu.«

Sie ließ die Kiste los, bevor ich sie richtig packen konnte, und der Inhalt ergoss sich vor uns auf die Straße.

»Oh, Shit …«, entfuhr es mir unterdrückt.

»Na, super.« Lisa stöhnte teenagergerecht auf und stemmte die Fäuste in die Seiten. »Ausgerechnet Papas Kiste. Da sind wichtige Papiere und so drin.«

Ich warf ihr einen Blick zu, der deutlich machen sollte, jetzt nicht rumzumeckern, und beugte mich hinunter, um die Aktenordner, Bücher, alten Fotoalben und Urkunden aufzusammeln.

Ein Album war aufgeschlagen und ich blickte fasziniert auf die Fotos. Die zwanzig Jahre jüngere Version von Jan stand dort in Badeshorts am Strand mit einem jungen Mädchen, das verblüffende Ähnlichkeit mit Lisa hatte, und beide lachten gelöst und verliebt in die Kamera, während im Hintergrund die Silhouette eines kleinen Leuchtturms aufragte.

»Das sind Papa und Mama, als sie sich kennengelernt haben«, erklärte Lisa. Sie sah mich an, als wir beide auf dem Boden hockten und die Sachen wieder in die Kiste packten. »Ich habe die Fotos seit einer Ewigkeit nicht mehr gesehen.« Versonnen blätterte sie durch das Album. »Da waren sie selbst noch Teenager.« Sie blickte kurz auf. »Ich hab gedacht, Papa hätte die alle verbrannt.«

Das überraschte mich. »Warum sollte er das tun?«

»Papa hat eine Menge blöder Sachen gemacht, als Mama gestorben ist.«

Sie zuckte weiter mit den Schultern, blätterte durch die Seiten und strich wehmütig über die Bilder, die von einer sorglosen, unbekümmerten Jugend erzählten. Plötzlich kam ich mir vor wie ein Eindringling. Wie jemand, der Zeuge eines geheimen, intimen Rituals wurde, das er eigentlich nicht sehen durfte.

Ein paar Regentropfen fielen auf den Boden, und ich blickte in den Himmel, der sich mit dunklen Wolken zugezogen hatte.

»Na, komm, pack die Kiste ins Auto und lass uns fahren, bevor es richtig anfängt zu gießen.«

Ich wollte mich abwenden, als ich Lisas überraschte Stimme hörte. »Warte mal ...«

Ich blickte mich wieder um. Lisa hockte noch immer auf dem Boden, das Fotoalbum auf ihrem Schoß, und hielt ein paar Briefumschläge in den Händen. Ich hockte mich wieder zu Lisa, die die Umschläge anstarrte.

»Da steht mein Name drauf.« Hilflos blickte sie zu mir auf. »Und das ist Mamas Handschrift.«

Ich nahm ihr behutsam die Umschläge aus der Hand. Sie waren abgegriffen, so als hätte jemand sie unzählige Male in der Hand gehalten. Bis auf einen, auf dem Jans Name stand, waren sie verschlossen. Niemand hatte sie gelesen und der Inhalt war unversehrt. Die Schrift war zunächst schwungvoll und ich las

FÜR LISA: ZUM 16. GEBURTSTAG oder *FÜR LISA: ZUM ABITUR.*

Es waren ein halbes Dutzend, und mir fiel auf, dass sich die Schrift von Brief zu Brief veränderte, den Schwung verlor und die Buchstaben auf dem Umschlag zu tanzen schienen, so, als hätte es jemandem große Mühe gemacht, sie überhaupt zu Papier zu bringen.

»Was hat das zu bedeuten, Anna?«

Ich konnte mir vorstellen, was es zu bedeuten hatte. Konnte mir ausmalen, was vermutlich in den Briefen stand, und war mir sicher, dass Jan seiner Tochter eine riesige Erklärung schuldig war.

KAPITEL 15

Entscheide dich stets für die Liebe!
Fjodor Michailowitsch Dostojewski

Jan kam zehn Minuten, nachdem ich ihn angerufen hatte, aus dem Fahrstuhl gehumpelt und sah sich kurz in der Wohnung um. Seine Miene war sorgenvoll, so als ahnte er bereits, dass die Auseinandersetzung, die ihm bevorstand, alles andere als angenehm sein würde.

Ich hoffte, dass Lisa ihm ordentlich die Hölle heißmachen würde, denn das, was er getan hatte, war unentschuldbar.

Wir hatten die Kiste hastig im Regen zusammengeräumt und im Auto verstaut, bevor der Wolkenbruch uns und die Briefe völlig durchgeweicht hatte.

Auf der Fahrt zurück in meine Wohnung *(Auf keinen Fall in die Wache! Ich hab jetzt echt keinen Bock auf Papa!)* saß sie stumm auf dem Beifahrersitz, versuchte die Regentropfen von dem alten Briefpapier zu wischen und starrte zwischendurch wie blind aus dem Fenster, ohne die Straßen und die Menschen wahrzunehmen.

Die Briefe, die wir gefunden hatten, waren für sie bestimmt. Das stand eindeutig auf den Umschlägen. Und genauso eindeutig stammten die Briefe von ihrer Mutter. Sie musste sie kurz vor ihrem Tod geschrieben haben. Lisa hielt sie behutsam wie einen kostbaren Schatz auf ihrem Schoß, und ich konnte mir vorstellen, was für ein Gefühlschaos in ihrem Innern tobte. Bellini, der hinter uns auf der Rückbank saß, stupste sie ein paarmal mit seiner Marzipannase an und leckte ihr das Ohr. Lisa ignorierte es vollkommen. Schließlich parkten wir den Mini in der Tiefgarage meines Hauses, ließen die Kisten da, wo sie waren, und fuhren hoch in meine Wohnung. Lisa ging sofort in ihr Zimmer, legte sich auf ihr Bett und starrte weiter die Briefe an. Ich hatte versucht, mit ihr zu reden, doch sie hatte nur müde mit dem Kopf geschüttelt.

»Sorry, Anna, jetzt nicht.«

»Wenn du was brauchst, sag Bescheid. Ich bin in der Küche.«

Lisa nickte nur geistesabwesend, während Bellini auf ihr Bett sprang und sich an sie schmiegte. Ich ließ die Tür angelehnt und ging in die Küche.

Eine halbe Stunde später, als immer noch kein Lebenszeichen aus Lisas Zimmer gekommen war, hatte ich Jan schließlich angerufen.

»Wo ist sie?« Jans Stimme klang müde, und es lag eine Besorgnis darunter, die ich noch nie bei ihm erlebt hatte. Selbst nicht in dem Moment, in dem Lisa auf ihn wütend gewesen war, weil er mit seinem Job als Feuerwehrmann täglich sein Leben riskierte.

»Sie ist in ihrem Zimmer.«

»Hat sie die Briefe gelesen?« Er sah mich angstvoll an.

»Ich weiß es nicht, Jan. Sie hockt seit einer Stunde in ihrem Zimmer. Mit den Briefen. Und ich vermute mal – ja. Ich an ihrer Stelle hätte sie jedenfalls gelesen.«

Er nickte und fuhr sich mit der Hand über sein bleiches Gesicht. »Okay ...«

Ich sah ihn fragend an und schüttelte leicht den Kopf. Er ahnte wohl, was ich sagen wollte.

»Bitte, Anna, jetzt nicht. Ich erkläre dir alles später.«

Dann humpelte er zu Lisas Zimmer und klopfte leise an die Tür.

»Lisa? Können wir reden?«

Er wartete einen Augenblick und wollte sie öffnen, da kam Lisa wie eine Furie herausgeschossen.

»Worüber sollte ich mit dir noch reden? Du bist echt so ein Arschloch!«

»Lisa ...« Jans Stimme klang matt.

Sie stürmte auf mich zu und hielt mir den geöffneten Brief, der einzige, auf dem Jans und nicht ihr Name stand, unter die Nase. »Weißt du, was da drin steht?«

Ich schüttelte den Kopf.

Lisa blickte wütend zu ihrem Vater. »Die Briefe sind für mich. Für mich, kapierst du das?! Du hättest sie mir geben müssen!«

»Ich wollte es ja, Lisa, wenn du alt genug bist. Wie es sich deine Mutter gewünscht hat.« Er kam näher und wollte ihr beruhigend die Hand auf den Arm legen.

»Fass mich nicht an!« Lisa wich vor ihm zurück, als wäre seine Hand aus glühendem Eisen. Sie sah ihn an, bebend vor Wut. »Dann hast du wohl auch Mamas Asche nach Kalifornien gebracht und da am Strand ins Meer geschüttet, so, wie sie es sich gewünscht hat!«

Jan schloss überfordert die Augen. Ich verfolgte den Streit gebannt. Kalifornien? Soweit ich wusste, lag Rikes Grab, und damit ihre Urne, auf dem kleinen Dorotheen-Friedhof, der nicht weit von unserem Viertel entfernt lag.

»Das war damals nicht möglich, Lisa. Ich hab versucht, ihr den Wunsch zu erfüllen, aber das war alles sehr kompliziert.« Er sah sie flehentlich an. »Glaub mir, ich hab's versucht.«

Lisa schüttelte nur den Kopf. »Ich glaub dir kein Wort.«

Sie wollte wütend wieder in ihr Zimmer. Jan hielt sie am Arm fest.

»Wenn du mir nicht glauben willst, gut. Aber bitte, tu mir und deiner Mutter einen Gefallen. Lies die Briefe noch nicht, Lisa. Nicht jetzt. Sie wollte, dass du erwachsen bist, wenn du erfährst, was sie dir alles noch sagen wollte.«

Er sah sie bittend an.

»Du bist noch ein Kind, Lisa.«

Lisa blickte ihn voller Verachtung und Schmerz an.

»Ich bin kein Kind mehr! Wann kapierst du das endlich!«

Sie riss sich los und ging in ihr Zimmer. Ich zuckte zusammen, als die Tür mit einem lauten Knall ins Schloss fiel.

Jan stand geschlagen in meinem Wohnzimmer und starrte auf einen imaginären Fleck in der Luft. Er war wie versteinert. Unfähig, noch etwas zu sagen oder zu tun. Und plötzlich tat er mir leid. Meine Wut auf ihn, weil er Lisa etwas so Wichtiges vorenthalten hatte, war verraucht. Ich ging zu ihm und berührte ihn sanft am Arm.

»Jan?«

Er blickte auf und sah mich mit leerem Blick an. Dann nahm ich ihn in den Arm und drückte ihn sanft an mich. Mit einem hörbaren Seufzer ließ er erschöpft den Kopf auf meine Schulter sinken.

»Ich hab's verbockt, Anna. Diesmal hab ich es richtig verbockt.«

Ich strich sanft mit der Hand über seinen Rücken, fühlte die starken Muskeln und die angenehme Wärme seiner Haut unter dem T-Shirt. Und so standen wir da. Stumm. Bewegungslos.

Gefangen in dem Drama, das sich vor uns ausbreitete und aus dem es kein Entrinnen gab.

Wir verbrachten die Nacht in meinem Bett. Eng aneinander geschmiegt, angezogen, während der Regen gegen die Scheiben trommelte und der Wind die Sträucher im Dachgarten zerzauste. Es war das Intimste, Innigste, was ich bislang in meinem Leben zwischen mir und einem anderen Menschen erlebt hatte.

Mit leiser, ruhiger Stimme erzählte Jan von Rike. Davon, wie sie erfahren hatten, was mit ihr los war. Wie sie gegen den Krebs gekämpft und wie sie den Kampf schließlich verloren hatte. Während er erzählte, wurde mir bewusst, mit welcher Selbstverständlichkeit ich es hinnahm, völlig gesund zu sein, niemals einen Gedanken daran verschwenden zu müssen, was es heißt, mit der Angst zu leben, dass eine unheimliche Krankheit einem langsam und unaufhaltsam die Lebensenergie stahl und man nichts dagegen tun konnte, egal, wie sehr man sich bemühte.

Jan erzählte von der Leere, der Lücke, die Rike nach ihrem Tod in seinem und Lisas Leben hinterlassen hatte. Er erzählte davon, dass es eine Art von Schmerz gibt, die so gewaltig ist, dass man sie im ersten Moment nicht spüren kann, weil die Seele so geschockt und überwältigt ist, dass sie keinen Weg findet, damit zu leben. Ich hörte zu, stellte hin und wieder leise eine Frage und wartete geduldig auf die Antwort.

In diesen merkwürdigen Augenblicken war ich froh, niemals etwas so sehr geliebt zu haben, dass mich der Verlust darüber so erschüttern konnte. Ich hätte es vermutlich nicht überlebt. Und ich bewunderte die Stärke und die Kraft, die in Jan und Lisa stecken musste, dass sie damit weiterleben konnten.

»Warum konntest du Rikes Wunsch nicht erfüllen?« Ich betrachtete sein Profil, das sich dunkel gegen das Mondlicht abhob, das durch das Terrassenfenster schien und mein Schlafzimmer in milchiges Licht tauchte.

Er wandte mir sein Gesicht zu. Unsere Gesichter waren nur Zentimeter voneinander entfernt. Seine Stimme klang rau und heiser, als er mir antwortete. »Ihre Asche am Strand zu verstreuen?«

Ich nickte stumm.

»In Deutschland ist das nicht so einfach. Wir hätten weit raus auf die Ostsee fahren müssen, um die Urne im Meer zu versenken. Aber das war nicht das, was sie sich gewünscht hatte.«

Ich atmete tief durch.

Jan fuhr müde fort: »Ich hatte einfach keine Kraft, nach einer anderen Möglichkeit zu suchen.« Er wandte wieder den Blick ab und starrte auf die Schatten an der Decke. »Außerdem … ich brauchte einen Platz, um zu trauern. Mit ihr zu reden. Auch wenn sich das vielleicht völlig irre anhört. Dort auf dem Friedhof, da hatte ich das Gefühl, sie ist immer noch bei mir. Ich konnte sie einfach nicht loslassen.«

»Verstehe.«

Er legte den Unterarm über seine müden Augen. »Wie kann ich das alles nur Lisa erklären?«

Ich hatte nicht die leiseste Ahnung, wie man das einem dreizehnjährigen Teenager, der sich von den Erwachsenen verlassen und verraten fühlt, erklären sollte. Und so sagte ich das, was man in solchen Situationen als Standardantwort immer sagt.

»Gib ihr ein wenig Zeit. Sie muss das jetzt erst mal alles verdauen. Und dann versuch, mit ihr zu reden.«

Jan nickte langsam.

Ich starrte an die Decke. Ich wusste, dass die Zeit es für Lisa nicht besser machen würde. Und ich wusste, dass Worte allein den Schmerz, der in ihr tobte, nicht verringern würden. Was ich nicht wusste, war, was ich nun tun konnte, um den beiden zu helfen.

Am nächsten Morgen kam Lisa erst aus ihrem Zimmer, als sie sicher war, dass Jan die Wohnung längst verlassen hatte. Blass und mit verweinten Augen kam sie zur Küchentheke und ich stellte ihr die Müslischüssel hin und schüttete Milch darauf.

»Ich hab keinen Hunger.«

»Komm schon. Du kannst nicht mit leerem Magen in die Schule, okay?«

Lustlos setzte sie sich auf den Hocker vor der Theke und begann in ihren Cornflakes herumzustochern. Ich nippte an meinem Kaffee und beobachtete sie schweigend, wie sie sich zaghaft ein, zwei Löffel in den Mund schob und langsam kaute. So vergingen die Minuten.

»Kann ich ein paar Tage bei dir und Bellini bleiben?« Sie sagte es, ohne aufzuschauen, und schob die halb volle Schale von sich weg. »Ich hab keinen Bock, allein mit Papa in der Remise zu sein.«

Ich zögerte einen Augenblick und nickte dann. »Okay.«

Sie sah auf, versuchte ein Lächeln, das fürchterlich misslang, und stand auf. »Ich muss los.«

Sie schnappte sich ihre Tasche, wuschelte Bellini über den Kopf und verschwand.

Überfordert blieb ich zurück.

Ich verbrachte den Morgen damit, eine große Runde mit Bellini durch den Park zu laufen, in der Hoffnung, meine Gedanken zu ordnen. Es gelang mir nicht wirklich. Das war nicht ein Kapitel aus meinen Ratgebern, es war das echte Leben. Und da halfen Sprüche wie *Gib dir Zeit*, *Lass uns reden* oder *Sieh das Positive in allen Dingen* nicht besonders viel. Im Gegenteil. Das war eine deprimierende Erkenntnis.

Nach meiner Runde im Park gab ich Bellini sein Futter, und er legte sich satt und zufrieden in seinen Korb. Ich fuhr mit dem Wagen zur Feuerwache, lud gemeinsam mit Jan die

Kisten aus, die wir gestern abgeholt hatten, und brachte sie in die Remise. Jan hatte nichts dagegen, dass Lisa bei mir bleiben wollte. Obwohl ich sah, wie ihn die Ablehnung seiner Tochter schmerzte. Wenn Lisa etwas Abstand von ihm wollte, dann würde er sie nicht bedrängen.

Wir verabschiedeten uns und er nahm mich kurz in den Arm. »Danke, dass du für Lisa da bist.«

Ich nickte knapp. Und ging.

Als ich zurück in meine Wohnung kam, lag Lisas Tasche mitten im Wohnzimmer auf dem Boden und Bellini war nicht mehr in seinem Korb.

Ich klopfte an Lisas Tür. »Lisa? Kann ich reinkommen?«

Im Zimmer hörte ich Bellini leise wuffen und öffnete die Tür. Lisa lag auf ihrem Bett, Bellini neben ihr.

»Alles in Ordnung? Du bist früh wieder da.«

»Ich hab gesagt, ich bin krank.« Sie sah mich nicht an.

Ich verzichtete darauf, ihr zu erklären, dass eine falsche Krankmeldung alles andere als okay war, und überlegte stattdessen, was ich tun könnte, um sie aufzumuntern.

»Ich hab mit Jan gesprochen. Er findet es in Ordnung, wenn du ein paar Tage hier bleibst. Er zieht erst mal allein in die Remise.«

Sie nickte wieder. »Gut.«

»Hast du Hunger? Soll ich uns was zu essen machen?«

Sie schüttelte den Kopf. »Später vielleicht.«

Es war alles gesagt, was es zu sagen gab.

»Wenn du was brauchst, ich bin draußen, okay?«

»Okay.«

Sie drehte sich auf die Seite, nahm Bellini in den Arm, der sich an sie kuschelte. Dann ließ ich sie allein mit ihren trüben Gedanken.

Am späten Nachmittag hörte ich, wie sie barfuß über die Holzplanken der Terrasse tapste und Bellini ihr folgte. Ich saß in meiner Schreibecke und arbeitete die Änderungswünsche des Lektorats ab, die Leo mir per E-Mail geschickt hatte.

»Ist das dein neues Buch?« Lisa setzte sich mir gegenüber auf die Bank, zog die Knie hoch ans Kinn und deutete auf die Papiere, die auf dem Tisch verteilt herumlagen.

Ich nickte. »Ja. Ich bin beim Überarbeiten.«

»Um was geht's da eigentlich?«

Ich lehnte mich in meinem Stuhl zurück, streckte den Rücken, der von der Schreibtischarbeit verspannt war, und sah sie lächelnd an.

»Im Grunde geht es darum, was wir tun müssen, um das zu bekommen, was wir wollen. Was wir uns wirklich wünschen, um glücklich zu sein.«

»Das funktioniert?«

Ich rieb mir den verspannten Nacken. »Na ja, bei einigen schon. Das Wichtige ist, dass wir uns erst mal im Klaren darüber sein müssen, was wir wirklich wollen. Was wir uns wirklich vom Leben wünschen.«

»Hat bei dir ja super geklappt, würde ich sagen.« Sie deutete auf die Dachterrasse und meine Luxuswohnung. »Super Job. Super Wohnung. Und immer genug Kohle auf dem Konto.«

»Ja.« Ich lächelte vielsagend. »Dieser Teil hat ganz gut geklappt.«

»Hast du dann alles, was du dir wünschst?«

Sie sah mich mit einem so intensiven Blick an, dass ich aufstand, zur Gießkanne griff, in der ich das Regenwasser sammelte, und die Geranien goss, die in den großen Kübeln noch immer üppig blühten, obwohl sich der Sommer langsam dem Ende zuneigte.

»Ja. Ich denke schon, dass ich alles habe, was ich mir wünsche. Auf jeden Fall kann ich mich nicht beklagen.«

Einen Moment schwieg sie nachdenklich. »Ich wünschte, Mama wäre hier.«

Sie sagte es ruhig und überlegt und klang in diesem Moment fürchterlich erwachsen.

Ich stellte die Gießkanne ab und sah sie mitleidig an. »Oh, Lisa …«

»Ist schon gut. Ich weiß, ich sollte mir lieber was anderes wünschen. Also, falls du recht hast und das klappt, was du da schreibst.« Sie setzte wieder dieses abgeklärte, ironische Teenagerlächeln auf. »Stell dir mal vor, das funktioniert. Dann laufen die Toten plötzlich als Zombies rum.« Sie schüttelte sich übertrieben. »Wie in diesen Fernsehserien. Echt gruselig.«

Ich setzte mich wieder und sah sie an. Lisa kramte in der Tasche ihrer Sweatshirtjacke und holte die Briefe hervor. Sie waren noch immer ungeöffnet.

»Ich hab sie nicht gelesen.«

»Das ist gut, Lisa. Wirklich.«

»Sie hat schließlich gewollt, dass ich sie erst später lese. Und *ich respektiere* Mamas Wunsch.«

Den letzten Satz betonte sie mit einer gewissen Verachtung in der Stimme, und ich wusste, dass er in Jans Richtung ging, den sie für seinen vermeintlichen »Verrat« verurteilte.

»Ich weiß, dass du das anders siehst. Aber ich denke, dein Vater hat alles versucht, um die Wünsche deiner Mutter zu erfüllen. Manchmal sind die Dinge kompliziert, und wir können nicht das tun, was wir eigentlich tun wollen. Oder das bekommen, was wir uns wünschen.«

»Dann ist das, was du da schreibst, doch eigentlich Blödsinn, oder?«

Ich blies überfordert die Wangen auf. »Wie gesagt, das ist alles ein wenig komplizierter.«

Sie winkte ab. »Schon kapiert: *Ich verstehe das, wenn ich älter bin. Das muss so sein … blablabla.*«

223

Sie erhob sich wieder und sah auf Bellini, der es sich zu unseren Füßen in der Abendsonne bequem gemacht hatte.

»Komm, Bellini. Wir gehen raus.«

»Gute Idee. Ich komme mit.« Ich erhob mich von meinem Stuhl, doch Lisa sah mich abwehrend an.

»Was dagegen, wenn wir allein gehn?«

Ich ließ mich wieder zurück in den Stuhl sinken. »Nein, kein Problem. Geht nur.«

Lisa nickte knapp. Dann waren sie und Bellini auch schon verschwunden.

Einen Moment überlegte ich, weiter an dem Manuskript zu arbeiten. Lisas Worte hallten in meinem Kopf nach. Im Grunde hatte sie recht. Es war Blödsinn, was ich hier schrieb, denn das, was Lisa sich von Herzen wünschte, würde sich niemals erfüllen. Frustriert klappte ich den Laptop zu und fing an, in der Küche ein Abendessen zuzubereiten.

»Sie hat die Briefe wirklich nicht gelesen?« Jans Stimme klang verzerrt aus dem Lautsprecher meines Smartphones, das ich auf der Küchentheke abgestellt hatte, während ich die Käse-Sahne-Soße eines Broccoli-Kartoffel-Auflaufs abschmeckte.

»Sie respektiert den Wunsch ihrer Mutter«, antwortete ich über den Lärm der Dunstabzugshaube hinweg.

»Was ich dann wohl nicht getan habe, willst du damit sagen, oder?«

»Gib ihr einfach noch ein bisschen Zeit, Jan. Ich finde, sie macht ihre Sache gut und geht bisher sehr vernünftig mit der Situation um.«

Ich legte den Löffel neben dem Herd ab und nahm das Smartphone hoch. Auf dem Bildschirm sah ich Jans verpixeltes Gesicht, das nah an der Kamera war, während er mit mir telefonierte.

»Vielleicht kann ich sie morgen dazu überreden, mit dir zu sprechen. Was hältst du davon?«

Ich sah, wie er den Blick abwendete und überlegte. Schließlich nickte er. »Okay.«

»Wir kommen klar. Mach dir keine Sorgen.« Ich lächelte und deutete auf die Töpfe, die auf dem Herd brodelten. »Ich werde gut auf sie aufpassen und sie mit Auflauf glücklich machen.«

Er lächelte zaghaft. »Dann meldest du dich morgen früh wieder?«

»Mach ich. Und versuch, dich zu entspannen.«

Er hob skeptisch die Augenbrauen, sagte aber nichts weiter.

»Bis morgen.« Die Verbindung wurde unterbrochen und ich schaltete mein Handy ebenfalls aus. Dann gab ich eine Extraportion Käse über den Auflauf.

Ich verbrachte den Abend mit Lisa ruhig und entspannt. Sie stürzte sich mit einem Heißhunger auf den Auflauf, und ich war froh, die große Form genommen zu haben, die normalerweise für eine halbe Fußballmannschaft reichte. Der Spaziergang mit Bellini schien ihr gutgetan zu haben und die Traurigkeit und die Melancholie des Tages hatten sich auf wundersame Art und Weise wieder verabschiedet. Als wir später auf der Couch lagen und eine dieser albernen Castingshows ansahen und uns über die Kandidaten und die Moderatoren lustig machten, konnte Lisa sogar schon wieder lachen. Erleichtert beobachtete ich sie und lobte innerlich die unverwüstlichen Selbstheilungskräfte, über die Teenager verfügen.

Wir machten unsere Abendrunde mit Bellini, der ebenfalls erleichtert darüber schien, dass es Lisa besser ging, und als wir wieder oben waren und schlafen gehen wollten, nahm mich Lisa fest in den Arm.

»Schlaf gut, Anna. Du bist echt klasse.«

Ich gewöhnte mich langsam an die stürmische Art, mit der sie ihre Zuneigung bekundete.

»Schlaf auch gut.«

»Ich bin echt froh, dass wir uns getroffen haben.« Sie sah mich mit einer Offenheit an, die mich verlegen zu Boden blicken ließ.

»Das bin ich auch«, versuchte ich zu scherzen. »Berlin läge vermutlich schon in Schutt und Asche, wenn du Bellini nicht Benehmen beigebracht hättest.«

Der hatte es sich schon auf Lisas Bett bequem gemacht und beobachtete uns unschuldig.

»Bis morgen, ihr beiden.«

Lisa schloss die Tür hinter sich und ich ging ebenfalls in mein Schlafzimmer. Erleichtert und erschöpft schlief ich sofort ein.

Der schrille Ton meiner Türklingel riss mich aus einem traumlosen Schlaf. Ich brauchte einen Moment, um mich zu orientieren. Die Uhr neben meinem Bett zeigte, dass es kurz nach sechs am Morgen war, und ich konnte mir beim besten Willen nicht vorstellen, wer so früh schon etwas von mir wollte. Verschlafen tapste ich zur Wohnungstür. Auf dem Bildschirm der Überwachungskamera erkannte ich irritiert Jan, der unten an der Haustür stand und wild auf die Tasten drückte.

»Jan?«

»Hi Anna, ich muss dringend mit Lisa sprechen. Kannst du uns bitte reinlassen?«

Meine Irritation wuchs, als ich ebenfalls erkannte, dass Jan nicht alleine war. Hinter ihm standen zwei Polizeibeamte. Mit einem unguten Gefühl betätigte ich den Türöffner.

»Ich schicke dir den Fahrstuhl runter.«

Während ich mir meinen grauen Strickcardigan von der Stuhllehne schnappte und fröstelnd überzog, blickte ich zu

Lisas Zimmer. Die Tür war verschlossen und es war mucks-mäuschenstill. Was mich in diesem Moment hätte stutzig werden lassen müssen. Denn normalerweise meldete sich Bellini lautstark, wenn jemand zu Besuch kam.

»Sie hat was getan?!« Ich starrte Jan an. Fassungslos. Er sah blass aus, der Dreitagebart warf Schatten auf seine Wangen und das strohblonde Haar war so verwuschelt, als wäre er direkt aus seinem Bett gesprungen, um sich hier in meine Wohnung teleportieren zu lassen.

Die beiden Polizeibeamten neben ihm machten hingegen einen ziemlich aufgeräumten Eindruck.

»Das ist keine Kleinigkeit, nur um das gleich zu sagen. Und besonders lustig ist das auch nicht.« Der Beamte sah mich tadelnd an.

»Sehen Sie mich lachen?!«, fauchte ich ihn ungehalten an. »Nein?! Gut!«

Der Mann tauschte einen genervten Blick mit seinem Kollegen. »Können wir jetzt mal mit der jungen Dame sprechen?«

Jan atmete tief durch und versuchte, die Situation etwas zu entschärfen.

»Vielleicht rede ich erst mal mit meiner Tochter. Und zwar ganz in Ruhe und allein. Vermutlich wird es für die ganze Sache eine ganz einfache Erklärung geben.«

Ich konnte verstehen, dass Jan sich die Dinge schönreden wollte. Dummerweise gab es daran nichts schönzureden.

Jedenfalls fiel mir nichts Sinnvolles ein, was erklären würde, warum man nachts auf einem Friedhof eine Urne klauen sollte. Denn genau das war geschehen. Jemand hatte Rike Janssens Grab geöffnet und sich mitsamt der Urne und der darin befindlichen Asche einfach aus dem Staub gemacht. Es sprach einiges dafür, dass es sich bei der ganzen Sache nicht allein um den makabren Scherz von ein paar pubertierenden Jugendlichen handeln konnte. Im Gegenteil. Es sprach einiges dafür, dass Lisa etwas damit zu tun hatte.

Ich klopfte verhalten an ihre Tür. Noch immer rührte sich dahinter nichts. Als ich das Zimmer betrat, wusste ich bereits, was ich dort finden würde. Eher gesagt, nicht finden würde.

Lisa war längst auf und davon. Und Bellini hatte sie mitgenommen.

KAPITEL 16

Denken Sie immer von allem, was Sie tun, dass es einfach ist, und dann wird es einfach.

Émile Coué

Die Scheibenwischer meines Mini gaben ihr Bestes und wischten in einem irrsinnigen Tempo über die Windschutzscheibe. Viel ausrichten konnten sie nicht. Vor mir lag die Fahrbahn der A 24 hinter einem milchigen, undurchdringlichen Schleier und erlaubte eine Sicht von höchstens zwanzig Metern.

»Kannst du nicht ein bisschen schneller fahren?« Jans Stimme neben mir klang genervt.

»Klar kann ich das. Aber ich möchte gern lebend ankommen, wo auch immer wir hinwollen.«

Ich sah Jan kurz von der Seite an und konzentrierte mich dann wieder aufs Fahren. Die sintflutartigen Niederschläge rührten von einem Sturmtief, das von der Nordsee in Richtung Osten zog und mittlerweile den ganzen Norden unter einer dicken, dunklen Wolkendecke begraben hatte. Vor einer Stunde hatte der Regen eingesetzt, gerade als wir die Zufahrt zur Autobahn in Richtung Ostseeküste genommen hatten. Jan war anzumerken, dass er liebend gern selber das Steuer in die Hand genommen hätte. Um dann vermutlich mit hundert Sachen über die Autobahn zu brettern, was reichlich selbstmörderisch gewesen wäre. Selbst die fünfzig Stundenkilometer, die ich fuhr, waren bei dem Regen schon gefährlich.

»Verdammt.« Jan schnaubte ungeduldig. »So, wie du fährst, brauchen wir ewig, bis wir da sind.«

»Du kannst auch gerne auf einem Bein nach Kalifornien humpeln, wenn dir das lieber ist. Ich halte gern am nächsten Parkplatz an.« Erneut warf ich ihm einen wütenden Blick zu. »Ich kann echt nichts für dieses Scheißwetter. Genauso wenig kann ich etwas für dein gebrochenes Bein.«

Er funkelte mich ebenfalls an. »Nein. *Dafür* kannst du nichts.«

Ich biss die Zähne zusammen und atmete tief durch die Nase ein. Der vorwurfsvolle Unterton und das, was er nicht ausgesprochen, aber gemeint hatte, trafen mich mehr, als ich zugeben wollte.

»Ich kann keine Gedanken lesen, Jan. Schon gar nicht die von verwirrten Teenagern.« Ich schickte ihm wieder einen kurzen, wütenden Seitenblick. »Lisa hat auf mich gestern Abend nicht gerade den Eindruck gemacht, als wollte sie in der Nacht eine Urne klauen, okay!«

»Du solltest auf sie aufpassen!«

»Verdammt! Das habe ich auch!« Nur anscheinend nicht gut genug.

Während ich schlief, hatte sich Lisa mitsamt Bellini und dem Inhalt meiner Brieftasche (immerhin waren über zweihundert Euro darin) aus der Wohnung geschlichen. Auf ihrem Bett hatten wir einen Zettel gefunden:

Macht euch keine Sorgen.
Bin morgen wieder da.
Bellini ist bei mir.
Lisa

Es war nicht schwer, eins und eins zusammenzuzählen und zu erraten, was Lisa vorhatte. Bellini hatte sie wohl zur moralischen Unterstützung mitgenommen. Und um sich nicht ganz so alleine zu fühlen. Denn so, wie die Dinge standen, plante sie eine nicht ganz legale Seebestattung und hatte dafür mitten in der Nacht mehr oder weniger den städtischen Friedhof geschändet und Rikes Urne aus dem Kolumbarium geklaut. Den Polizisten, die, gleich nachdem der Diebstahl am Morgen aufgefallen war, die Anzeige der Friedhofsverwaltung aufgenommen hatten, hatten wir unseren Verdacht lieber verschwiegen.

»Wäre es nicht besser gewesen, wir hätten der Polizei gleich gesagt, wo Lisa vermutlich steckt?«

Jan bedachte mich wieder mit diesem empörten Blick, den er seit ein paar Stunden aufsetzte, wenn er mit mir sprach.

»Dir mag das ja egal sein, aber ich finde es nicht besonders toll, meine dreizehnjährige Tochter wegen Grabschändung verhaften zu lassen.«

Da war durchaus was dran. Weshalb ich ebenfalls geschwiegen hatte, als die Polizisten uns fragten, ob wir wüssten, wo Lisa abgeblieben sein könnte.

So, wie es aussah, wollte sie die Asche ihrer Mutter am Strand von Kalifornien dem Meer übergeben. Was weder legal noch besonders gut durchdacht war. Jan hatte eine fadenscheinige Erklärung über Verwandte in Potsdam abgegeben, bei denen Lisa sich bestimmt aufhalte und wohin wir gleich fahren würden, um sie abzuholen. Die Polizisten waren abgerauscht, nicht ohne uns zu ermahnen, mit der Tochter und der Urne später auf dem Revier zu erscheinen, falls sie sie denn haben sollte.

Kurz darauf war ich mit Jan in meinen Mini gestiegen, und wir hatten uns auf den Weg nach Norden gemacht. Mit seinem gebrochenen Bein hatte er mich notgedrungen als Fahrer akzeptiert. Dass er mir die Schuld an allem gab, war deutlich zu spüren. Das Dumme war, dass ich mir selbst Vorwürfe machte. Warum hatte ich es nicht kommen sehen? Warum war mir nicht aufgefallen, dass Lisas plötzlicher Stimmungsumschwung rein gar nichts damit zu tun hatte, dass sie sich bei mir wohlfühlte. Warum war mir nicht gestern Abend auf der Couch schon aufgefallen, dass sie in ihren Gedanken längst den Raub der Urne und ihre Fahrt an die Küste geplant hatte?

Ich war viel zu naiv und gutgläubig gewesen.

»Hör zu. Es tut mir wahnsinnig leid, dass mir nicht aufgefallen ist, was mit Lisa los ist.« Ich versuchte, ruhig und besonnen zu klingen. Was mir erstaunlich gut gelang. »Ehrlich gesagt, ich war einfach nur froh, dass sie nicht mehr so traurig ist.«

Ich sah ihn wieder von der Seite an.

»Ich hätte merken müssen, dass da was nicht stimmt.«

Er sagte nichts und starrte weiter aus dem Fenster. Ich sah, wie seine Wangenmuskeln vor Anspannung arbeiteten.

»Wir werden rechtzeitig da sein. Sie hat bestimmt den Regionalexpress genommen. Und der braucht viel länger als wir mit dem Auto. Selbst bei diesem starken Regen. Wir sind längst am Bahnhof, wenn sie dort ankommt.«

Jan sah mich an. »Ich hoffe, du hast recht.«

Dann blickte er weiter geradeaus, während ich mich wieder darauf konzentrierte, auf der überschwemmten Fahrbahn nicht die Kontrolle über den Mini zu verlieren.

Je näher wir der Küste kamen, desto ungemütlicher wurde das Wetter. Zu dem heftigen Regen gesellte sich ein heftiger Wind, und die Seitenböen, die uns erst auf der Autobahn, dann auf der Landstraße trafen, ließen den Mini gefährlich schlingern.

Die Landschaft, die sich im sanften Auf und Ab zur Ostsee hin erstreckte, verschwand hinter einer grauen Wand aus Regen und verstärkte das Gefühl, hier und jetzt den Weltuntergang zu erleben.

Zweimal verpasste ich eine Abzweigung, weil ich die Schilder durch die Wasserschlieren auf der Scheibe erst im letzten Moment kommen sah, und an Jans heftigem Schnaufen war zu erkennen, dass er mit meinen Fahrkünsten auch weiterhin alles andere als zufrieden war.

Nach fünf langen Stunden tauchte endlich leuchtend gelb ein Ortsschild im grauen Einerlei der Landschaft auf: *Kalifornien*. Ich drosselte den Mini auf Schrittgeschwindigkeit und sah zu Jan. »Wohin jetzt?«

»Geradeaus, immer der Hauptstraße lang. Nach hundert Metern kommt der Bahnhof.«

Keine fünf Minuten später hielten wir vor dem kleinen Backsteingebäude. Es erinnerte eher an eine in die Jahre gekommene Bushaltestelle, so winzig klein, wie es war.

Jan sprang aus dem Wagen, noch ehe ich den Motor abgestellt hatte, und humpelte die drei Stufen hoch in die kleine Eingangshalle. Ich sah mich kurz um, ignorierte das Halteverbotschild und stieg ebenfalls aus, um ihm hinterherzueilen.

Der Bahnhof von Kalifornien hatte nur ein Gleis, das genauso winzig war wie der restliche Bahnhof. Was in unserem Falle sehr gut war, so blieb alles schön übersichtlich. Weit und breit war keine Menschenseele zu sehen, was mich bei dem stürmischen Wetter auch nicht weiter wunderte.

Von Lisa und Bellini fehlte allerdings auch jede Spur.

»Der Zug ist vor einer halben Stunde angekommen.« Jan sah mich mit mühsam unterdrücktem Ärger an.

Er deutete auf einen kleinen Plastikkasten, in dem die Ankunfts- und Abfahrtszeiten der Züge angeschlagen waren. Im digitalen Zeitalter schien Kalifornien noch nicht angekommen zu sein.

»Und heute kommt keiner mehr. Wir haben sie verpasst.«

»Mist.« Ich sah mich etwas schuldbewusst auf dem menschenleeren Bahnsteig um. »Vielleicht hat sie es sich ja anders überlegt und ist längst wieder zu Hause in Berlin?«

Mein Versuch, Zweckoptimismus zu versprühen, überzeugte nicht einmal mich selbst.

Jan schüttelte den Kopf und setzte sich wieder humpelnd in Bewegung. Ich sah ihm fragend hinterher.

»Wohin willst du denn jetzt?«

Die Fahrt dauerte nicht länger als zehn Minuten und führte uns erst durch den kleinen Ort, der wie ausgestorben wirkte, dann an einem großen, modern aussehenden Hotel vorbei zum Deich, hinter dem sich die Ostsee verbarg, und schließlich eine kleine asphaltierte Straße entlang, die sich parallel zum Deich an der Küste entlangschlängelte.

Das Dorf hatten wir hinter uns gelassen, und bis auf eine Handvoll zotteliger Rinder, die auf den durchnässten Weiden dicht gedrängt zusammenstanden, war niemand unterwegs.

Jan deutete auf einen sandigen Parkplatz am Straßenrand, der zu dem kleinen Leuchtturm gehörte, dessen Silhouette ich bereits auf den alten Fotos gesehen hatte. Er schien nicht mehr in Betrieb zu sein, und ein kleiner Schaukasten wies darauf hin, dass er nun das Dorfmuseum von Kalifornien beherbergte.

»Du kannst hier halten.«

Während ich den Mini auf die matschige Fläche bugsierte, sah ich ihn fragend an.

»Wenn Lisa die Asche verstreuen will, dann hier. Der Strand ist gleich hinter dem Deich«, erklärte er knapp und öffnete schon die Tür.

Der Regen war nicht weniger geworden. Im Gegenteil. Hier, so nah am Wasser, hatte er sogar noch zugelegt. Notdürftig zog ich den Reißverschluss meiner nicht regenfesten Jacke zu und eilte Jan hinterher, der die Stufen zum Strandübergang 7, wie ein Schild am Fuße des Deichs mitteilte, hinaufhumpelte.

Eine heftige Windböe erfasste mich, als ich über die Deichkante kam, und ließ mich leicht schwanken. Hier oben fiel der Regen fast waagerecht und peitschte mir ins Gesicht. Vor mir erstreckte sich eine flache Dünenlandschaft und dahinter sah ich die aufgepeitschte graue Ostsee. Jan humpelte bereits einen schmalen Sandpfad entlang, der zwischen den Dünen zum Strand führen musste.

Es war eine Ewigkeit her, seit ich das letzte Mal am Meer gewesen war. Ich mochte es, dem Toben der Wellen zuzuschauen, die Nase in die frische Luft zu halten und diese Klarheit einzuatmen, die nach Algen und Salz roch. Andererseits machte mir das Meer immer ein wenig Angst, was vermutlich daran lag, dass meine zahlreichen Pflegefamilien es versäumt hatten, mir in der Kindheit das Schwimmen beizubringen. Ich hatte es später, als ich viel älter war, nachgeholt und konnte mich mittlerweile einigermaßen über Wasser halten. Besonders wohl fühlte ich mich darin allerdings nicht. Manchmal bekam ich schon Beklemmungen, wenn ich zu lange in der Badewanne lag.

Jetzt diese aufgewühlten Wassermassen zu sehen, die den Sandstrand fluteten und sich schäumend immer näher an die Dünen fraßen, hatte etwas Beunruhigendes. Und war zugleich faszinierend.

»Jan!« Meine Stimme wurde vom Wind weggetragen, ohne ihn zu erreichen. »Jaa-han!«

Er hörte mich nicht. Mir würde nichts anderes übrig bleiben, als ihm hinunter ans Wasser zu folgen.

»Jan!«

Er drehte sich um, als ich keine zwei Meter von ihm entfernt war.

»Sie ist nicht da, Anna. Lisa ist nicht hier!«

Auch er musste seine Stimme gegen den tosenden Wind erheben und schützte seine Augen mit der Hand vor den Regentropfen, die wie kleine Peitschenhiebe auf unsere Gesichter trafen.

»Glaubst du, sie ist an einer anderen Stelle?«

»Nein!« Er schrie noch immer gegen den Wind an. »Wenn sie es machen will, dann hier.«

Er deutete auf einen alten Holzpier, der sich knapp zwanzig Meter weit ins Meer erstreckte und nun von der Gischt umspült wurde.

»Der alte Anleger für die Fischerboote. Das war Rikes Lieblingsplatz. Lisa weiß das.«

Ich zog meine Schultern hoch und vergrub den Kopf dazwischen.

»Hier warten können wir nicht. Wir sind ja jetzt schon völlig durchnässt.« Mich fröstelte und ich begann zu zittern.

Jan sah mich an, dann legte er den Arm um meine Schultern. »Komm mit. Ich weiß, wo wir auf sie warten können.«

Wir gingen ein kurzes Stück durch den Sand, der schwer und nass an unseren Schuhen klebte, und blieben schließlich vor einem hoch aufragenden weißen Stahlpfeiler stehen. Es war ein Rettungsturm der Wasserwacht, und in drei Metern Höhe befand sich eine kleine Kabine, gerade groß genug für zwei Personen und mit großen Glasfenstern an den Seiten versehen.

»Warte hier. Ich bin gleich wieder da.«

Er humpelte davon in Richtung Düne. Kurze Zeit später kam er mit einer Leiter aus Aluminium an und hakte das obere Ende an einer Vorrichtung fest, die unter der Kabine angebracht war.

»Wo hast du die denn her?«

»Es gibt Dinge, die ändern sich nie.« Er grinste mich schief an. »Die Rettungsschwimmer verstecken die Leiter immer in den Dünen, wenn sie ihren Posten räumen. Bis zur Hauptstation sind's zwei Kilometer. Da hat man keinen Bock, die mitzuschleppen.«

»Ich weiß nicht, ob das so eine gute Idee ist.«

Jan ließ sich nicht beirren. »Dort oben sind wir vor dem
Regen und dem Wind geschützt. Und wir haben einen guten
Überblick über den gesamten Strandabschnitt.«

Er begann bereits die Stufen hochzuklettern, was ihm
erstaunlich gut gelang, trotz der Plastikschiene am Bein. Oben
angekommen, brauchte er keine zehn Sekunden, um die Tür
mit seinem Leatherman zu öffnen, und kletterte hinein. Kurz
war er verschwunden, während ich noch unschlüssig unten
stand und mich vom Wind und dem Regen durchpusten ließ,
doch unvermittelt tauchte sein Kopf wieder in der Tür auf.

»Worauf wartest du, Anna? Komm schon hoch.«

Ich atmete tief durch, dann stieg ich die Leiter hinauf. Jan
reichte mir die Hand und zog mich hinein in das kleine, enge
Kabuff. Plötzlich war es still. Nur der Regen und der Wind
rüttelten an den Fenstern. Ich merkte, wie der Turm leicht
schwankte, und beschloss umgehend, nicht weiter darüber
nachzudenken. Auf jeden Fall waren wir im Trockenen.

Jan klappte zwei Sitzpolster aus, die an den Wänden der
Kabine angebracht waren.

»Ist ja richtig luxuriös hier.«

»Besser, als unten im Regen zu stehen.«

Jan setzte sich und reckte sein Bein. Dabei verzog er vor
Schmerzen das Gesicht. Was mich nicht weiter wunderte. Er
hatte es den ganzen Tag über belastet und es musste höllisch
wehtun.

Ich blickte hinaus aufs Meer, das aufgewühlt unter
uns lag. Der Regen zauberte verwunschene Muster auf die
Fensterscheiben, die nach dem Sommer auch dringend eine
Reinigung nötig gehabt hätten. Von hier oben aus konnte
man sehen, dass rechts und links des Strandabschnitts große

Felsbrocken aufeinanderlagen und weit ins Wasser reichten. Natürliche Wellenbrecher, die den Strand und die alte Anlegestelle vor den Naturgewalten des Wassers schützten. Kein Wunder, dass die Fischer hier früher ihre Boote an Land gebracht hatten. Von denen waren allerdings keine zu sehen.

Auch die Badegäste, die diesen Strand im Hochsommer sicherlich in Massen bevölkerten, hatten keine Spuren hinterlassen.

So saßen wir stumm nebeneinander und starrten einfach nur hinaus in den Sturm. Der Himmel war düster, und am Horizont konnte man kaum mehr unterscheiden, wo das Meer aufhörte und der Himmel begann. Der Wind trieb das Wasser wie eine Herde wilder Pferde vor sich her und die Wellen brachen sich gischtsprühend an dem feinen Sandstrand.

Normalerweise war die Ostsee eine Badewanne, in der es sanft plätscherte.

»Das Wetter ist ganz schön heftig.« Gefühlt nach einer Ewigkeit sah ich Jan fragend an. »Ist das normal?«

Jan blickte mich nicht an und starrte weiter regungslos aus dem Fenster. »Die Gewitterfront kommt vom Norden, übers Meer. Und die Flut setzt langsam ein. Das drückt das Wasser noch mehr an den Strand.«

»Aha.« Ich sah mit leichter Beunruhigung, wie nah die Wellen bereits den Dünen und dem dahinterliegenden Deich kamen.

»Wenn der Wind nicht abnimmt, müssen sie die Deichtore schließen.« Er blickte zu mir und ich sah ebenfalls Besorgnis in seinem Blick. »Das Ganze könnte zu einer Sturmflut werden. Und dann steht das halbe Dorf unter Wasser, wenn es nicht aufgehalten wird.«

Ich blickte hinunter zum Fuß unserer kleinen Kabine, an der bereits ebenfalls die Wellen zaghaft nagten.

»Sollten wir dann nicht lieber machen, dass wir hier verschwinden?«

Er wandte kurz den Blick zu mir. »Du kannst ruhig gehen. Warte einfach im Auto auf mich.«

Ich zögerte. Ich wusste nicht genau, wie lange wir hier schon saßen, aber es kam mir vor wie eine Ewigkeit.

»Glaubst du wirklich, dass sie noch kommt?«

Er sah mich nur vielsagend an. »Ich kenne meine Tochter.«

Da war er wieder, der unterschwellige Vorwurf, der mich zur Weißglut brachte.

»Weißt du was, Jan, du kannst mich …«

Mein Wutausbruch wurde unterbrochen vom Klingeln eines Handys. Wir sahen uns irritiert an und griffen dann hektisch in unsere Jackentaschen. Mein Smartphone meldete keinen Anruf. Jan hatte seins ebenfalls in der Hand und blickte irritiert auf das Display. »Unbekannte Nummer.«

Er nahm den Anruf entgegen. »Janssen hier, hallo.«

Ich hörte ihn einmal tief durchatmen, als er die Stimme am anderen Ende der Leitung erkannte. Ich konnte nicht verstehen, was gesagt wurde, aber Jans ohnehin düstere Miene verfinsterte sich nochmals um eine Nuance.

»Okay …« Jan nickte knapp und warf mir einen Blick zu. »Verstehe … ja … gut … nein, habe ich nicht … wir sind gleich da.« Damit war das Gespräch beendet.

Ich sah ihn fragend an.

»Lisa ist hier.«

Das waren gute Nachrichten. Allerdings sah Jan alles andere als begeistert aus.

»Ist alles okay mit ihr? Geht's ihr gut?«

Jan nickte, verstaute sein Handy und erhob sich.

»Es geht ihr gut. Sie ist … sie ist bei ihren Großeltern.«

»Ihren Großeltern?«

»Ja. Ein Cousin von mir hat sie aufgegabelt, als sie am Bahnhof nach dem Weg zum Strand fragte.«

Ich sah ihn verblüfft an. Ich hatte niemals so etwas wie eine Familie besessen. Keine Großeltern, keine Brüder, keine Schwestern oder Cousinen. In Berlin schien es mir völlig normal gewesen zu sein, dass das auch für Jan und Lisa galt. Was sich soeben als großer Irrtum erwies.

Vermutlich hatte ich eine windschiefe kleine Fischerkate erwartet, in der ein weißhaariges Fischerehepaar mürrisch am Kachelofen saß und bei einem Ostfriesentee auf seinen verlorenen Sohn wartete.

»Anna? Alles gut bei dir?«

Jan sah mich besorgt von der Seite an, während ich durch die Windschutzscheibe auf das Haus der Janssens starrte. Mit offenem Mund.

»Hmhm …«, war alles, was ich herausbekam.

Die riesige moderne Villa im Bauhaus-Stil mit großen verspiegelten Fensterfronten und in sich verschachtelten Vorsprüngen und Terrassen hatte ich jedenfalls nicht erwartet.

Das Anwesen der Janssens lag etwas außerhalb des kleinen Dorfs, am Rande eines Feldes und verborgen hinter einer rustikalen Feldsteinmauer. Eine breite Kiesauffahrt, die gesäumt war von alten Apfelbäumen, endete in einem Rondell direkt vor dem Empfangsbereich der Villa.

»Hier wohnen deine Eltern?« Ich sah ihn skeptisch an.

»Meiner Familie gehört das halbe Dorf.« Er sah mich vielsagend an. »Und jedes dritte Hotel oder jede dritte Ferienhausanlage im Umkreis von zwanzig Kilometern.«

»Wow …« Ich war wirklich überrascht und brachte meinen Mini vor dem Eingang zum Stehen.

Eine groß gewachsene weißhaarige Frau, mit modischem Kurzhaarschnitt und in einen teuren Kaschmircardigan gehüllt, den sie gegen Wind und Regen über ihrer Brust zusammengezogen hatte, öffnete die Tür und wartete darauf, dass wir ausstiegen.

Jan warf mir einen Blick zu. »Meine Mutter.«

Ich nickte knapp. »Ich warte im Auto.«

»Komm mit rein, Anna. Du bist völlig durchnässt und durchgefroren.« Er lächelte bitter. »Außerdem ertrage ich es nicht, meiner Familie zu begegnen, wenn ich nicht wenigstens einen normalen Menschen an meiner Seite habe.«

Mir war wirklich eiskalt, und meine Schultern fühlten sich schon völlig verkrampft an, weil ich sie beim Frieren ständig nach oben zog.

»Okay.«

Wir stiegen aus und eilten, so schnell es Jan mit seinem Bein möglich war, die flachen Granitstufen hinauf zum Eingang.

»Hallo, Jan.«

»Mutter.« Jan sah sie mit zaghaftem Lächeln an.

Sie verzog keine Miene. Eine herzliche Begrüßung sah anders aus.

»Dann sind Sie wohl Anna?«

Der Blick, mit dem sie mich von oben bis unten musterte, um mich einer gründlichen Prüfung zu unterziehen, war schwer zu deuten. Auf jeden Fall war er alles andere als herzlich.

Ich reichte ihr förmlich die Hand. »Anna Boje. Nett, Sie kennenzulernen, Frau Janssen.«

Ihr Händedruck war kraftvoll und die Hand erstaunlich warm. Nach diesem etwas unterkühlten Empfang hatte ich mich innerlich gewappnet, die Hand der Eiskönigin zu schütteln.

»Kommen Sie bitte rein. Lisa wartet im Wohnzimmer.«

Wir schritten durch eine große Diele, die nahtlos in den zwei Stufen tiefer liegenden Wohnbereich des Hauses überging. Der Steinboden war mit teuren schiefergrauen Fliesen ausgelegt, ein großer moderner Kamin, der zu drei Seiten offen war, brannte und verströmte eine wohlige Wärme. Durch die riesigen Glasfenster konnte man auf die Küste schauen und auf das aufgewühlte graue Meer, das im Schleier der Regenmassen verschwamm. Lisa saß auf einer breiten Couch in ebenfalls angesagtem Grauton, eine Tasse Tee oder heißen Kakao vor sich. Bellini kam mit aufgeregtem Bellen auf mich zugestürmt.

»Hey, mein Großer.«

Ich knuddelte Bellini und war froh, ihn zu sehen.

Jan ging erleichtert auf Lisa zu. »Lisa …«

Lisa zog es vor, nicht aufzustehen und stattdessen trotzig die Arme vor der Brust zu verschränken. »Ich hab doch gesagt, ich bin bald wieder da. Du hättest echt nicht kommen müssen.«

Jans Kiefermuskeln spannten sich erneut an, als er versuchte, seine aufgestauten Gefühle unter Kontrolle zu bringen. Er war kurz vor dem Explodieren, und das hätte die ganze Situation auch nicht besser gemacht.

Bevor er etwas sagen konnte, stürzte ich auf Lisa zu und nahm sie kurzerhand in den Arm. »Lisa! Mensch, du hast mir ja einen Schrecken eingejagt. Mal ganz davon abgesehen, dass du mich beklaut und meinen Hund entführt hast. Warum hast du denn nichts gesagt?«

Ich lächelte sie schief an, um die Spannung aus der Situation zu nehmen.

Lisa war tatsächlich überrumpelt und ich erkannte für einen kurzen Moment die Schuldgefühle in ihrem Blick.

»Na ja, ich hab mir gedacht, dass du nicht gerade begeistert über meinen Plan bist.«

Meine Klamotten waren noch immer pitschnass und meine Jacke tropfte den ziemlich teuer aussehenden hellen Teppich voll.

Jan hatte sich etwas beruhigt und sah sie kopfschüttelnd an.

»Das war wirklich sehr, sehr dumm von dir, Lisa. Was hast du dir dabei nur gedacht? Du kannst doch nicht nachts auf den

Friedhof gehen und …« Jan brach ab und sah sie nur verletzt an.

Lisa schlug schuldbewusst den Blick nieder.

Jans Mutter, die die ganze Szene ruhig vom Kamin aus beobachtet hatte, meldete sich zu Wort. »Dein Cousin Benni hat Lisa am Bahnhof aufgegriffen. Sie hatte die … na ja, du weißt schon was, dabei.«

Lisa war aufgesprungen und kompensierte ihre aufkommenden Schuldgefühle erst mal mit Trotz. »Oh Mann, jetzt behandelt mich doch nicht wie ein kleines Kind. Ich hab gut auf sie aufgepasst.«

Sie griff sich ihren pinkfarbenen Rucksack, in dem sonst ihre Schulsachen waren; er landete auf dem Glas des Designercouchtisches und ließ die Teetassen klirren.

»Denkt ihr, ich verschussel Mamas Urne unterwegs, oder was?«

Ich hörte, wie Frau Janssen hinter mir scharf einatmete. »Es wäre schön, Lisa, wenn du das wieder vom Tisch nimmst.«

Jan hatte sich den Rucksack geschnappt, bevor Lisa etwas tun konnte, und blickte hinein. Darin war tatsächlich Rikes Urne. Ich sah, wie er kurz überfordert die Augen schloss.

Gebannt beobachtete ich das Zusammentreffen der Familie, das nicht gerade durch große Herzlichkeit geprägt war. Wir sollten machen, dass wir hier schleunigst wieder wegkamen.

»Okay, Lisa.« Ich räusperte mich. »Es wäre gut, wenn wir uns jetzt auf den Heimweg nach Berlin machen.«

Lisa schüttelte den Kopf. »Ich geh nirgendwohin. Nicht, solange wir nicht Mamas letzten Wunsch erfüllt haben.«

Ich sah sie mitleidig an.

Jan schüttelte verständnislos den Kopf. »Wie stellst du dir das denn vor?«

»Ich hab echt keine Ahnung, warum ihr immer alles so kompliziert machen müsst!«

243

Sie sah ihren Vater kampflustig an.

»Wir gehen an den Strand und dann machen wir es einfach. Ich habe mir das ganz genau überlegt. Ich habe Mamas Lieblingsmusik dabei.« Zur Demonstration hob sie ihr Handy. »Und Blumen hab ich auch besorgt. Lilien. Die mochte sie doch so gern.«

Frau Janssen seufzte erneut hörbar auf. »Sie stehen im Bad.«

Jan sah seine Tochter fassungslos an.

Lisa sah ihn flehentlich an. »Komm schon, Papa. Wir gehen jetzt alle gemeinsam an den Strand. Und dann spielen wir ihre Musik. Und jeder sagt was Schönes über sie und dann …«, mit Tränen in den Augen deutete sie auf den Rucksack, »… dann schütten wir Mamas Asche ins Meer.«

Mal abgesehen davon, dass draußen ein Sturm tobte, der langsam, aber sicher Orkanstärke annahm, wie man an den Bäumen erkennen konnte, die im Garten der Janssens verzweifelt gegen den Wind ankämpften, war ihr Vorhaben völlig naiv und idiotisch. Selbst ich wusste, dass man in Deutschland die Asche Verstorbener nicht einfach irgendwohin streuen durfte. Und Seebestattungen unterlagen einem großen verwaltungstechnischen Aufwand und durften nur von einem dafür lizenzierten Bestattungsunternehmen durchgeführt werden.

»Jan hat leider recht. So einfach ist das nicht, Lisa«, warf ich zaghaft ein.

Jan warf mir einen Blick zu, der wohl sagen sollte, dass man mit logischen Argumenten hier nicht weiterkam.

Lisa blickte kampflustig in die Runde. »Was soll denn schon passieren? Soll uns die Dorfpolizei oder der Bürgermeister doch verklagen!«

Erneut räusperte sich Frau Janssen hinter uns und warf Jan einen knappen Blick zu, während sie auf Lisa zuging und den Rucksack wieder auf den Boden stellte. »Der Bürgermeister ist, nun ja, dein Großvater. Und ich bin mir ziemlich sicher, dass er dir das, was du da tun willst, niemals im Leben verzeihen wird.«

Lisa blickte einen Moment überrascht auf.

Frau Janssen verzog keine Miene. »Und die Dorfpolizei hast du ja bereits kennengelernt. Der Cousin deines Vaters wird ebenfalls alles andere als erfreut sein.«

Kalifornien schien fest in der Hand der Janssens zu sein.

Nach einem Moment hatte Lisa sich wieder gefangen und zuckte trotzig mit den Schultern. »Mir doch egal, was die denken! Ich kenne die doch gar nicht!« Sie funkelte ihre Großmutter weiter kampflustig an. »Und dich kenne ich auch nicht. Nur weil du mir einen Kakao spendiert hast, der echt grauenhaft schmeckt, bedeutet das noch lange nicht, dass wir jetzt hier einen auf Großfamilie machen!«

Frau Janssen blieb weiterhin ruhig. Sie sah kühl zu Jan. »Ganz deine Tochter, Jan. Abgesehen davon, dass sie Rike wie aus dem Gesicht geschnitten ist.«

Sie bewegte sich langsam und beherrscht zu dem Sessel, der neben der Couch stand, und setzte sich auf die äußerste Kante. Ebenfalls sehr aufrecht und sehr beherrscht.

»Vielleicht beruhigen wir uns jetzt alle mal ein wenig und besprechen ganz in Ruhe, wie es weitergehen soll.«

Sie sah ihren Sohn auffordernd an. »Setz dich bitte, Jan.«

Sie warf auch mir einen Blick zu. »Möchten Sie vielleicht einen Tee?« Sie ließ es wie eine Frage klingen, aber unterschwellig war deutlich zu spüren, dass sie alles andere als ein »Nein« als Anmaßung aufgefasst hätte.

Ich schüttelte den Kopf. »Nein, vielen Dank«, erwiderte ich und setzte mich auf das Sofa. Bellini rollte sich neben meinen Füßen zusammen. Jan zögerte, atmete tief durch und setzte sich schließlich in den anderen Sessel. Ich klopfte neben mir aufs Sofa.

»Komm, Lisa, setz dich zu uns.«

Widerstrebend kam Lisa der Aufforderung nach.

Einen Moment saßen wir schweigend beieinander. Draußen heulte der Wind und die Regentropfen klatschten gegen die Fensterscheiben. Ich hätte liebend gern einen Spaziergang bei diesem ungemütlichen Wetter der gespannten Atmosphäre in diesem Raum vorgezogen.

»Und? Was machen wir jetzt?« Lisas trotzige Frage durchbrach die Stille.

Jan schwieg einen Moment, dann atmete er tief durch. »Wir warten jetzt auf deinen Großvater, Lisa.« Er sah sie ernst an. »Ich werde mit ihm reden.«

»Über Mamas Wunsch?«

»Ja.« Jan nickte, und ein zaghaftes Lächeln umspielte seine Augen, unter denen dunkle Schatten lagen.

»Aber ich kann dir nicht versprechen, Lisa, dass er auf mich hören wird.«

Ich hörte Frau Janssen wieder tief durchatmen. »Nun, nach dem, was du ihm und deiner Familie angetan hast, dürfte das wohl kaum jemanden überraschen, nicht wahr, mein Sohn?!«

Jan warf ihr einen langen, stummen Blick zu. Ich hatte keine Ahnung, was in dieser Familie vor sich ging. Aber eins war klar – der Haussegen hing hier mehr als schief.

»Ich will ja nicht neugierig erscheinen, aber könntest du mir ansatzweise erklären, was hier vorgeht?«

Ich blickte Jan drängend an und goss das heiße Wasser in die Kanne. Wir hatten uns in die riesige moderne Küche mit hochglanzpolierten Schränken zurückgezogen und machten einen Kaffee. Ziemlich altmodisch mit Filter. Im Hause Janssen trank man eigentlich nur Tee, wie mir Jans Mutter vor einigen Minuten verständnislos nahegelegt hatte. Jan und ich hatten uns beeilt zu versichern, dass wir uns dann selber um den Kaffee kümmern würden. Nun standen wir Seite an Seite in der Küche, die so blitzblank geputzt und aufgeräumt war, dass ich mir nicht vorstellen konnte, Frau Janssen hier kochend zu erleben. Ich fühlte mich an die Ausstellungsräume eines exklusiven Einrichtungsstudios erinnert, in dem man seine Küche für den Preis eines kleinen Einfamilienhauses zusammenstellen konnte.

»Meine Familie und ich, wir verstehen uns nicht so besonders.«

Jan wich meinem Blick aus. Ich zog gespielt überrascht die Augenbrauen hoch.

»Echt jetzt?! Ihr versteht euch nicht besonders? Wär mir niemals aufgefallen!«

»Das Ganze ist ziemlich kompliziert, Anna.«

»Versuch es in ein, zwei unkomplizierten Sätzen zu erklären. Warum kennt Lisa ihre Großeltern nicht?«

»Weil ihre Großeltern sie nicht kennenlernen wollten.« Jan blickte mich ernst an.

»Als ich mit Rike damals nach Berlin gegangen bin, da hat mein Vater mich quasi enterbt. Und den Kontakt völlig abgebrochen. Er, meine Mutter, die ganze Familie wollte nichts mehr mit mir zu tun haben.«

Ich sah ihn verständnislos an. »Warum? Habt ihr das Familiensilber geklaut, als ihr abgehauen seid?«

Er fand das nicht wirklich komisch. »Ich hab mich in Rike verliebt. Und sie geheiratet. Das reichte vollkommen.«

Ich starrte ihn an. »Wir leben im 21. Jahrhundert, Jan. Das ist lächerlich.«

Er lächelte bitter.

»Es gibt bestimmte Dinge, Anna, die ändern sich hier an der Küste nie. Auch nicht im 21. Jahrhundert. Glaub mir.«

»Und was ist mit Rikes Eltern? Du hast erzählt, sie ist auch hier aufgewachsen. Können die da nichts machen?«

»Rikes Eltern haben ungefähr die gleiche Meinung. Nur eben umgekehrt. Sie hassen mich und die anderen Janssens.«

Ich konnte nicht glauben, was er mir da erzählte. Das war völlig absurd und existierte nur in alten Schwarz-Weiß-Filmen, die im Nachtprogramm des RBB liefen. Aber garantiert nicht im echten Leben.

»Nur, dass ich dich nicht falsch verstehe: Du willst mir allen Ernstes erzählen, dass es da zwei Familien gibt, die sich nicht ausstehen können, und nur weil die Tochter oder der Sohn sich in den Falschen oder die Falsche verliebt, ist Schluss mit lustig? Sie werden verstoßen und müssen ins ferne Berlin ziehen?« Ich sah ihn ungläubig an. »Das ist total bekloppt, Jan!«

Der Kaffee war fertig und Jan schüttete uns zwei Becher ein. Nachdenklich nippte er an dem Kaffee. »Du hast recht. Ich hatte fast vergessen, wie bescheuert das alles ist.«

Wir standen einen Moment stumm da, unfähig, noch etwas zu sagen, so absurd war die ganze Geschichte.

»Ich hätte nicht gedacht, dich noch einmal in meinem Haus zu sehen.«

Wir fuhren herum. Ein hochgewachsener, hagerer Mann mit schlohweißem Haar und gepflegtem weißem Kinnbart stand vor uns in der Küche. Wir hatten ihn nicht gehört, als er den Raum betreten hatte. Seine Kleidung war tropfnass und hinterließ ein kleines Rinnsal auf den blank polierten Fliesen. Er kam zwei Schritte auf mich zu und streckte mir die Hand entgegen.

»Jan Janssen. Senior.«

»Anna. Anna Boje.«

Ich nahm seine Hand und er scannte mich einen kurzen Moment, so wie es vorher seine Frau getan hatte.

»Sie sind die Freundin meines Sohnes?«

»*Eine* Freundin. Ich bin *eine* Freundin von Jan. Und von Lisa«, beeilte ich mich klarzustellen und warf Jan dabei einen Seitenblick zu.

Der Senior musterte mich noch einen Moment, dann wandte er sich an seinen Sohn. Die beiden maßen sich kühl mit Blicken.

»Benni hat mir erzählt, was los ist. Ich wäre schon früher gekommen. Aber es gab da ein Problem mit den Deichtoren, um das ich mich noch kümmern musste.«

Jan lächelte zynisch. »Im Dorf läuft noch immer nichts ohne den großen Jan Janssen, was?«

»Jedenfalls weiß ich, was meine Pflicht ist. Und meine Verantwortung. Was man von dir nicht behaupten kann.«

Jan atmete scharf ein. »Vater, ich …«

»Du bist nicht hier, um mit mir zu streiten«, unterbrach ihn Janssen kühl. »Das weiß ich. Du willst nur deine Tochter abholen.«

Die beiden Männer taxierten sich weiterhin kühl. Ich fragte mich, wie viel Schmerz und Schuld und Verletzung zwischen den beiden stehen musste, dass sie sich so voller offen zur Schau gestellter Missbilligung anblicken konnten.

»Du hättest schon vor einer Stunde weg sein können. Aber du bist noch immer hier. Hast du auf mich gewartet?«

Jan nickte knapp.

»Dann stellt sich die Frage, warum?«

Jan atmete tief durch.

In diesem Moment bekam ich eine Ahnung davon, wie schwer es Jan fallen musste, dem Wunsch Rikes und seiner Tochter nachzukommen. Und wie unmöglich es war, ihnen diesen Wunsch zu erfüllen.

Jan Janssen senior würde niemals seine Zustimmung geben. Und ich bewunderte Jan dafür, dass er es trotz allem versuchte.

Es war bereits stockdunkel draußen, als wir in strömendem Regen und tosendem Sturm in meinen Mini einstiegen und uns auf den Heimweg nach Berlin machen wollten.

Lisa und Bellini befanden sich auf der Rückbank. Ich saß hinter dem Steuer und Jan schweigend neben mir.

»Was für ein Arschloch.«

Lisas Wut auf ihre Großeltern war ungebrochen. Nur mit Mühe und Not hatten Jan und ich sie davon abhalten können, weiter auf ihre Großeltern zu schimpfen und sie mit ziemlich üblen Flüchen zu belegen, als Janssen senior knapp erklärt hatte, dass unter keinen Umständen, niemals, eine Seebestattung am Strand von Kalifornien stattfinden würde.

Er hatte kurzerhand die Urne beschlagnahmt und weggeschlossen. Lisa hatte getobt und geflucht, und Jan hatte sie nur mit Mühe davon abhalten können, ihrem Großvater die Augen auszukratzen.

Wenn ich an Jans Stelle gewesen wäre, ich hätte sie einfach machen lassen.

Noch niemals in meinem Leben war mir ein so gefühlskalter, emotionsloser Mensch begegnet wie Janssen senior. Mir vorzustellen, dass dies Jans Vater war, dass die gleichen Gene und das gleiche Blut in seinen Adern fließen sollten, war mir unverständlich. Jan war so völlig anders als der Rest seiner Familie. Und mir dämmerte, dass er Lisa nur hatte schützen wollen, als er sie ihren Großeltern vorenthielt.

»Ich hoffe, der Sturm lässt bald nach. Bei dem Wetter brauchen wir wieder eine Ewigkeit zurück nach Berlin«, murmelte ich entnervt vor mich hin.

»Das war's jetzt?« Lisa beugte sich vor und ihr Gesicht erschien zwischen den Sitzen neben mir und Jan. »Wir geben einfach so auf und hauen ab?«

Jan und ich warfen ihr nur einen stummen Seitenblick zu. Es war alles gesagt. Was konnten wir jetzt noch tun?

»Na, super.« Lisa ließ sich wieder in den Rücksitz fallen und schnaubte wütend vor sich hin.

Ich beobachtete sie durch den Rückspiegel und achtete einen Moment nicht auf die Fahrbahn.

»Vorsicht! Pass auf!«

Erschrocken blickte ich wieder auf die Straße und legte eine Vollbremsung hin, die uns alle drei nach vorn riss und in die Sicherheitsgurte drückte. Bellini jaulte ebenfalls in seinem Geschirr erschrocken auf.

Direkt vor uns auf der Fahrbahn lag etwas, das tatsächlich aussah wie die Überreste eines Reetdachs. Nur dass dies auf der Straße so überhaupt nichts zu suchen hatte. Im Licht meiner Scheinwerfer erkannte ich nun auch die Gestalten, die mit Signalstreifen an ihren Jacken versuchten, den Unglücksort zu sichern.

»Ach du Scheiße, was ist das denn?« Ich starrte ungläubig zu Jan.

»Sieht so aus, als wäre da der Dachfirst der alten Lehmbock-Scheune runtergekommen.«

Eine Gestalt näherte sich meinem Mini und klopfte an die Scheibe. Ich öffnete sie ein Stück. Der Mann schob seinen Feuerwehrhelm in den Nacken. Sein Gesicht war nass vom Regen.

»Tach auch, hier können Sie nicht mehr vorbei.«

Jan beugte sich vor. »Sturmschaden?«

»Jau. Sieht übel aus. Und der Wind soll noch zulegen.«

»Kommen wir noch über die Straße am Wiek raus?«

Der Feuerwehrmann schüttelte den Kopf. »Im Moment sind alle Straßen blockiert. Das Stauwerk ist voll und hat die Straße raus nach Oppershusen geflutet.«

Ich blickte verdutzt zu Jan. »Heißt das, wir sitzen hier fest?«

»Sieht so aus.«

Der Feuerwehrmann fuhr besorgt fort. »Heute Nacht können wir nix mehr räumen. Ist zu gefährlich, bei dem Sturm einen Kran aufzubauen. Mal sehen, wie's morgen ausschaut.«

Jan nickte. »Alles klar. Danke und viel Glück.«

Der Feuerwehrmann nickte und tippte kurz mit dem Finger an seinen Helm. Dann ging er wieder zur Unglücksstelle.

Ich sah Jan fragend an. »Was machen wir jetzt?«

Jan atmete tief durch. »Ein Hotel suchen, würde ich sagen.«

Er sah vielsagend von mir zu Lisa. »Und mir wäre es lieb, wenn's ein Hotel ist, das nicht den Janssens gehört.«

Lisa nickte düster. »Da bin ich ganz deiner Meinung, Papa.«

»Alles klar.« Ich seufzte einmal mehr, startete den Mini und wendete auf der schmalen Straße, um wieder zurück in den kleinen Ort zu fahren.

KAPITEL 17

Du kannst deine Augen schließen, wenn du etwas nicht sehen willst, aber du kannst nicht dein Herz verschließen, wenn du etwas nicht fühlen willst.

Johnny Depp

Wir kamen in einem modernen, stylischen Glaskasten unter, der direkt hinter dem Deich stand. Nachdem Jan und Lisa beschlossen hatten, auf keinen Fall bei ihrer weitläufigen Familie zu übernachten, blieben nicht viele Übernachtungsmöglichkeiten übrig.

Jan hatte sich zunächst gewehrt. Die Preise dieses Luxusschuppens waren, gelinde gesagt, der reine Wucher. Dabei stand das Haus so gut wie leer. Es waren vielleicht noch eine Handvoll Gäste geblieben, die es, ähnlich wie wir, nicht mehr rechtzeitig geschafft hatten, den kleinen Küstenort zu verlassen, bevor der Sturm losbrechen konnte. Ich hatte langsam die Nase voll davon, weiter durch die sturmgepeitschte Nacht zu fahren und mich in völlig absurde Familienstreitigkeiten hineinziehen zu lassen. Ich wollte eine heiße Dusche und ein warmes Bett. Gegen ein hervorragendes Abendmenü mit einem Glas schweren Rotwein, der mir garantiert eine angenehme Nacht bescheren würde, hatte ich ebenfalls nichts einzuwenden. Und all das wurde uns in diesem Fünf-Sterne-Etablissement geboten. Ich ließ mich erst gar nicht auf eine Diskussion ein.

Wir bezogen eine Suite mit zwei Schlafzimmern, einem großen Wohnbereich und einem luxuriösen Bad im obersten Stockwerk. Ein verglaster Balkon bot eine spektakuläre Aussicht auf die Ostsee, wie ein Hotelprospekt schwärmte. Davon war dank der Dunkelheit und des dichten Regens nicht viel zu sehen. Wir ließen Bellini, der von dem gemeinsamen Abenteuer mit Lisa völlig erschöpft war und sofort einschlief, in unserer Suite und gingen ins Restaurant, bevor die Küche geschlossen werden konnte. Schweigend nahmen wir unser Abendessen ein. Jeder schien seinen Gedanken nachzuhängen. Der Tag war wirklich turbulent verlaufen, und genauso chaotisch wie draußen das Wetter war auch unser Gemütszustand.

Als wir wieder in unserer Suite waren, schaltete Jan den Fernseher an, der auch Internetanschluss hatte, und studierte den Wetterbericht. Lisa ging duschen. Ich hatte für Bellini eine Dose Hundefutter an der Rezeption organisiert, auf die er sich auch hungrig stürzte, um anschließend erschöpft auf dem Sofa weiterzuschlafen. Ich saß neben ihm, kraulte sein honigfarbenes weiches Fell, spürte die Wärme seiner Haut und das kräftige Klopfen seines Herzens.

»Und? Was sagt der Wetterbericht?«

Jan blickte konzentriert auf den Bildschirm. »Für die gesamte Küste gibt's eine Unwetterwarnung.« Er blickte über die Schulter zu mir. »Morgen früh soll der Wind aber abschwächen.«

»Das ist gut. Ich hab nämlich das dringende Bedürfnis, schnellstmöglich nach Hause zu kommen.«

Jan nickte. »Geht mir genauso.«

Ich sah ihn prüfend an. »Eigentlich ist das Dorf hier doch dein Zuhause. Hast du es gar nicht vermisst, all die Jahre?«

Er sah mich ungläubig an. »Meinst du das jetzt wirklich ernst?«

Gut. Der Punkt ging an ihn. Angesichts der erfrischenden Kaltherzigkeit seiner Eltern konnte man nicht gerade von einem liebevollen Zuhause sprechen. Dennoch war es seine Heimat. Eine Heimat, die ich niemals gekannt hatte.

»Gut. Deine Familie ist ... Vergessen wir deine Familie. Aber da muss es doch noch Freunde geben? Leute, die dir was bedeuten und die du vermisst hast?«

Jan humpelte zum Sofa und ließ sich neben mir nieder. »Es gab sogar eine Menge Leute, die mir was bedeutet haben. In den ersten Jahren haben wir sie vermisst. Sehr sogar. Rike und ich. Aber als dann Lisa da war und wir uns ein neues Zuhause in Berlin aufgebaut hatten, war es okay.«

»Warst du nie wieder in Kalifornien?«

»Nur einmal. Als Rike gestorben war. Ich wollte ihren Eltern persönlich die Nachricht überbringen.« Er sah mich vielsagend an. »Ging ziemlich schief und hat alles nur noch schlimmer gemacht.«

Ich nickte düster und starrte nachdenklich vor mich hin. »Ich hab mir immer so was gewünscht, weißt du?! Eine Familie. Geschwister. Ein richtiges Zuhause.« Ich sah ihn an. »Ich hätte niemals gedacht, dass man es auch schlimmer treffen könnte.«

Jan lachte bitter auf. »Eigentlich sind sie ganz okay. Man sollte sich ihnen nur nicht in den Weg stellen. Dann kann es ungemütlich werden.«

Wir hörten, wie Lisa aus dem Bad kam und in einen Bademantel gehüllt zu uns schlurfte. »Ich geh ins Bett.« Etwas unbeholfen stand sie vor uns.

Ich lächelte sie an. »Mach das, Lisa. Schlaf gut.«

Jan erhob sich schwerfällig und nahm sie in den Arm. »Gute Nacht, Kleines. Ich schlaf auf der Couch.«

Lisa nickte. »Okay.«

Sie sah fragend zu mir. »Kann Bellini bei mir schlafen?«

Ich nickte. »Klar, wenn er das möchte.«

Bellini zog es allerdings vor, an meiner Seite weiter auf dem Sofa vor sich hin zu schnarchen.

Lisa sah ihn enttäuscht an. »Der ist vermutlich auch noch sauer auf mich, weil ich ihn einfach mitgenommen hab.«

Ich musste lächeln. »Ich denke, der ist einfach nur geschafft.« Ich kraulte seinen Nacken. »Ich lass die Tür offen, wenn ich schlafen gehe; dann kann er zu dir, wenn er möchte.«

Lisa nickte. Sie wandte sich ab, um müde in ihr Zimmer zu verschwinden, und hielt dann noch mal inne. »Tut mir leid.« Sie starrte auf einen imaginären Fleck zu ihren nackten Füßen. »Das war echt eine beknackte Idee von mir.« Sie blickte hoch zu ihrem Vater. »Ich hätte wissen müssen, dass es nicht deine Schuld ist.«

Jan nahm Lisa erneut in den Arm und drückte sie. »Ist schon okay. Du musst dich für nichts entschuldigen.«

Für einen langen Moment standen sie stumm da. Ich merkte, wie der Schatten, der den ganzen Tag auf meiner Seele gelegen hatte, sich langsam auflöste. Es war gut, zu sehen, dass die beiden sich wieder verstanden. Lisa drückte ihrem Vater einen Kuss auf die Wange. »Ich hab dich lieb, Papa.«

»Ich dich auch.«

»Nacht, Anna.« Sie hob kurz die Hand und ging dann endgültig in ihr Zimmer.

»Wenigstens ein Problem, das sich gelöst hat.«

Ich lächelte Jan ebenfalls an. »Ich mach's wie Lisa. Eine heiße Dusche und dann ab ins Bett.« Ich stand auf und nickte Jan knapp zu. »Schlaf gut. Bis morgen.«

Er war etwas erstaunt über meinen plötzlichen Abgang.

»Okay. Dann ... gute Nacht.« Er sah mich lange an. »Und danke für alles. Ich hätte dir auf der Fahrt nicht solche Vorwürfe machen dürfen. Auch das tut mir leid.«

Ich nickte stumm. Es gab nichts mehr zu sagen. Das Kapitel Jan Janssen war abgeschlossen. Nun ja – fast. Ich musste nur noch irgendwie nach Hause kommen.

Die heiße Dusche tat gut, und ich wickelte mich in den weichen Bademantel, so wie es Lisa auch getan hatte, und legte mich ins Bett. Ich war mir ziemlich sicher, dass die Hotelleitung alles andere als begeistert darüber gewesen wäre, aber als Bellini mit leisem Fiepen vor meinem Bett stand, konnte ich nicht widerstehen und hob auffordernd die Bettdecke. Kurz darauf lag er eng an meine Seite geschmiegt und genoss die Wärme und die Sicherheit meiner Nähe. Ich konnte es ihm nicht verübeln. Der Sturm, der draußen heulte und tobte, war wirklich angsteinflößend. Kurz darauf fiel ich in einen traumlosen Schlaf.

Ich erwachte am nächsten Morgen und sah mich irritiert um. Das Fauchen und Stöhnen des Sturms, der an den Fensterscheiben hämmerte, schien über Nacht noch heftiger geworden zu sein. Ich stand auf, zog die Vorhänge zur Seite und blickte auf eine graue Wand aus Wasser. Obwohl es bereits sieben Uhr in der Früh war, herrschte ein milchiges Zwielicht, und am Horizont konnte man tiefschwarze Wolken erkennen, so als wollte sich die Nacht an den Tag klammern und ihm nicht die Herrschaft überlassen.

Bellini hob kurz den Kopf, blinzelte und seufzte einmal schwer. Dann zog er es vor, weiterhin im Bett zu bleiben.

Barfuß und mit verwuschelten Haaren ging ich in den Wohnbereich.

»Guten Morgen.«

Jan stand am Fenster und beobachtete die aufgewühlte See. Als er mich hörte, drehte er sich um und lächelte. »Morgen.« Er deutete auf ein Tablett mit Tassen und einer Thermoskanne auf dem Couchtisch.

»Ich hab Kaffee besorgt, wenn du möchtest.«

Ich stöhnte glücklich auf. Das war genau das, was ich an diesem trüben Morgen brauchte.

»Du bist ein Engel. Danke.«

Ich goss mir den Kaffee ein, nippte zufrieden an der Tasse und schlurfte ebenfalls zum Fenster. »Das sieht wirklich ungemütlich aus.«

Jan nickte und seine Miene wirkte ernst. »Der Wetterdienst lag ziemlich falsch. Es hat sich noch ein riesiges Tiefdruckgebiet über der Nordsee gebildet. Jetzt zieht es Richtung Südwest und verstärkt den Sturm hier an der Küste.« Er wirkte besorgt. »Das kann sehr, sehr ungemütlich werden. So etwas erlebt man nur alle fünfzig Jahre.«

Ich beschloss umgehend, auf ein solches Erlebnis zu verzichten. »Wir können heute aber wieder zurück nach Berlin fahren, oder?«

Er lächelte beruhigend auf mich hinunter. »Wir sind hier sicher, keine Angst.«

Er deutete auf die kleine Durchfahrt am Deich, die die Strandpromenade, die mittlerweile überflutet war, vom restlichen Dorf trennte. »Siehst du die Stahltore da?«

Ich nickte.

»Davon gibt es drei am ganzen Deichabschnitt. Als Kalifornien in den Fünfzigern überflutet wurde, hat man sie gebaut, um das Dorf zu schützen. Und in den letzten Jahren sind die Deiche nochmals erhöht worden. Das schafft selbst die gewaltigste Sturmflut nicht.«

Ich blickte wieder hinunter zum Deich. Das Ganze machte tatsächlich einen recht soliden Eindruck.

»Wenigstens das hat mein Vater richtig gemacht«, erklärte Jan nicht ohne Bitterkeit in der Stimme.

Ich überlegte einen Moment. »Willst du noch mal mit ihm reden? Vielleicht hat er sich alles durch den Kopf gehen lassen und sieht die Sache heute entspannter.«

Mein Vorschlag entlockte Jan nur ein bitteres Lachen. »Hat mein Vater gestern bei dir den Eindruck erweckt, als könnte er irgendetwas entspannt sehen?«

Nun, da war was dran. Ich schüttelte den Kopf. »Nicht wirklich.«

Jan blickte wieder hinaus aufs Meer. »Lass uns frühstücken gehen, wenn Lisa aufwacht. Und dann machen wir das Beste aus unserem Aufenthalt hier.«

Das war eine reichlich optimistische Einstellung nach allem, was gestern passiert war. Und wenn man bedachte, dass wir gerade Zeugen eines Jahrhundertsturms wurden. Aber ich wollte mich nicht beschweren. Und der Magen knurrte mir auch.

KAPITEL 18

Wirf dein Herz über das Hindernis und spring ihm nach.
Katharina Elisabeth Goethe

Das Kuriose an Stürmen ist, dass sie, um überhaupt entstehen zu können, Bilderbuchwetter brauchen. Die viele Sonne und die große Hitze, die wir in diesem Sommer erlebt hatten, hatten die Nord- und Ostsee aufgewärmt. Wasser war verdunstet, aufgestiegen, hatte sich in den höheren Luftschichten gesammelt und riesige Tiefdruckgebiete entstehen lassen. Diese wiederum hatte die Sonne mit ihrer Energie in Regen und Wind verwandelt. Wenn sich mehrere Tiefdruckgebiete trafen und miteinander vereinten, entstanden Stürme. In manchen Fällen so heftige, wie wir jetzt gerade einen erlebten.

Das alles erfuhr ich, während ich mit Lisa und Jan im Frühstücksraum unseres schicken Hotels saß und durch die Glasfront das aufgewühlte Meer beobachtete.

Die Gastronomie des Hotels war, wie wir, im obersten Stockwerk untergebracht und bot einen spektakulären Blick auf die Ostsee, was vermutlich ein Grund für die gigantischen Preise war, die man hier für eine Übernachtung bezahlen musste.

Das Wasser der Ostsee hatte fast den ganzen Strand verschluckt und bildete riesige Brecher, die sich an den Steinen der Deichbefestigung brachen. Am Deichtor, das noch nicht geschlossen war, beobachteten wir hektisches Treiben.

»Irgendwas stimmt da nicht.«

Jan deutete auf die zwei Einsatzwagen der freiwilligen Feuerwehr, die die Straße vor dem Tor blockierten.

»Die könnten so langsam mal die Tore schließen«, stimmte ich düster zu. Oder wollten die etwa warten, bis hier alles vollläuft?

Jan sah mich und Lisa aufmunternd an. »Was meint ihr? Ein kurzer Spaziergang mit Bellini, bevor wir uns wieder aufs Zimmer verkriechen und den Sturm aussitzen?«

Keine Viertelstunde später stemmten wir uns gegen die Sturmböen, die vom Meer kamen und uns kräftig durchschüttelten. Der Einzige, der von dem Wetter unbeeindruckt schien, war Bellini. Neugierig schnupperte er und hielt seine Nase in den Wind, wobei seine Schlappohren wie zerzauste kleine Fähnchen um seinen Kopf flatterten.

»Bin gleich wieder da.« Jan nickte uns knapp zu und humpelte zu den Männern, die am Tor hantierten.

»Geht ruhig schon mal vor. Ich schau nur mal kurz, was das Problem ist.«

Lisa hatte während des Frühstücks die meiste Zeit geschwiegen. Auch jetzt machte sie nicht gerade den Eindruck, als wäre sie ganz wild auf eine Unterhaltung.

»Sollen wir auch schauen, was da los ist?« Ich sah Lisa fragend an.

Sie schüttelte nur den Kopf. »Die Leute hier sind scheiße.«

Sie deutete auf den großen Geländewagen der Luxusklasse, der vorfuhr, beim Deichtor anhielt und Janssen senior ausspuckte.

»Dem Schwachmaten will ich nicht noch mal begegnen.«
Sie sah mich verletzt an. »Ich kann es echt nicht fassen, dass ich
mit denen verwandt sein soll.«

Ich konnte Lisas Abneigung durchaus nachvollziehen. Sein
Einstand als Großvater war alles andere als überzeugend gewesen. Ich war froh, dass mir eine solche Familie erspart geblieben war. Manchmal war es eben besser, überhaupt keine zu
besitzen als so eine wie die Janssens.

Wir schlenderten ein Stück die Deichstraße entlang, während Bellini seine Nase ins dichte Gras tauchte und sich von
dem Wind und dem Regen nicht erschüttern ließ.

»Anna?« Lisa sah mich an und wischte sich die nassen
Haarsträhnen, die ihr unter der Kapuze in die Augen fielen,
von der Stirn. »Kann ich dich etwas fragen?«

»Klar. Frag nur.«

Lisa zögerte einen kurzen Moment, dann sah sie mir offen
in die Augen. »Du und Papa, ihr werdet euch nicht wieder-
sehen, wenn wir zurück in Berlin sind, oder? Das mit euch, das
ist vorbei?«

Im Grunde war es keine Frage. Es war eine Feststellung, die
Lisa traf. Also beschloss auch ich, die Wahrheit zu sagen.

»Ja. Ja, das ist es wohl.«

»Ist es wegen mir? Weil ich abgehauen bin?«

Ich sah sie entsetzt an. Natürlich war Lisa nicht der Grund
dafür, dass das, was sich zwischen mir und ihrem Vater in den
letzten Wochen entwickelt hatte, so plötzlich vorbei war.

»So ein Quatsch, Lisa. Das hat gar nichts mit dir zu tun.
Überhaupt nichts.«

Lisa nickte nachdenklich und sah mich weiterhin prüfend
an. Ich kam nicht umhin, mich genauer zu erklären.

»Ich bin einfach nicht für so was gemacht.« Um ihren bohrenden Blicken zu entkommen, schlenderte ich weiter. »Ich bin

einfach ... einfach lieber allein. Beziehung, Familie und so, das ist nichts für mich.«

Lisa atmete tief durch. »Wenn ich da an meine Family denke, kann ich dich echt gut verstehen.«

Ich drehte mich zu ihr um und lächelte sie an. »Wir bleiben aber trotzdem Freunde. Wenn das neue Buch rauskommt, bin ich ständig unterwegs. Wer soll dann auf Bellini und meine Blumen aufpassen?«

Lisa lächelte ebenfalls. »Klar. Kein Problem. Mach ich gern für euch.«

Ich legte den Arm um ihre Schultern und so schlenderten wir durch den Regen und den Sturm zurück in unser Hotel.

»Frau Boje?«

Verwundert blickte ich mich um, als wir in die Hotellobby kamen, den Regen aus unseren Jacken schüttelten und hoch in unsere Zimmer wollten.

Frau Janssen saß im Klubbereich bei einer Tasse Tee und erhob sich nun aus dem großen, schweren Ledersessel. In ihrer teuren englischen Wachsjacke und den Hunter-Gummistiefeln sah sie aus, als sei sie geradewegs einem Magazin für das traditionelle britische Landleben entsprungen.

»Kann ich Sie kurz sprechen?«

Dass ihre Fragen immer so klangen, als könnte man ein *Nein* auf keinen Fall in Erwägung ziehen, war beeindruckend. Aus den Augenwinkeln sah ich, wie Lisa kurz die Augen verdrehte und leise so etwas wie *Die Alte hat mir gerade noch gefehlt* murmelte. Ich zögerte. Lisa schnappte sich Bellinis Leine.

»Mach nur. Wir warten oben auf dich.« Sie ging zum Fahrstuhl und ihre Großmutter sah ihr mit undurchsichtiger Miene hinterher.

Ich räusperte mich unbehaglich und sie deutete schließlich auf einen Sessel neben sich.

»Setzen Sie sich doch einen Augenblick zu mir.« Sie blickte kurz zu dem Kellner an der Bar. »Noch einen Tee bitte, für Frau Boje.«

Sie setzte sich und wartete darauf, dass ich ihrem Befehl (und nichts anderes war es) nachkam. Ich blickte ebenfalls zu dem Kellner und hob einen Arm.

»Ich nehme lieber einen Kaffee.«

Der Kellner nickte und ich nahm umständlich in dem Sessel Platz.

»Danke, dass Sie sich kurz die Zeit für mich nehmen.« Sie blickte in Richtung Fahrstuhl, in dem Lisa gerade mit Bellini verschwand. »Sie und Lisa stehen sich sehr nahe?«

Ich blickte ihr ebenfalls hinterher. »Ja. Lisa macht es einem sehr leicht, sie zu mögen.« Ich sah die ältere Frau provozierend an. »Sie ist ein wirklich bemerkenswertes Kind.«

»Gestern erschien sie mir eher wie ein ziemlich renitenter Teenager.«

»Sie kennen sie eben nicht«, gab ich schnippischer zurück, als ich eigentlich beabsichtigt hatte. Ich legte die Hände auf die Armlehnen meines Sessels und wollte mich wieder erheben. »Und falls Sie sich bei mir über sie beschweren wollen, dann …«

»Das will ich keineswegs.« Sie unterbrach mich ruhig. »Und jetzt setzen Sie sich wieder. Wir haben etwas Wichtiges zu besprechen.«

Ich ließ mich zurück in den Sessel fallen und sah sie abwartend an.

Der Kellner kam und brachte unsere Getränke.

Frau Janssen wartete geduldig. »Danke, Olaf. Setzen Sie es bitte auf unsere Rechnung.«

»Alles klar, Frau Janssen.«

Als er außer Hörweite war, sah sie mich wieder mit diesem ruhigen und herablassenden Blick an. »Mein Mann und ich haben gestern noch lange über Sie gesprochen.«

»Über mich?«

»Nun, über meinen Sohn, Lisa und Sie. Sind Sie schon lange zusammen?«

»Nun, ich denke mal, dass es Sie überhaupt nichts angeht, ob und wie lange und warum wir zusammen sind.«

»Verzeihen Sie meine Neugier.«

»Oh, gegen Ihre Neugier habe ich nichts.« Ich hob gespielt erstaunt die Augenbrauen. »Ich finde nur Ihr Verhalten Ihrem Sohn und Ihrem Enkelkind gegenüber, gelinde gesagt, zum Kotzen.«

Sie zuckte nicht einmal mit der Wimper.

Ich fuhr unbeeindruckt fort. »Und mir ist auch völlig egal, warum, wieso und weshalb Sie und Rikes Familie sich nicht ausstehen können. In meiner Welt gibt es jedenfalls keinen vernünftigen Grund dafür, dass man zwei jungen Leuten ihre Liebe verbieten will, nur weil es ihren Familien nicht passt. Das ist echt bescheuert.«

Frau Janssen sah mich nur ruhig an. »Sie haben keine Familie, nicht wahr?«

Ich wich ihrem Blick ertappt aus. »Worüber ich im Augenblick sehr froh bin.«

Sie nippte an ihrem Tee. Einen ausgedehnten Augenblick lang herrschte bedrücktes Schweigen.

»Die Zeiten ändern sich, Frau Boje, auch hier bei uns an der Küste. Eine Familie hat nicht mehr denselben Stellenwert wie noch in der Generation meiner Eltern oder der Eltern davor. Dennoch können wir unsere Wurzeln nicht verleugnen.«

»Tatsächlich?« Ich blickte sie mit beißendem Spott an. »Dann hacken Sie diese Wurzeln wohl lieber ab, um bei Ihrem Bild von Familie zu bleiben.«

»Es war Jans und Rikes Entscheidung. Sie haben das Leben gewählt, das sie für richtig hielten. Wir haben sie nicht aufgehalten.«

»Wow – das ist natürlich eine Erklärung für alles.«

»Es gibt nichts, was ich Ihnen erklären müsste, Frau Boje. Und ich bin auch nicht aus diesem Grunde hier. Mir ist klar, dass Sie das nicht verstehen wollen oder können. Aber Sie können mir glauben, dass es sehr schmerzhaft für mich und meinen Mann gewesen ist, unseren einzigen Sohn ziehen zu lassen.«

In ihren Augen erkannte ich tatsächlich so etwas wie Bedauern. Doch wenn sie tatsächlich so empfand, warum fing sie nicht endlich damit an, es wiedergutzumachen?

»Warum machen Sie dann immer wieder die gleichen Fehler? Wenn Sie Ihren Sohn wirklich lieben, warum sind Sie jetzt nicht für ihn da? Er hat den Menschen verloren, den er mehr geliebt hat als alles andere auf dieser Welt, für den er alles aufgegeben hat. Können Sie sich auch nur im Entferntesten vorstellen, wie schwer das alles für ihn und Lisa gewesen sein muss?«

Sie hielt meinen Blicken nicht mehr stand und wandte den Kopf ab, um den Blick unruhig durch die Hotellobby wandern zu lassen.

»Das kann ich mir vorstellen. Und aus diesem Grund bin ich hier.«

Sie griff zu einer großen hellbraunen Ledertasche, die wie der Rest an ihr edel und teuer aussah, und schob sie zwischen uns.

»Wie gesagt, mein Mann und ich haben gestern noch lange gesprochen. Wir sind übereingekommen, dass es nicht richtig ist, Ihnen Rikes Urne vorzuenthalten.«

Ich blickte überrascht von der Tasche zu der Frau, die plötzlich nicht mehr ganz so selbstsicher wirkte wie noch vor ein paar Minuten. »Sagen Sie meinem Sohn und meiner Enkelin, dass uns leidtut, was gestern gesagt worden ist.«

Sie sammelte sich wieder und die Unsicherheit war verschwunden. Sie erhob sich und strich mit einer geübten und eleganten Handbewegung ihre Kleidung glatt.

»Es war schön, Sie kennengelernt zu haben. Kommen Sie wieder gut zurück nach Berlin.«

Bevor ich noch etwas erwidern konnte, durchquerte sie mit energischen Schritten die Lobby und war verschwunden. Ich blieb sitzen und starrte auf die Tasche mit der Urne.

»Oh Mann – die Familie hat echt 'nen Knall!« Lisa saß auf dem Sofa und starrte die Urne an, die auf dem Couchtisch zwischen uns stand. Ich hatte sie hochgebracht und erzählt, was passiert war.

»Das ist wohl ihre Art, *Tut uns leid* zu sagen.«

Lisa sah mich fragend an. »Du weißt, was das bedeutet, oder? Das ist quasi die Erlaubnis für die Seebestattung, nicht wahr?«

»Nun, bei diesem Wetter jetzt würde ich darauf noch ein bisschen warten. Aber im Prinzip hast du wohl recht.«

»Weiß Papa schon Bescheid?«

Ich schüttelte den Kopf. »Der ist immer noch unten am Deich beschäftigt.«

Lisa ließ sich zurück in die weichen Polster des Sofas sinken und schüttelte fassungslos den Kopf. »Echt, die soll einer verstehen. Erst machen sie einen Riesenaufstand und dann geben sie uns grünes Licht. Irgendwie sind die echt schräg.«

Sie lächelte glücklich.

»Ich will mich nicht beschweren, echt nicht. Ganz im Gegenteil.«

Ich lächelte ebenfalls und blickte hinaus aufs Meer. Es war erst Mittag, aber die Sturmwolken tauchten die Welt schon wieder in gespenstisches graues Zwielicht. Einen Moment überlegte ich. Dann stand ich auf und schnappte meine Jacke.

»Weißt du was? Ich geh kurz schauen, was dein Vater macht. Vielleicht kann ich ihn ja überreden, wieder hoch zu uns zu kommen.« Ich ging zur Tür. »Bestell dir was zu essen, wenn du Hunger hast. Ich bin gleich wieder da.«

Lisa nickte. »Alles klar. Bis später.«

Dann schloss ich die Tür hinter mir und ging zu den Fahrstühlen. Ich war gespannt, was Jan zu den neuesten Entwicklungen zu sagen hatte.

KAPITEL 19

Leben ist das, was passiert, während du beschäftigt bist, andere Pläne zu machen.

John Lennon

Vor dem Deichtor hatte sich mittlerweile hektische Betriebsamkeit entwickelt. Das halbe Dorf musste auf den Beinen sein und wuselte geschäftig zwischen Strandpromenade und Deich hin und her. Zwei Traktoren pflügten mit ihren mächtigen Rädern durch das verbliebene schmale Band, das die stürmische Ostsee von dem breiten Strand übrig gelassen hatte. Vorne hatte man stählerne Schaufeln angebracht, mit denen der Sand auf eine freie Fläche vor dem Deich transportiert und entladen wurde. Zahlreiche Helfer standen vor den Haufen und füllten, mit Schaufeln bewaffnet, Stoffsäcke mit dem nassen Sand, um sie dann auf den anderen Traktor zu heben, der sie zur Deichöffnung fuhr. Andere Helfer stapelten die Säcke in die Lücke.

»Das Tor lässt sich nicht schließen. Wir haben alles versucht. Nichts zu machen.« Jan schrie gegen den Wind an, der wieder zugelegt hatte und langsam, aber sicher wieder Orkanstärke annahm. »Wenn wir Glück haben, schaffen wir es noch bis zur Flut, den Damm mit den Säcken zu verstärken.«

Ich sah zu den Wellen, die unaufhaltsam näher kamen.

»Glaubst du, das Wasser wird noch steigen?« Ich musste ebenfalls schreien, um gegen den Wind anzukommen.

»Das *glaube* ich nicht, das *weiß* ich. Heute Nacht wird es ganz sicher auf einen Meter ansteigen. Wenn wir Glück haben.«

»Und wenn wir Pech haben?«

Sein Blick war unheilschwanger. »Zwei Meter? Vielleicht noch mehr? Der Deich wird das aushalten. Aber falls wir die Durchfahrt nicht schließen können, wird morgen früh halb Kalifornien unter Wasser stehen.«

»Sollten wir dann nicht lieber hier verschwinden?«

Er schüttelte erneut den Kopf. »Die Straßen sind noch immer blockiert. Wir kommen hier nicht raus. Im Hotel ist es aber sicher, selbst wenn alles geflutet wird.« Er lächelte ironisch. »Es könnte allerdings deinen Mini erwischen.«

Ich zuckte mit den Schultern. »Der ist eh geleast.«

Er lächelte erneut. »Ich bin immer noch froh, dass du da bist, Anna.«

In diesem Moment war ich ebenfalls froh, hier zu sein. Ich deutete auf Janssen senior, der mit ein paar Männern bei den Feuerwehrautos stand und anscheinend Pläne zur Evakuierung des Dorfes durchsprach.

»Hast du mit deinem Vater gesprochen?«

»Ja. Er ist erstaunlich schnell auf meine Vorschläge eingegangen, um das Dorf vor der Sturmflut zu sichern, und hat angefangen, alles zu organisieren. Ich glaube fast, er ist froh, dass ich hier bin.«

Ich nickte. Anscheinend hatten sie nicht über das andere Thema gesprochen.

»Sonst hat er nichts gesagt?«

Jan sah mich verwundert an. »Was hätte er denn sonst sagen sollen?«

Ich überlegte kurz, ob ich Jan von meinem Gespräch mit seiner Mutter erzählen sollte. Und von der Urne, die sich jetzt oben in unserer Suite befand. Doch so, wie es aussah, hatte Jan alle Hände voll damit zu tun, den kleinen Ort davor zu bewahren, von einer Sintflut heimgesucht zu werden.

»Später, Jan.«

Ich deutete auf die Bewohner Kaliforniens, die stoisch im Regen die Sandsäcke füllten.

»Wenn ihr noch einen Spaten abgeben könnt, mache ich mich gerne nützlich.«

Jan schenkte mir ein warmes Lächeln und deutete auf einen der Wagen, die vor dem Deich geparkt waren. »Frag Thore, der hat den Kofferraum voll mit Schaufeln.« Er beugte sich vor und küsste mich unvermittelt auf den Mund. »Danke.«

Es war ein schönes Gefühl. So warm und vertraut. Und in diesem Moment war ich kurz davor, mich wieder in seine Arme zu stürzen und ihn so lange zu küssen, bis dieser Sturm über uns hinweggezogen sein würde.

»Ich störe euch nur ungern, ihr zwei Turteltauben.«

Ein Mann in der Uniform der freiwilligen Feuerwehr und mit breitem norddeutschem Akzent trat zu uns.

»Jan, wir brauchen deine Hilfe beim Evakuierungsplan. Dein Vater will mit dir die Notunterkünfte besprechen für die niedrig gelegeneren Häuser.«

Jan nickte knapp, blickte zu seinem Vater, der kurz den Arm hob und ihn zu sich winkte.

Ich gab ihm erneut einen Kuss. »Geh nur. Ich komme schon klar.«

Dann ging ich zu Thore, der mich kurz musterte.

»Schon mal 'nen Sandsack gefüllt?«

Ich verzog keine Miene. »Braucht man dafür ein Diplom?«

Er grinste breit und drückte mir dann einen Klappspaten und eine regendichte Öljacke in leuchtendem Gelb in die Hand. »Viel Spaß damit.«

Zwei Stunden später wusste ich, was er meinte. Ich spürte meine Arme nicht mehr und hatte das Gefühl, der Rücken würde beim nächsten Spatenstich in den nassen Sand einfach durchbrechen. Ich hatte keine Ahnung, wie viele Säcke ich in den vergangenen Stunden gefüllt hatte. Es mussten Dutzende gewesen sein. Doch der Berg, der zwischen dem tosenden Meer und dem Dorf lag und uns alle vor den Wassermassen bewahren sollte, schien einfach nicht größer zu werden.

Wenigstens hatte ich mittlerweile die Bekanntschaft des halben Dorfs gemacht, das hier im Einsatz war. Ich wusste, mit wem Jan zur Schule gegangen war, hatte ausführlich mit der jungen Frau geplaudert, die laut eigener Aussage seine große Sandkastenliebe gewesen war (bevor er Rike kennengelernt hatte), und mit wem er heimlich die Motorboote am Strand geklaut hatte, um einen kleinen Mitternachtstrip zu unternehmen. Was an und für sich nicht schlimm gewesen wäre, allerdings waren sie im zarten Alter von neun Jahren gewesen, und das hatte wiederum die Küstenwache alarmiert.

Wenn man die Leute so reden hörte, hatte man nicht den Eindruck, als wäre Jan mehr als zehn Jahre fort gewesen. Er schien immer noch ein Teil dieses Ortes und der Menschen zu sein. Zumindest in den Geschichten, die sie über ihn und über Rike erzählten.

Ole und Inken, ein junges Ehepaar, das eine der Eisdielen am Strand betrieb, klopften mir schließlich auf die Schulter, nahmen mir den Spaten aus der Hand und zeigten zu unserem Hotel.

»Zeit für eine kleine Pause. Da drinnen gibt's was Warmes zu essen und heiße Getränke.«

Ich streckte mich mit einem Stöhnen und hielt mir den schmerzenden Rücken.

»Geh nur.« Inken lächelte mir unter ihrer tropfnassen Kapuze zu. »Wir machen so lange weiter.«

Ich lächelte sie dankbar an und schleppte mich müde über den Parkplatz zum Hotel. In der Menschenmenge, die vor dem Deichtor und an den Feuerwehrautos stand, versuchte ich Jans blonden Schopf auszumachen, konnte ihn aber nicht finden. Vielleicht war er ja auch zu einer kurzen Pause ins Hotel gegangen.

Ich glaube, ich hatte in meinem ganzen Leben noch nie etwas so Leckeres gegessen wie die Erbsensuppe mit klein geschnittenen Würstchen, die in einem riesigen Topf mitten in der edlen Hotellobby vor sich hin köchelte. Man hatte eine provisorische Versorgungsstation eingerichtet, um die zahlreichen Helfer zu verköstigen, die draußen im Sturm die Sandsäcke befüllten. Zwischen den wenigen gestrandeten Hotelgästen saßen sie an den Tischen und in den bequemen Sofas, ordentlich durchgefroren und erschöpft, und schaufelten die Suppe in sich hinein oder schlürften langsam ihren Tee. Ich hatte kurz überlegt, hoch in unsere Suite zu fahren, doch dann waren der Hunger und die Erschöpfung von der ungewohnten Arbeit zu groß gewesen.

»Na, min Deern, schmeckt's?«

Ich blickte auf zu einem weißhaarigen Herrn, der sich ächzend mit einer Portion Erbsensuppe zu mir setzte. Die vergangenen zwei Stunden hatten wir Seite an Seite an den Sandsäcken gearbeitet, und er war einer der wenigen, mit denen ich bislang noch kein Wort gewechselt hatte. Er war sehr konzentriert bei der Arbeit gewesen.

Ich nickte freundlich, während ich den Mund noch voll hatte.

»Kochen könn' se hier. Auch wenn dat ganze Schickimicki büschen viel is, ne?«

»Ich find das Hotel ganz angenehm, ehrlich gesagt.« Ich lächelte ihn an und schob mir einen weiteren Löffel Erbsensuppe in den Mund.

»Du bist die Deern von dem Jan, ne?«

Ich verschluckte mich fast an der Suppe und räusperte mich. Anscheinend ging das ganze Dorf davon aus, dass wir beide ein Paar waren. »Eine Freundin. Ich bin eine Freundin von Jan.«

Der alte Herr, der in den zwei Stunden, die ich die Sandsäcke füllte, mindestens das Doppelte geschafft hatte (was angesichts seines Alters schier unmöglich schien), winkte gelassen ab. »Sag ich doch. Ihr jungen Leute immer mit euren neuen Begriffen.«

Es schien mir ratsam, das Thema nicht weiter zu vertiefen.

Ich wischte mir kurz die Rechte an meiner Hose ab und reichte ihm die Hand. »Ich bin Anna. Anna Boje. Schön, Sie kennenzulernen.«

»Hauke Jaspers.« Er reichte mir ebenfalls die Hand. »Und das *Sie* kannst du dir sparen, min Deern.«

Ich lächelte und nickte. Angesichts der Tatsache, dass wir beide damit beschäftigt waren, Kalifornien vor der Sintflut zu bewahren, schien mir eine gewisse Vertrautheit durchaus angemessen.

»Die Lütte vom Jan is ja auch da. Sieht aus wie Rike ausm Gesicht geschnitten.«

»Kannten Sie … kanntest du Lisas Mutter?«

Hauke nickte schwermütig, während er gemächlich die klein geschnittenen Würstchen kaute.

»Was für ein Elend. Dass die Deern so früh gehen musste. Was für ein Elend.« Er deutete erklärend mit dem Löffel auf mich. »Die waren beide bei mir im Konfirmandenunterricht, der Jan und die Rike.«

Ich blickte erstaunt auf. Vor mir saß also der Dorfpfarrer von Kalifornien. Ich hätte ihn eher für einen betagten Fischer gehalten.

»Du bist der Pastor?«

Hauke nickte. »Immer mal wieder. Eigentlich haben sie mich ja schon vor zehn Jahren in Pension geschickt. Aber die jungen Leute wollen ja nicht mehr hier oben an der Küste leben. Da muss ich immer mal wieder einspringen, wenn der Pastor aus der Kreisstadt keine Zeit hat.«

Ich nickte nachdenklich und mir kam eine Idee. »Kennen Sie …« Es fiel mir ein wenig schwer, den alten Herrn zu duzen. Schnell verbesserte ich mich, als ich seinen mahnenden Blick bemerkte. »Ich weiß, schon gut … Kennst du dich mit Seebestattungen aus, Hauke?«

Er sah mich an, als hätte ich ihn ernsthaft gefragt, ob er schwimmen könne.

Auch wenn draußen der mörderischste Sturm tobte, den dieses kleine Küstenkaff in seiner Geschichte gesehen hatte – für Lisa, Jan und Rike schien sich ein Happy End anzubahnen.

»Lisa?« Aufgeregt betrat ich unsere Suite. »Lisa? Komm mal bitte. Ich muss dir jemanden vorstellen.«

Hauke betrat hinter mir die Suite und sah sich beeindruckt um. »Wirklich schön hier.«

Bellini kam uns aufgeregt entgegengesprungen und bellte erfreut, als er mich sah.

Ich knuddelte ihm die langen Ohren und drehte mich um zu Hauke. »Das ist Bellini. Der ist ganz lieb.«

Hauke tätschelte ihm den Kopf, was Bellini mit einem kurzen Blinzeln quittierte. »Na, Großer!«

Ich sah mich in der Suite um. »Vielleicht hat sie sich kurz hingelegt. War alles ganz schön aufregend für sie in den letzten Tagen.«

Hauke nickte geduldig und tätschelte weiter Bellinis Kopf.

Im Schlafzimmer war Lisa auch nicht. Ich sah im Bad nach und auch in meinem Zimmer. Mit mäßigem Erfolg.

»Komisch. Sie sollte hier oben auf uns warten.« Ich blickte hinunter zu Bellini. »Und mit dir kann sie ja nun auch nicht raus sein.«

Und dann fiel mir auf, dass noch etwas fehlte. Etwas, das ich wenige Stunden zuvor auf dem Couchtisch abgestellt hatte und das nun nicht mehr dort war.

Nicht nur Lisa war verschwunden. Auch Rikes Urne war fort.

»Ich halte das ja für keine gute Idee.« Hauke saß neben mir im Mini und lotste mich durch den dichten Regen auf dem kürzesten Weg zum Strandübergang 7.

Bellini saß auf der Rückbank und streckte neugierig seine Nase zwischen unseren Schultern hervor.

»Schietwetter«, fügte er noch kopfschüttelnd hinzu und blickte hinaus auf die Regenwand.

»Lisa ist bestimmt an dieser alten Anlegestelle. Das war der Lieblingsplatz ihrer Eltern.« Ich sah Hauke an. »Das hab ich zumindest mal gehört.«

Ich blickte wieder hinaus auf die asphaltierte Straße, die sich am Fuße des Deichs durch die Landschaft zog. »Wenn sie das tun will, was ich denke, was sie tun will, dann sicherlich dort.«

Es waren fast die gleichen Worte, die mir Jan gestern erst gesagt hatte.

Jan.

Ich hatte kurz nach ihm Ausschau gehalten, als ich nervös und mit Hauke und Bellini im Schlepptau aus dem Hotel gestürmt war, um nach Lisa zu suchen. Er war nicht da. Am Deichtor erzählte man uns, dass er mit einer Handvoll Helfern unterwegs war zum alten Wehr, denn auch dort drohte der Deich unterspült zu werden.

So, wie es aussah, musste ich die Sache allein in die Hand nehmen. Hauke bestand darauf, mich zu begleiten, nachdem ich ihm meinen Verdacht geschildert hatte.

Ich war mir sicher, dass Lisa endlich ihren Plan in die Tat umsetzen wollte, bevor Jan oder ein anderer Erwachsener noch irgendwelche völlig überflüssigen Einwände vorbringen konnte. An den Strand konnte sie mit der Urne nicht gehen, der war längst überspült. Aber hier, geschützt zwischen den Wellenbrechern und Dünen, wäre es für sie durchaus möglich, den Wunsch ihrer Mutter endlich zu erfüllen.

Jedenfalls hätte ich das getan, wenn ich an ihrer Stelle gewesen wäre.

Ich manövrierte den Mini auf den Parkplatz, blieb vor dem alten Leuchtturm stehen und sah Hauke entschlossen an.

»Besser, du wartest hier im Wagen. Der Weg ist bestimmt …«

Hauke wartete erst gar nicht meine Bedenken ab, sondern öffnete schon die Tür. »Min Deern, so alt bin ich nu auch wieder nich.«

Ich sah zu Bellini auf der Rückbank, der ebenfalls ganz aufgeregt war. »Keine Diskussionen, Großer! Du bleibst hier!«

Ich stieg aus und schloss eilig die Fahrertür. »Wir sind gleich wieder da«, versicherte ich Bellini, der nun bellend die Seitenscheibe hochsprang und energisch daran kratzte.

Hauke hatte sich seine Kapuze über den Kopf gezogen und hielt sie fest. Mit der anderen Hand deutete er auf einen schmalen Weg zwischen den Dünen, der mittlerweile vom aufgewirbelten Sand kaum zu erkennen war. »Da geht's lang.«

Die Sturmböen trafen uns mit ganzer Wucht, und es war fast unmöglich, sich auf den Beinen zu halten, als wir über die Dünen kamen und das aufgewühlte Meer vor uns hatten. Der Sand strich wie Schmirgelpapier über unser Gesicht, knirschte zwischen den Zähnen und brannte in den Augen. Im Gegensatz zu mir schien Hauke keine Probleme mit dem Wind zu haben und stapfte in weit ausholenden Schritten voran. Wenn man ihn so sah, wäre man niemals auf die Idee gekommen, dass er fast achtzig Jahre auf dem Buckel hatte.

Mir wurde etwas mulmig, als ich schließlich den Strand erblickte, der wellenumtost vor uns lag. In riesigen Fontänen brachen sich die Wellen an den Felsen rechts und links der kleinen Bucht, und selbst hier, meterweit davon entfernt, klatschte uns die Gischt ins Gesicht. Der Turm der Rettungswacht war längst von den Wellen umspült und ragte trotzig aus dem Wasser hervor.

»Ich glaub, da ist sie.« Hauke hielt inne, brüllte gegen die tosende Flut an und deutete auf die schmale Gestalt, die am Fuße der hölzernen Anlegestelle stand. Vornübergebeugt stemmte sie sich gegen den Wind und blickte hinaus aufs Meer. Ich erkannte die helle lederne Tasche wieder, die sie vor ihrem Körper mit beiden Armen umklammert hielt.

»Lisa!«

Ich schrie gegen den Wind an, was natürlich völlig sinnlos war.

»Sie kann dich nich hören. Wir müssen schon zu ihr.«

Hauke hatte sich bereits wieder in Bewegung gesetzt und stolperte den Pfad entlang, der durch Gestrüpp zum Strand hinunterführte. Ich folgte ihm erleichtert.

Lisa hatte uns noch nicht bemerkt. Sie starrte weiter auf das Meer, während wir uns näherten. Ich war keine zehn Meter mehr von ihr entfernt, als sie sich plötzlich in Bewegung setzte und auf die Planken des alten Stegs hinaustrat. Die Wassermassen brodelten um die Pfeiler aus uraltem Holz, und ich meinte sie unter dem Ansturm der Wellen ächzen zu hören.

»Lisa! Warte!«

Ich rannte los.

»Anna, nicht!«

Haukes Stimme drang mahnend durch den Sturm zu mir. Ich ignorierte sie. Was sich als fataler Fehler herausstellen sollte.

Kapitel 20

Der Hund ist das einzige Wesen auf Erden, das dich mehr liebt als sich selbst.

Josh Billings

Ich konnte mich nicht daran erinnern, jemals in meinem Leben so sehr gefroren zu haben. Die kalten Wellen der Ostsee brachen über meinem Kopf zusammen und raubten mir den Atem. Einen Augenblick lang glaubte ich zu ertrinken. Doch kurz bevor ich den Mund öffnen konnte und das Wasser in meine Lungen drang, war es auch schon vorbei. Das eiskalte Wasser war verschwunden, und ich zog hektisch lebensspendende Luft ein. Einen Moment lang hatte ich eine Atempause und sah mich um. Lisa hing wie ich an dem Holzpfahl des Stegs, der unter unserer Last und der mörderischen Gewalt der Wellen zusammengebrochen war, und klammerte sich an mir fest. Bis zur nächsten Welle, die mit tödlicher Sicherheit kommen würde.

Als ich auf den Steg gelaufen war, um Lisa davon abzuhalten, eine Dummheit zu begehen, war mir nicht bewusst gewesen, dass ich diese Dummheit gerade selber machte. Die Wucht des Wassers und das Gewicht zweier Menschen waren zu viel für die hundert Jahre alte Holzkonstruktion gewesen. Als ich Lisa erreicht hatte, sie sich zu mir umdrehte und mich aus überraschten Augen ansah, war es schon zu spät gewesen.

»Anna?«, schrie sie gegen den Wind an. »Was machst du denn hier?«

Bevor ich antworten konnte, brach eine Welle gegen den Steg, und ich spürte, wie der Boden unter mir nachgab. Das Nächste, an was ich mich erinnern konnte, war Lisas Schrei, der neben mir durch die Wassermassen an meine Ohren drang. Wir hatten Glück im Unglück gehabt und waren nun zwischen den Holzresten des Stegs im Wasser eingeklemmt.

Glück, weil uns das Holz nicht erschlagen hatte. Eindeutig Pech, weil wir so zwischen den zerborstenen Planken eingeklemmt waren, dass wir uns nicht befreien konnten. Als ich versuchte, den Pfahl loszulassen, um irgendwie an Land zu kommen, hatte mich die Welle unter Wasser gedrückt, und nur durch Lisas schnelle Reaktion, die mich an der Jacke packte und zu sich zurückzog, war es mir erspart geblieben, in dem eiskalten Wasser der Ostsee zu ertrinken. Fieberhaft suchte ich nach einem Ausweg.

Das Problem war, dass das Wasser immer weiter anstieg und wir in den knappen Pausen zwischen den heranbrausenden Wellen kaum mehr unsere Köpfe über Wasser halten konnten. Was allerdings nicht das einzige Problem war. Denn wenn wir noch viel länger hier im Wasser ausharren müssten, würde uns mit hundertprozentiger Sicherheit die Kälte umbringen.

Irgendwo hatte ich gelesen, dass dies angeblich eine recht angenehme Art ist zu sterben. Das konnte ich nicht bestätigen. Die Kälte, die langsam jedes Leben in meinem Körper lähmte, war schneidend und tat unglaublich weh. Es war, als würde sich irgendeine todbringende Flüssigkeit in meinen Adern ausbreiten und ihr Gift in jede einzelne Zelle meines Körpers transportieren, um sie in Eis zu verwandeln.

Ich blickte zu Lisa, deren Gesicht nur wenige Zentimeter von meinem Kopf entfernt aus dem Wasser ragte. Ihre Lippen waren blau angelaufen und auf ihrem Gesicht hatte sich eine wächserne Blässe ausgebreitet. Lange würde sie ebenfalls nicht mehr durchhalten.

Von Hauke war nichts mehr zu sehen. Ich erinnerte mich, dass er irgendwo hinter mir gewesen sein musste, als ich auf Lisa und den Steg zugerannt war. Ich schloss die Augen vor Verzweiflung bei der Vorstellung, dass der alte Pastor ebenfalls mit uns auf dem Steg in die tosende Ostsee gefallen war. Denn wenn das der Fall gewesen war, dann musste der alte Mann mittlerweile tot sein.

Eine weitere Welle brach über uns zusammen und raubte uns den Atem. Während meine Lungen schmerzten und ich darauf wartete, den Kopf wieder in die Luft zu recken und den Sauerstoff in meinen Körper zu pumpen, wurde mir klar, dass ich etwas tun musste. Wir mussten hier weg. Irgendwie. Ansonsten wäre es unser sicherer Tod.

Erneut zog sich das Wasser zurück und ließ mich atmen. Ich blickte zu Lisa, die ebenfalls keuchend und hustend nach Atem schöpfte.

»Halt dich an dem Balken fest!«, schrie ich sie an und löste meinen Arm, den ich schützend um sie gelegt hatte. Schräg über meinem Kopf ragte ein abgesplitterter Balken des Stegs in die aufgewühlte See. Wenn ich dort irgendwo Halt finden könnte, dann könnte ich uns vielleicht hoch auf die Reste der Plattform ziehen und in Sicherheit bringen, bevor mich meine Kräfte vollends verließen.

Ich atmete tief durch, konzentrierte mich und sammelte alles an Energie, was ich in meinem eiskalten Körper noch finden konnte. Dann stieß ich mich ab und hangelte nach dem Holz. Tatsächlich bekam ich es mit der rechten Hand zu fassen.

Zum Glück waren meine Hände von der Kälte bereits so taub, dass ich den Schmerz nicht spürte, den die Holzsplitter verursachten, als sie in meine Handfläche drangen. Ich hatte es geschafft und klammerte mich daran fest. Wenn es mir jetzt noch gelingen würde, vor der nächsten großen Welle die andere Hand an den Balken zu bekommen und mich ein Stück hochzuziehen, dann könnte ich es tatsächlich schaffen. Erneut sammelte ich mich und holte Schwung. Plötzlich spürte ich, wie mich jemand von unten anschob und hochdrückte. Lisa musste meinen Plan erkannt haben und tat, was sie konnte, um mich nach oben zu bekommen. Tatsächlich funktionierte es. Meine andere Hand griff den Balken und ich zog mich hoch auf die halb zerschmetterte Plattform. Mein Oberkörper lag nun auf dem schräg ins Wasser ragenden Holz. Ich hatte es fast geschafft. Doch die Anstrengung, überhaupt hier hochzukommen, hatte sämtliche Energie in meinen erstarrten Muskeln aufgebraucht.

Mir kamen die Tränen vor Verzweiflung, während ich mit matten Bewegungen versuchte, mich weiter hochzuziehen. Ich zitterte am ganzen Körper vor Kälte und Erschöpfung – und spürte auf einmal, wie etwas wild an meinem Arm zerrte.

Bellini.

Er stand direkt vor mir auf dem Steg, sein Fell zerzaust und nass, die Zähne tief in meiner Jacke vergraben, an der er entschlossen zerrte, um mich mit aller Kraft, die in seinem Körper steckte, nach oben zu sich auf die Planken zu ziehen.

Wie er aus dem Auto hier zu uns herausgekommen war, war mir ein Rätsel, aber er war da. Er war da, um mich zu retten. Zentimeter um Zentimeter zog er mich weiter auf den Steg und tatsächlich bekamen meine Füße festen Halt unter der Sohle und ich stieß mich mit einer letzten Kraftanstrengung auf das Holz. Atemlos blieb ich einen Augenblick liegen und hörte Bellinis aufgeregtes Bellen durch den tosenden Sturm. Ich konnte mich noch nicht ausruhen. Lisa war noch unter mir im Wasser gefangen.

Mühsam drehte ich mich um und kroch auf dem Bauch zur abgesplitterten Kante. Lisa war direkt unter mir.

»Nimm meine Hand!«, schrie ich ihr entgegen. Der Anblick Bellinis, der bellend neben mir im Sturm stand und sie aufforderte, zu uns zu kommen, schien ihre letzten Kräfte zu mobilisieren. Sie ließ den Pfahl los, an den sie sich klammerte, und streckte mir die Hand entgegen. Ich bekam ihre Jacke zu fassen und zerrte daran. Bellini ebenfalls. Und gemeinsam gelang es uns, sie ebenfalls zu uns hochzuziehen.

Erschöpft brachen wir auf dem Steg zusammen.

Ich hörte Bellini noch dicht an meinem Ohr winseln, spürte seine warme Zunge, die über mein Gesicht schleckte und die mir zeigte, wie er sich schier unbändig über unsere Rettung freute.

Dann hörte ich das Geheul, mit dem sich die nächste Welle ankündigte, um über uns und den Resten des Anlegestegs zusammenzubrechen.

»Leg dich flach hin! Festhalten!« Mehr konnte ich nicht schreien, als das Wasser auch schon über uns zusammenbrach und wir uns in den Planken festkrallten.

Es war nicht so schlimm wie unten im Wasser und nach einem kurzen Moment bekamen wir wieder Luft. Ich sah zur Seite. Lisa war noch neben mir. Zitternd, keuchend, aber lebendig.

Dann sah ich auf. Bellini war verschwunden.

Wir waren allein auf dem Steg.

»Bellini! Bellini! Beeeelllliiiiinnnnniiii!!«

In dem tosenden, aufgewühlten Wasser versuchte ich verzweifelt eine Spur von ihm zu entdecken, sein helles honigfarbenes Fell, seine rosa Schnauze.

Nichts.

Die Welle hatte ihn mit sich fortgerissen.

»Nein! Neeeiiin!«

In diesem Augenblick wusste ich, dass es für ihn keine Chance geben würde, allein in diesem aufgewühlten Meer zu überleben.

Ich richtete mich schwankend auf und hörte neben mir Lisa schreien. »Anna!«

Eine Böe ließ mich taumeln, und ich stolperte nach vorn, wieder ins eisige Wasser. Ich wusste, dass es dumm war. Wusste, dass es völlig sinnlos war. Es war mir egal.

Plötzlich umfingen mich zwei starke Arme und rissen mich hoch, fort von der Kante und der eisigen See. Eine Stimme schrie in mein Ohr. »Ich halte dich!«

Jan.

Jan war da.

Dann wurde alles schwarz um mich herum und ich verlor das Bewusstsein.

Ich kam kurz zu mir und realisierte, dass ich irgendwie in Bewegung war. Ich lag auf einer Trage, das helle Licht einer Neonbeleuchtung an der Decke blendete mich. Ich wurde kurz durchgerüttelt und verstand, dass ich in einem Rettungswagen lag. Eine goldfarbene Decke, die mir Wärme schenkte, knisterte, als ich langsam den Arm hob. Neben mir auf einer weiteren Trage lag Lisa. Sie sah zu mir herüber. Ihre Lippen waren nicht mehr so blau und auf ihren blassen Wangen hatten sich rosa Flecken gebildet. In ihren Augen sah ich die Tränen. Dann verlor ich wieder das Bewusstsein.

Nachdem der Steg unter Lisa und mir zusammengebrochen war und wir in den eisigen Fluten gelandet waren, hatte Hauke das getan, was am vernünftigsten gewesen war.

Statt sich ebenfalls kopflos in Gefahr zu begeben, hatte er das Handy gezückt und die Rettungskräfte alarmiert. Dann war er zurück zum Auto geeilt, um nach einem Abschleppseil zu suchen, mit dem er uns zu Hilfe eilen konnte.

Als er die Tür des Mini öffnete, war Bellini wie ein Pfeil herausgeschossen und ohne zu zögern an den Strand gelaufen, an dem wir um unser Leben kämpften. Woher er wusste, dass wir in Gefahr waren, blieb ein Rätsel. Ebenso, wie er uns in dem Sturm und dem Regen so schnell hatte finden können. Es war auch egal. Er hatte uns das Leben gerettet. Dieser verrückte, draufgängerische Kerl hatte alles gegeben, um uns vor dem Tod zu bewahren. Und nun war er fort. Mitgerissen von den tosenden Fluten der Ostsee.

Man hatte Lisa und mich direkt in die Praxis des Dorfarztes gefahren und medizinisch versorgt. Wir wurden aus unseren nassen Klamotten geschnitten, in warme, trockene Decken gehüllt, und eine Infusion stabilisierte unseren Kreislauf. Bis auf eine schwere Unterkühlung, zahlreiche Prellungen und Holzsplitter in den Händen waren wir unverletzt.

Doktor Krieger, der Dorfarzt, und seine beiden Arzthelferinnen hatten Feldbetten aufgestellt, auf denen wir versorgt werden konnten. Lisa hatte hysterisch geweint und am ganzen Körper gezittert, bis ein Beruhigungsmittel, das durch die Infusion in ihren Körper floss, Wirkung zeigte und sie in den tröstenden Schlaf des Vergessens sinken ließ.

Ich blickte zu Jan, der an meinem Bett hockte, meine Hand hielt und mich erschöpft ansah.

»Jan …«

»Schschsch … schlaf jetzt. Du musst dich ausruhen.«

»Bellini … wir müssen ihn suchen.«

Er sah mich mitleidig an und nickte. »Das werden wir, Anna. Alles wird gut. Und jetzt schlaf.«

Ich wusste, dass es eine Lüge war. Ich wusste, dass Bellini niemals wieder seine feuchte Nase in meine Hand stecken würde, wusste, dass ich niemals mehr das Schnaufen an meinem Ohr hören würde, wenn er neben mir auf dem Sofa einschlief. Die Tränen rannen mir unkontrolliert über die Wangen. Ich konnte nicht aufhören zu weinen. Ich spürte, wie Jan sanft meine Hand drückte, mir über das Haar strich, das noch feucht vom Meer war. Er sagte nichts. Was hätte er auch sagen können?

Und dann schlief auch ich endlich ein.

KAPITEL 21

Nicht das Denken erlöst die Welt, sondern die Liebe.
Manfred Kyber

Der Sturm dauerte einen ganzen Tag und eine ganze Nacht. Er umspülte den Deich, riss den Strand, die Promenade und die Hälfte der Buden und Hütten mit sich, in denen im Sommer Kaffee, Eis, Fischbrötchen und die bunten Souvenirs an die Urlauber verkauft wurden.

Der improvisierte Deich aus Sandsäcken, den wir in mühevoller Arbeit zwischen dem defekten Deichtor errichtet hatten, hielt stand. Manchmal sah es so aus, als würde sich das tosende Wasser einen Weg zwischen den mannshoch gestapelten Säcken suchen wollen, doch bevor es so weit kommen konnte, hatten die Bewohner von Kalifornien schon wieder neue Säcke angeschleppt und die Lücke geschlossen.

Am nächsten Morgen waren alle zu Tode erschöpft. Doch langsam zog sich die Ostsee wieder zurück, gab erst die Promenade, dann den Strand frei, der übersät war mit Trümmern.

Alles in allem hatten die Bewohner von Kalifornien Glück gehabt.

Die Promenade würden sie wieder aufbauen, ebenso die Buden. Wenn im nächsten Sommer die Urlauber zu Hunderten in das verschlafene kleine Dorf einfallen würden, wäre von dem verheerenden Sturm nichts mehr zu sehen. Alles würde so sein wie immer.

Nur nicht für mich.

Bellini wurde nicht gefunden. Das Meer hatte ihn sich geholt und gab ihn nicht mehr her. Vielleicht war es auch gut so. Der Anblick seines leblosen Körpers wäre zu viel für mich gewesen. Ich hätte es nicht ertragen können, ohne dass etwas in mir unwiderruflich zerbrochen wäre.

Auch die Urne mit Rikes Asche, die Lisa mit auf den Steg genommen hatte, blieb verschwunden. Auch sie hatte das Meer mit sich gerissen. Rikes Wunsch hatte sich erfüllt.

Ich sagte nicht viel in den zwei Tagen nach unserem Unglück. Die meiste Zeit schlief ich. Oder tat zumindest so. Ich war froh, dass Lisa am Leben war. Und ich war froh, dass Kalifornien vor einer Katastrophe bewahrt worden war. Und ich nickte nur stumm, als mir die Schwestern und der Arzt versicherten, dass Bellini ein wirklich bemerkenswerter Hund gewesen sein musste, dem wir schließlich unser Leben verdankten.

Ich konnte mich nicht daran erinnern, jemals von einer solchen Trauer überwältigt worden zu sein. Und ich schämte mich dafür.

Bellini war doch nur ein Hund. Ein Hund, der gerade mal ein halbes Jahr in meinem Leben einen Platz eingenommen hatte. Ein Hund, der mir mein Herz gestohlen hatte, der alles, an was ich bisher geglaubt hatte und was mir wichtig erschienen war, gründlich auf den Kopf gestellt hatte.

Jetzt war er fort.

Es kam mir so unfair vor. So ungerecht und so überflüssig. Warum war er überhaupt in mein Leben gekommen, wenn er dann so plötzlich und so unwiderruflich wieder daraus verschwand?

Ich verstand es nicht. Ich wollte es nicht verstehen.

Lisa ließ ihrer Trauer um Bellini freien Lauf. Sie weinte und fluchte und zeterte und machte sich große Vorwürfe, bei dem Sturm an den Strand gegangen zu sein. Jan versuchte sie, so gut es ging, zu trösten, ihr zu versichern, dass es nicht ihre Schuld gewesen war. Ich konnte nichts sagen. Wenn sie nicht so dumm gewesen wäre, dann ...

Ich versuchte diesen Gedanken zu verdrängen, ihn nicht hochkommen zu lassen. Es hätte nichts besser gemacht. Im Gegenteil.

Am zweiten Tag nach dem Sturm verließen Lisa und ich die Praxis von Doktor Krieger und zogen wieder in unsere Hotelsuite. Jan bestand darauf, noch ein paar Tage zu warten, bevor wir zurück nach Berlin fuhren. Mir war es recht. Der Gedanke, zurück in meine Wohnung zu kommen, ohne von Bellini freudestrahlend begrüßt zu werden, ohne zu schauen, was er während meiner Abwesenheit wieder angestellt oder zerstört hatte, war unerträglich.

Ich versuchte Leo zu erreichen, um mich bei ihr auszuheulen. Sie befand sich auf einem Flug nach New York, um dort einen amerikanischen Verlagskollegen zu treffen, wie mir ihre Assistentin mitteilte. Sie würde sich bestimmt bei mir melden, wenn ihr Handy wieder eingeschaltet war.

Ich blieb im Bett liegen, zog die Decke bis zum Hals und starrte hinaus aus dem Fenster.

Der Himmel war klar und von einem so leuchtenden Blau, dass es wirkte wie gemalt. Es war keine Wolke am Himmel zu erkennen. Möwen zogen schwerelos ihre Kreise, und nichts erinnerte mehr an das Drama, das sich hier vor Kurzem abgespielt hatte.

Ich war allein. Jan war mit Lisa zu seinen Eltern gefahren, denn nach der Katastrophe hatten sie tatsächlich angefangen, wieder miteinander zu reden. Er hatte mich gefragt, ob ich sie nicht begleiten wolle. Doch ich lehnte nur kopfschüttelnd ab.

Einen Augenblick hatte er in der Tür gestanden und mich stumm beobachtet. »Anna?«

Ich atmete tief durch und hatte ihn nicht angesehen. »Es ist okay, Jan. Ihr könnt ruhig gehen. Es ist doch schön, dass du wieder mit deinem Vater reden kannst. Ich freue mich für dich. Und für Lisa.«

Ich hörte, wie er näher kam und sich behutsam aufs Bett setzte. Ich starrte weiter aus dem Fenster.

»Sieh mich bitte an.«

Ich spürte, wie er die Hand auf die Decke legte, in die ich mich eingewickelt hatte.

»Anna?«

Ich drehte mich langsam um und zauberte ein falsches Lächeln auf meine Lippen. »Es ist alles okay. Wirklich. Ich bin nur ein bisschen müde.«

In seinen hellen Augen erkannte ich, dass er mir kein Wort glaubte. Er suchte meinen Blick, hielt ihn, und für einen langen Moment erschien es mir, als blickten wir uns stumm in die Seele.

»Dort unten am Strand in dem Sturm, als ich dich und Lisa gesehen habe, da ist mir etwas klar geworden.«

Ich lächelte schief und schniefte kurz. »Dass ich immer noch so dumm bin, für Bellini meinen Hals zu riskieren?«

Er schüttelte den Kopf.

»Ich liebe dich, Anna.«

Er sagte es ganz ruhig, mit der Gewissheit eines Menschen, der eine völlig offensichtliche Tatsache ausspricht, die sich nicht mehr ändern lässt.

»Ich habe nicht geglaubt, dass ich dies jemals wieder einer Frau sagen könnte. Aber es stimmt. Ich liebe dich.«

Ich wich seinem Blick aus, schüttelte leicht den Kopf und drehte mich wieder zum Fenster.

Wir schwiegen. Eine lange Weile. Ich fühlte, wie er sich langsam erhob und ohne ein weiteres Wort hinausging. Ich schloss die Augen und atmete tief durch.

Endlose Zeit blieb ich einfach so liegen. Mein Kopf war leer, genauso wie mein Herz.

Das Meer war tiefblau und erschien mir so unerhört klar und rein, dass es mir vor Schönheit fast den Atem raubte. Wie konnte etwas nur so wunderbar sein und gleichzeitig so grausam?

Die weißen Schaumkronen der Dünung gaben dieser weiten Ebene aus dunkelblauem Samt eine unregelmäßige Struktur, die trotz allem Harmonie verströmte. Der Himmel, der sich darüber erstreckte, war noch immer hellblau und sonnendurchflutet. Es schien, als würde sich der Sommer noch einmal aufbäumen, bevor der Herbst endgültig Einzug halten konnte. Ich atmete tief die klare, salzige Luft ein und eine erstaunlich sanfte Brise strich über meine Haut. Über mir kreischten die Möwen und zogen ihre Runden, und ich sah, wie sie mich beobachteten. Ich rührte mich nicht. Ich saß auf einem kleinen Felsen, der fast komplett im Sand des Strandes versank, und blickte hinaus in die Weite. Die Reste des Holzstegs ragten trotzig aus dem Wasser, so, als wollten sie sagen: *Seht nur her – wir haben es überstanden und stehen noch immer hier!* Sanft umspülten die Wellen das hundert Jahre alte dunkle Holz und schienen es trösten zu wollen für das Unglück, das das Wasser über sie gebracht hatte.

Ich war aus meinem Bett gekrochen und hatte mich angezogen, als ich ganz sicher war, dass Jan und Lisa die Suite verlassen hatten und nicht wieder zurückkommen würden. Zu Fuß war ich den Deich entlanggegangen und hatte sofort die Stelle wiedergefunden, an der ich mitten im Sturm meinen Mini abgestellt hatte und zu Lisa an den Strand geeilt war. Nun saß ich hier seit einer gefühlten Ewigkeit, sah auf das Meer und versuchte zu ergründen, was mit mir los war. Jan hatte mir seine Liebe gestanden, doch ich fühlte nur Leere in mir. Ich versuchte, mich daran zu erinnern, wie es gewesen war, als wir uns zum ersten Mal geküsst hatten. Als wir in unserer ersten gemeinsamen Nacht den Körper des anderen erkundet und gekostet hatten und ich in mir eine Ahnung gespürt hatte, dass nun nichts mehr so sein würde wie zuvor. Dass dieser Mann anders war als alle anderen Männer davor in meinem Leben.

Ein Schatten erschien neben mir und verdunkelte den Sand zu meinen Füßen.

»Brit vom Hotel hat angerufen und mir erzählt, du wärst fort.«

Ich blickte auf. Da stand er. Jan. Direkt neben mir. Und sah ruhig aufs Meer.

»Sie hat mich gebeten, nach dir zu sehen.«

Ich lachte trocken auf. Mein Leben lang war ich an die Anonymität der Großstadt gewöhnt gewesen, hatte es genossen, dass es niemanden interessierte, was ich tat und warum. Hier, in diesem kleinen Ort, konnte man noch nicht mal das Haus verlassen, ohne dass es jemandem auffiel.

»Langsam kann ich verstehen, warum du hier weggegangen bist. Irgendwie kommt man sich immer beobachtet vor.«

»Brit hat sich nur Sorgen gemacht.«

Er setzte sich zu mir in den Sand und seine Quecksilberaugen musterten mich prüfend.

Ich zuckte nur mit den Schultern und blickte wieder aufs Wasser. »Ich brauchte nur etwas frische Luft.«

Einen Augenblick lang schwiegen wir, und man hörte nur das sanfte Plätschern der Brandung und das Kreischen der Möwen.

»War's das jetzt mit uns, Jan?« Ich blickte ihn an, suchte eine Antwort in seinen Augen.

»Die Frage kannst nur du beantworten, Anna.«

Abrupt stand ich auf. »Ich weiß es aber nicht! Ich weiß gar nichts mehr!«

Ich machte ein paar Schritte hin zur Brandung, hielt inne, ballte die Hände zu Fäusten und drehte mich wieder zu ihm um. »Ich hab auf alles eine Antwort, Jan, wirklich auf alles. Aber das hier, das verstehe ich nicht.«

Jan stand ebenfalls auf und klopfte sich den Sand von der Hose.

Ich schnaubte ungeduldig wie ein Vollblüter, der darauf wartet, endlich aus der Startbox zu schießen und ins Rennen zu gehen.

»Ich verstehe nicht, warum du deine Frau verlieren musstest. Und Lisa ihre Mutter. Ich verstehe nicht, warum Bellini tot ist. Ich verstehe nicht, warum man etwas liebt, nur, um es zu verlieren.«

Jan hielt meinem Blick stand, sagte nichts und hörte mir aufmerksam zu.

»Was ist das denn bitte schön für ein Scheißkonzept? Kannst du mir das erklären?«

Ich wartete erst gar keine Antwort ab und lachte nur bitter auf.

»Weißt du, was das Komische ist? Ich hab's gewusst. Ich hab es immer gewusst.«

»Was hast du gewusst?«, fragte Jan behutsam nach.

Ich sah ihn einen Moment verständnislos an.

»Dass es sinnlos ist. Dass es überhaupt keinen Sinn ergibt, etwas zu lieben.«

Ich sah ihn wieder an und versuchte, zu erklären, was ich wirklich meinte.

»Als ich klein war, da bin ich von einer Pflegestelle zur anderen gereicht worden. Und kaum hatte ich mich an etwas gewöhnt, da war es auch schon wieder weg.«

Plötzlich fielen mir all die Dinge wieder ein, die ich geliebt und verloren hatte. Ich hatte sie so gründlich aus meinen Erinnerungen verbannt, dass ich seit Jahrzehnten nicht mehr an sie gedacht hatte.

»Vicky.« Ich schloss die Augen und sah ihr Gesicht vor mir, als hätte ich sie erst gestern gesehen. »Sie war schon so groß und sie konnte einfach alles. Sie hat mir das Fahrradfahren beigebracht und mir gezeigt, wie ich meine Schuhe zubinden muss. Und in der Schule, da hat sie mich vor den anderen Kindern verteidigt, und ich hab mir so gewünscht ...«, ich schloss die Augen, und die Erinnerung an die Liebe, die ich für sie empfunden hatte, war überwältigend, »... so sehr gewünscht, dass sie meine große Schwester ist und dass sie bei mir bleibt. Eines Tages war sie fort. Einfach so. Wieder zurück bei ihrer Familie, zu der sie doch gar nicht wollte.«

Jan sah mich voll Mitgefühl an.

Ich hatte mich in Rage geredet und all die verdrängten Erinnerungen und all die Schmerzen kamen hoch und fluteten mein Herz mit Kummer und meine Augen mit Tränen.

»Und da war Tinka. Meine Katze. Sie war ganz klein und so zierlich. Ich hab sie mit der Flasche großgezogen. Und ein Jahr später bin ich in eine neue Familie gekommen. Und ich musste sie zurücklassen, weil die anderen Kinder eine Allergie hatten. Und so ging das immer weiter. Immer weiter. Ich wollte das nicht mehr, Jan. Nie mehr.«

Ich sah ihn verzweifelt an.

»Und weißt du was? Mir ging es gut. Mir ging es super damit. Alles war genau so, wie es sein sollte.«

Ich sah ihn verzweifelt an und schrie die Worte fast heraus.

»Und dann musste dieser verrückte kleine Hund kommen! Und mit ihm Lisa! Und du! Ich weiß nicht mehr, was ich jetzt machen soll!«

Die Tränen strömten aus meinen Augen und vermischten sich mit dem Rotz, der mir wie bei einem kleinen Kind aus der Nase lief. Und hilflos, wie ein Kind, wischte ich mir mit dem Ärmel meiner Jacke übers Gesicht. »Ich vermisse ihn so sehr … so sehr …«

Jan kam auf mich zu und nahm mich in den Arm. Ich wehrte mich, wollte nicht gehalten werden, wollte mit meinem Schmerz allein sein.

»Es ist gut, Anna, schschsch … es ist alles gut.«

»Nein … bitte … Jan …«

Er hielt mich fest, gab meinem Widerstand nicht nach, umschlang meinen Körper mit seinen starken Armen und ich drückte mein Gesicht an seine Brust. Atmete den Duft nach Meer und Aftershave ein, spürte die Wärme seines Körpers und das Pochen seines Herzens an meiner Wange.

Und dann geschah etwas Seltsames. Der Schmerz und die Wut, die wie eine Meute wilder Wölfe in meinem Innern getobt hatten, beruhigten sich, zogen sich zurück, und nach einem langen Moment verschwanden sie. Machten Platz für ein Gefühl der Sicherheit, der Geborgenheit.

Ich schniefte und schluchzte noch immer an Jans Brust.

Es dauerte eine Ewigkeit. Wir standen einfach nur da. Stumm. Den Herzschlag des anderen an unserer Haut. Spürten das Heben und Senken unseres Atems, der uns versicherte, dass das Leben weiterging. Unaufhörlich. So, wie die Wellen an den Strand spülten. Eine Ewigkeit vor uns und eine Ewigkeit nach uns.

»Anna?« Jans Stimme klang sanft an meinem Ohr. Ich blickte zu ihm auf, noch immer gefangen in seinen Armen, die mich wie ein schützender Wall umgaben.

In seinen Augen sah ich die gleiche Trauer und Verwirrung, die ich in mir spürte.

»Ich weiß nicht, warum das so ist. Warum es so wehtun kann, wenn wir lieben.«

»Ich komme dir bestimmt total albern vor. So ein Drama um Bellini. Du hast Rike verloren und ich … das ist …«

Jan legte die Hand unter mein Kinn und zwang mich so, ihn weiter anzusehen. »Es ist nicht albern, Anna. Ganz und gar nicht albern.«

Ich sah, wie er den Blick auf einen imaginären Punkt irgendwo am Horizont richtete, dort, wo das Meer den Himmel berührte.

»Ich verstehe dich. Und ich weiß genau, wovor du Angst hast. Aber wir können doch nicht aufhören zu lieben.«

Jetzt sah er mich wieder an und ich verlor mich in diesen Quecksilberaugen.

»Wenn wir das tun, dann hören wir auch auf zu leben. Und ich weiß das deshalb so genau, weil wir uns begegnet sind, Anna. Weil ich mit dir wieder angefangen habe zu leben.«

Er strich sanft über mein Gesicht, wischte die Spuren der Tränen von meinen Wangen. Ein schiefes Lächeln erschien auf seinen Lippen und flutete seine Augen mit Wärme und Liebe. »Ich liebe dich. Die Dinge sind manchmal ganz einfach.«

Er küsste mich, berührte mit seinen vollen Lippen meine. Und ich spürte, dass er recht hatte. Ich liebte ihn. So, wie er mich liebte. Und das war tatsächlich ganz einfach.

KAPITEL 22

Glück lässt sich nicht erzwingen. Aber es mag die hartnäckigen Menschen.

Verfasser unbekannt

Wir blieben noch eine ganze Woche in Kalifornien. Jans Eltern nötigten uns, das reetgedeckte kleine Gästehaus im Garten hinter ihrer riesigen Villa zu beziehen. Jan war erst skeptisch, aber angesichts der Tatsache, dass die Hotelsuite jeden Tag ein kleines Vermögen verschlang und er auf keinen Fall wollte, dass ich die Rechnung alleine bezahlte, willigte er ein. Außerdem hatte Lisa so die Gelegenheit, ihre Großeltern etwas näher kennenzulernen und festzustellen, dass sie vielleicht doch nicht ganz so ätzend waren, wie sie befürchtet hatte.

Wie es sich für eine beste Freundin gehörte, brach Leo ihren New-York-Trip ab, stieg in den nächsten Flieger nach Hamburg und kam mit einem Taxi direkt vom Flughafen an die Küste gefahren. Für den Taxifahrer dürfte es der lukrativste Trip seines Lebens gewesen sein. Es tat gut, sie um mich zu haben. Ihr zu erzählen, was alles geschehen war, und ich sah sie zum ersten Mal, seit wir uns kannten, völlig in Tränen aufgelöst, als sie von

299

Bellinis heldenhafter Tat und seinem Tod erfuhr. Ich hielt sie im Arm und tröstete sie.

Hauke, der rüstige Pfarrer, hatte fünf Tage nach dem Sturm eine kleine Andacht am Strand abgehalten und Rikes Urne, die im Sturm verloren gegangen war, gesegnet. Ich war kein gläubiger Mensch und würde es vermutlich auch niemals in meinem Leben werden. Die kurze Zeremonie, die er abhielt und die ohne die aufgesetzte Theatralik auskam, die ich sonst von meinen wenigen Kirchenbesuchen her kannte, berührte mich dennoch. Vielleicht lag es auch daran, dass das ganze Dorf an dem kleinen Strand erschienen war, die mitgebrachten Blumen im Sand niederlegte und so einer von ihnen die letzte Ehre erwies.

Als Hauke auch ein Segensgebet für Bellini sprach, konnte ich die Tränen nicht zurückhalten. Und die Menschen, die ich kaum kannte, nahmen Anteil an meinem Verlust und meiner Trauer und spendeten auch mir Trost. Obwohl es doch nur ein verrückter, todesmutiger Hund gewesen war, den ich vermisste.

Auch Rikes Familie war gekommen. Gemeinsam mit den Janssens nahmen sie Abschied von ihrer Tochter. Ein Abschied, der längst überfällig gewesen war. Lisa kannten sie bereits, denn es war das Erste gewesen, was sie taten, als der Sturm wieder abgezogen war: sie im Hotel zu besuchen und ihre Erleichterung über die Rettung ihrer Enkeltochter kundzutun. Seitdem hatten sich die beiden verfeindeten Familien etwas angenähert. Ob sie jemals wirklich ihren Frieden machen würden, stand in den Sternen. Die Einladung zum Leichenschmaus in der Janssen-Villa schlugen sie jedenfalls mit einer fadenscheinigen Begründung kategorisch aus.

Bei den Janssens tauschten die Bewohner Kaliforniens bei Kaffee und Kuchen schließlich stundenlang ihre Erinnerungen an Rike aus, plauderten über den Sturm und was man alles den Winter über reparieren müsste, um im nächsten Jahr die Sommergäste wieder empfangen zu können. Es war ein ziemliches Durcheinander, und die Selbstverständlichkeit, mit der sie zwischen der Trauer um eine der Ihren und den praktischen Erfordernissen des Lebens hin und her balancierten, war ein wenig gewöhnungsbedürftig. Jedenfalls für jemanden wie mich. Ich sah Jan mit den Menschen im Gespräch, ernst und zugewandt und lachend und entspannt. In diesem Moment wurde mir klar, dass er hier hingehörte, dass dies der Platz war, an dem er sein sollte.

»Wenn ich das zu Hause in Berlin erzähle, dann glaubt mir kein Mensch.« Leo erschien neben mir mit einem Glas Sekt in der Hand und beobachtete die Leute ebenfalls interessiert. Allerdings eher so, wie es Gaffer an einer Unfallstelle tun, die ihren Blick nicht von dem tragischen Geschehen lassen können. Ich stupste sie in die Seite.

»Reiß dich bitte zusammen, Leo. Die Leute hier sind in Ordnung.«

Leo blickte in die Runde. »Ich glaub dir ja. Aber schräg sind die schon, oder?«

»Wie gesagt – reiß dich zusammen.«

Leo stürzte sich schließlich auf Hauke, und aus der Entfernung bekam ich so gerade eben mit, wie sie ihn nach seiner Haltung zur gleichgeschlechtlichen Ehe befragte. Nach anfänglicher Irritation ging Hauke auf das Thema ein und offenbarte eine erfrischend unkomplizierte Sicht auf die Dinge.

In dem Gewühl suchte ich Lisa und fand sie vor einem Sideboard stehend, auf dem eine ganze Batterie von Familienfotos in edlen silbernen Rahmen aufgestellt war. Sie hatte eines der Bilder in der Hand und betrachtete es versonnen. Es musste an einem warmen Sommertag vorm Neptunbrunnen mitten in Berlin aufgenommen worden sein und zeigte Rike und Jan, auf dessen Schultern eine jauchzende Lisa hockte, die sich über das Sprudeln des Wassers freute.

»Das ist schön.« Ich stand neben ihr und betrachtete das Bild. Lisa blickte auf, und einen Augenblick lang spürte ich, wie sie am liebsten die Flucht ergriffen hätte, sich dann aber zusammenriss.

»Ja. Oma hat es neu aufgestellt. Bei unserem ersten Besuch stand es nämlich noch nicht da.«

»Dann wurde es langsam Zeit, nicht wahr?!«

Wir betrachteten eine Weile die Bilder. Ich warf Lisa einen prüfenden Blick zu. »Geht's dir gut, Lisa?«

Sie nickte sofort. »Das war eine schöne Feier am Strand.« Sie sah mich kurz an, senkte dann aber wieder den Blick. »Was Hauke über Bellini gesagt hat, war auch echt schön.«

Ich legte ihr den Arm um die Schulter und drückte sie an mich. Mehr gab es nicht zu sagen.

Als alle Gäste verschwunden waren bis auf Leo, die sich einfach als Teil meiner Familie betrachtete und deshalb ganz automatisch blieb, versammelten sich die Janssens im Wohnzimmer.

»Ich will nicht lange um den heißen Brei herumreden, Jan.«

Janssen senior stand vor dem Kamin, ein Glas Wein in der Hand, das er sich zum Abschluss der Feier gegönnt hatte.

»Das machst du eigentlich nie, Papa.«

Jan warf mir einen vielsagenden Blick zu.

Sein Vater brummte kurz.

»Wie auch immer. Es wäre schön, wenn du und Lisa«, er blickte zu mir und nickte knapp, »und Anna natürlich auch – also es wäre schön, wenn ihr wieder zurück nach Kalifornien kämt. Wir brauchen dringend einen erfahrenen Leiter der Rettungsstelle. Und des Katastrophenschutzes. Der Gemeinderat hat den Posten bewilligt, und ich bin der festen Überzeugung, dass du der richtige Mann dafür bist.«

302

»Das ist ein tolles Angebot, Papa.« Jan blickte zu mir. »Aber wir müssen erst mal ein paar Dinge in Berlin klarbekommen. Lass uns im nächsten Sommer darüber reden.«

Man merkte dem Senior an, dass er mit der Antwort nicht sehr zufrieden war. Aber bis auf ein knappes Kopfnicken und ein Brummen, was wohl seine Form der Zustimmung war, kamen keine weiteren Einwände.

»Zu Weihnachten seid ihr aber hier?« Jans Mutter sah ihren Sohn hoffnungsvoll an.

»Wir haben da noch keine Pläne gemacht, Mama.«

Ich hob die Stimme. »Weihnachten an der Ostsee hört sich gut an.«

Jan und Lisa lächelten zustimmend.

»Nun, dann wäre ja alles geklärt.« Janssen senior klatschte und legte dann seinem Sohn zufrieden die Hand auf die Schulter.

Geklärt war noch lange nichts. Aber immerhin sah es so aus, als wären die Janssens auf dem richtigen Weg.

»Wenn ihr Weihnachten nicht da seid, kann ich dann eine Party bei dir auf der Dachterrasse feiern?« Leo, die auf dem Rücksitz zusammen mit Lisa eingequetscht saß, suchte meinen Blick im Rückspiegel. »Ich wollte schon immer Silvester da oben feiern.«

Ich grinste sie im Spiegel an. »Wehe, du fackelst meinen Dachgarten ab.«

Sie hob beschwörend die Arme. »Du wirst gar nicht merken, dass ich da war.«

Noch am selben Abend zogen Jan und Lisa endgültig bei mir ein. Während Lisa auf den Pizzaservice wartete, holte ich mit Jan ihre Sachen aus der Remise und lud sie in den Mini. Es schien mir das Natürlichste der Welt zu sein.

Und es war leichter, gemeinsam all die Dinge, die Bellini gehört hatten und die nun nutzlos in der Wohnung herumlagen, einzusammeln und im alten Gewächshaus sorgsam zu verstauen. Ich konnte sie nicht wegwerfen, konnte mich noch nicht von ihnen trennen. Und wenn ich im Gewächshaus an meinem Laptop arbeitete, weil es draußen längst zu nass und zu ungemütlich geworden war, nahm ich Bellinis Decke und sog den vertrauten Duft seines Fells in die Nase und erinnerte mich an all die Abenteuer des Sommers, die wir gemeinsam erlebt hatten.

Jans Bein verheilte und er begann seinen neuen Job als Ausbilder an der Feuerwehr-Akademie. Lisa nörgelte wie gewohnt über die Schule und ich beendete die Überarbeitung meines neuen Buchs. Einen Tag, nachdem ich die Endfassung abgeschickt hatte, stand Leo bei mir auf der Matte.

»Ich wollte nur sehen, wie's dir geht.«

Wir saßen auf der Terrasse, eingehüllt in warme Decken und eine Tasse heißen Tee in der Hand. Ich sah sie verwundert an.

»Mache ich etwa den Eindruck, als würde es mir nicht gut gehen?«

Sie stellte ihre Tasse ab und sah mich prüfend an. »Kristin hat sich bei mir gemeldet und gefragt, ob bei dir alles okay ist.«

Kristin war meine Lektorin, und ich fragte mich einen Moment, was sie damit zu tun hatte, dass Leo sich anscheinend Sorgen machte.

Leo fuhr bedeutungsschwanger fort. »Sie war etwas verwirrt, weil du sie nicht, wie sonst üblich, für ihre Änderungsvorschläge an deinem Manuskript beleidigt hast.«

Ich lief tatsächlich etwas rot an. »War ich so schlimm?«

»Jetzt kann ich es dir ja sagen – ich habe Kristin immer einen Extrabonus gegeben und ihr ein Wellness-Wochenende auf Rügen spendiert, wenn sie eines deiner Manuskripte lektoriert hat. Quasi als Schmerzensgeld.«

Ich verzog das Gesicht. »Autsch.«

Leo sah mich prüfend an. »Du bist glücklich, oder?«

Ich nickte. Denn das war ich tatsächlich.

»Was wirst du als Nächstes tun?« Jan sah mich liebevoll an, als wir Kopf an Kopf im Bett lagen und uns in die Augen sahen, nachdem wir uns langsam und intensiv geliebt hatten. Unsere Wangen waren gerötet und Jan schob sanft eine schweißnasse Strähne aus meiner Stirn.

»Worüber wirst du als Nächstes schreiben?«

Ich überlegte einen Moment. »Ich weiß es noch nicht.« Ich grinste breit. »Vielleicht über irgendwas mit Tantra?«

Jan grinste ebenfalls breit. »Prima. Wir können alles vorher ausprobieren. Dann ist es praxistauglich getestet.«

Er küsste mich sanft auf den Mund. Die Idee, in den nächsten Wochen einen Sexratgeber zu schreiben, erschien mir durchaus verlockend.

»Und du?« Ich sah ihn an, als wir uns wieder voneinander lösten. »Bist du zufrieden mit all den Anfängern in der Akademie? Ich hoffe, die haben ordentlich Respekt vor einem altgedienten Helden wie dir.«

Ich neckte ihn liebevoll. Er quittierte es mit einem trägen Lächeln.

»Es macht Spaß. Wirklich. Wir haben ein paar wahnsinnig durchtrainierte Anfängerinnen dabei. Sie himmeln mich an.« Er machte ein Gesicht, als würde er es sichtlich genießen. »Das ist ein tolles Gefühl.«

Ich boxte ihn spielerisch auf den Arm. »Ich wusste gar nicht, dass du so eitel bist.«

»Wir kennen uns eben noch nicht so lange. Ich kann dir versichern, da warten noch ein paar Überraschungen auf dich.«

Er grinste, und in seine hellen Augen trat wieder dieser Ausdruck von grenzenloser Liebe, der mich jedes Mal vor Glück erschaudern ließ. Ich küsste ihn sanft auf den Mund.

»Ich liebe dich, mein Held.«

Der Kuss wurde intensiver. Ich spürte seine warme Hand meine Hüfte entlangfahren. Und dann widmeten wir uns ausgiebig einem weiteren Kapitel meines anstehenden Sexratgebers.

KAPITEL 23

Glück – das ist der Lohn der Liebe.

Alte Zen-Weisheit

Der Tag erwachte gerade erst zu neuem Leben, als ich mit der Tüte noch warmer Brötchen durch den Park schlenderte. Die Bäume hatten sich längst herbstlich rot gefärbt, und ich genoss die frische Luft, den leichten Frühnebel, der über der Wiese lag, und das Gezwitscher der Vögel, die noch reichlich müde klangen. Sonia und Enrique hatten längst ihre Salsabar abgebaut und waren in Richtung Süden entschwunden, um wie die Zugvögel in wärmeren Gefilden zu überwintern.

In den vergangenen Wochen hatte ich es mir angewöhnt, auf dem Weg zum Bäcker immer einen kleinen Umweg zu machen und kurz die morgendliche Stimmung im Park in mich aufzusaugen. Wenn ich die Wege entlangschlenderte und meine Schuhe von dem Tau des Rasens feucht wurden, wenn ich die bekannten Gesichter der Menschen sah, die mit ihren Hunden ihre morgendlichen Runden drehten, dann war es, als wäre Bellini noch bei mir.

Ich sah uns, wie wir im Sommer auf der Wiese das Apportieren geübt hatten, erinnerte mich, wie er mit den beiden

Vizslas um die Wette geflitzt war und wie er die schokobraune Pudelhündin verliebt angehimmelt hatte.

Bei der Erinnerung an das Chaos, das er veranstaltet hatte, als er der Hundedame auf der Straße nachgerannt war und dabei zwei Auffahrunfälle verursachte, und an den Beinaheherzinfarkt des rüstigen Rentners, der jeden Morgen (auch heute wieder) im Schneckentempo durch den Park joggte und den Bellini jedes Mal stürmisch begrüßt hatte, überkam mich Wehmut. Selbst in diesen Momenten hatte ich ihn geliebt.

Ich genoss die Erinnerungen, die mir versicherten, dass ich all das nicht nur geträumt hatte. Dass Bellini zu mir gehört hatte und mein Leben auf eine Art und Weise bereichert hatte, wie ich es mir niemals hätte vorstellen können.

»Ich mag den Park am Morgen.«

Ich blickte auf und sah erstaunt Lisa, die sich, noch ganz zerknautscht vom Schlaf, neben mir auf die Parkbank setzte.

»Das Dach ist auch cool. Aber mehr am Abend. Morgens ist der Park schöner. Definitiv.«

»Lisa?! Was machst du denn so früh schon hier?« Ich hob demonstrativ die Brötchentüte. »Das Frühstück habe ich schon besorgt. Die Croissants sind noch warm.«

Lisa nickte nur knapp und blickte hinaus auf die Wiese. »Du bist wegen ihm hier, nicht wahr?« Sie warf mir einen prüfenden Seitenblick zu. »Wegen Bellini.« Sie wandte sich schnell wieder ab, bevor sie eine Reaktion auf meinem Gesicht lesen konnte.

»Ja.« Ich sah, wie ihre Schultern sich mit einem langen Seufzer hoben.

»Ich bin dir ein paarmal gefolgt, wenn du morgens die Brötchen holen gegangen bist und hier gesessen hast.«

Sie deutete auf eine Gruppe mächtiger Kastanienbäume, die wie Riesen an einer Ecke des Parks standen und den Eingang zu bewachen schienen.

»Ich hab mich nicht getraut, dich anzusprechen.« Sie sah mich tieftraurig an. »Es tut mir so leid, dass Bellini gestorben ist. Und es tut mir so leid, dass du ihn so vermisst.«

Ich nahm sie in den Arm und hielt sie dicht an meinen Körper gepresst. »Das weiß ich. Und es ist ganz bestimmt nicht deine Schuld, dass Bellini nicht mehr bei uns ist.«

Ich zwang sie, mich anzusehen, legte meine Hand unter ihr Kinn, und sie hob den Kopf.

»Es gibt nur eins, das wirklich wichtig ist. Dass er uns geliebt hat. So sehr, dass alles andere egal war. Und ich finde, darauf können wir verdammt stolz sein. Und glücklich, dass sich Bellini uns ausgesucht hat für all die Liebe, die er geben wollte.«

Sie schniefte und dachte kurz nach. »Das ist schön. Total kitschig. Aber schön.«

Ich grinste sie schief an. »Ich vermute, das war mal wieder ein Kompliment.«

Sie kramte kurz in ihrer Jackentasche und holte das Bündel Briefe hervor, das vor Wochen das ganze Chaos ausgelöst hatte. Sie waren sorgsam mit einem blauen Samtband zusammengehalten.

Nachdenklich blickte sie darauf. »Ich trage sie die meiste Zeit bei mir.« Sie sah mich an.

»Ich glaube, das ist so wie bei dir und dem Park hier. Ich habe dann immer das Gefühl, Mama ist irgendwie noch bei mir.«

»Hast du sie gelesen?«

Sie schüttelte den Kopf. »Manchmal bin ich kurz davor. Wenn irgendetwas nicht so richtig toll läuft. Dann denke ich, vielleicht steht da ja die Antwort auf meine Frage drin.« Sie zuckte mit den Schultern. »Und dann lass ich's wieder.«

Die Ironie kehrte zurück in ihre Stimme, was ein sicheres Zeichen dafür war, dass sie ihre Traurigkeit wieder im Griff hatte.

»Sind ja nur noch drei Jahre, bis ich den ersten Brief lesen kann.« Sie schnaubte spöttisch. »Was Mama sich allerdings dabei gedacht hat, ist mir echt ein Rätsel. Das ist ja noch eine *Ewigkeit*. Echt jetzt.«

»Liegt vermutlich daran, dass wir Erwachsenen ein völlig anderes Zeitempfinden haben. Drei Jahre sind für uns ein Klacks.«

In ihren meergrünen Augen lag wieder dieser Ernst, der so untypisch war für einen Teenager in ihrem Alter.

»Wirst du da sein, wenn ich sie lese?«

»Ja, Lisa, ich werde da sein, wenn du das möchtest.«

Sie atmete tief durch.

»Das ist cool. Richtig cool.«

Wir saßen einen Moment schweigend nebeneinander. Ich hatte noch immer den Arm um sie gelegt, und sie ließ den Kopf an meiner Schulter ruhen. Schweigend genossen wir die ersten Sonnenstrahlen, die sich durch das leuchtend gelbe und rote Blattwerk der Kastanien ihren Weg in unsere Gesichter suchten.

Unvermittelt rückte Lisa von mir ab, blickte sich erst nach hinten um und sah dann zu mir. »Hast du das gehört?«

Ich lauschte einen Moment, dann hielt ich den Atem an und nickte.

Lisa stand auf und deutete auf einen Busch, der hinter der Parkbank hinunter zu den S-Bahn-Gleisen führte. »Das kommt von da.«

Sekunden später starrten wir fassungslos auf das, was hinter den Büschen hockte und das klägliche Winseln verursachte, das uns aufgeschreckt hatte. Es war mit einem ausgefransten Strick an einem schmächtigen Baum angebunden.

Das Winseln schwoll an, als es uns sah.

»Was machst denn du da?«

Eine höchst überflüssige Frage. Das kleine Wesen konnte es schließlich nicht erzählen. Und derjenige, der es dort angebunden und zurückgelassen hatte, musste sich schon in der Nacht aus dem Staub gemacht haben.

Es war tatsächlich ein Hund. Er war etwa kniehoch, sein zotteliges schwarzes Fell hing verdreckt an seinem schmächtigen Körper herunter, und das Haar fiel ihm so dicht über die Schnauze, dass man nur seine dunkle Nase und das helle Leuchten seiner Zähne erkennen konnte.

Lisa und ich zögerten keine Sekunde, und wir befreiten den kleinen Kerl aus seiner misslichen Lage.

Erfreut, endlich jemanden gefunden zu haben, der Notiz von ihm nahm, schmiegte er sich an uns, wuselte zwischen unseren Beinen hin und her und schien sich mächtig zu freuen, endlich Gesellschaft zu haben.

»Boooaahhh …« Lisa verzog das Gesicht. »Du stinkst!«

»Und dringend zum Friseur muss der auch mal«, gab ich entschieden zurück.

»Ich glaube, für 'nen Kerl fehlt ihm was Entscheidendes.« Lisa sah mich vielsagend an.

Jetzt erkannte ich es auch unter all dem dichten Fell. Es war eindeutig ein kleines weibliches Hundetier, was da aufgeregt um uns herumsprang.

Lisa sah mich mit einem Leuchten in den Augen an, und ich wusste in diesem Moment, dass der kleine Welpe von nun an zu uns gehören würde.

»Ob Bellini sie uns geschickt hat?«

Das war jetzt ebenfalls ziemlich kitschig, doch ich behielt es lieber für mich. Dann fiel mir noch etwas auf. Etwas sehr Außergewöhnliches.

»Warte mal, Lisa. Einen Moment.«

Vorsichtig strich ich dem Hund die zotteligen Locken aus der Schnauze. Ich hatte mich nicht getäuscht. Unter dem dichten schwarzen Fell blickten mich zwei Augen in unterschiedlichen Farben an – eins war braun und glänzend wie ein Karamellbonbon, das andere erinnerte an einen klaren Bergsee, in dem sich ein milchig blauer Winterhimmel spiegelt.

Lisa zog ebenfalls scharf die Luft ein. »Scheiße – das glaub ich jetzt nicht.«

Der Hund legte den Kopf schief und bellte einmal kurz.

Wir starrten uns an. Erneut fassungslos. Und dann prusteten wir einfach nur los, fielen uns lachend in die Arme, während der kleine schwarze Hund zu unseren Füßen ebenfalls einen Freudentanz aufführte und aufgeregt an uns hochsprang. Er schien sehr damit zufrieden zu sein, endlich seine Familie gefunden zu haben.

Nachwort

Liebe Leserin, lieber Leser,

vielen Dank für Ihr Interesse an meiner kleinen Geschichte. Ich hoffe, ich habe Sie ein weiteres Mal gut unterhalten können und Ihnen ein paar entspannte Lesestunden geschenkt. Ich weiß nicht, wie es Ihnen geht, aber jedes Mal, wenn ich eine Geschichte beendet habe, frage ich mich, ob es mir wohl irgendwann einmal leichter fallen wird, mich von meinen Heldinnen und Helden zu trennen, um mich in ein neues, noch unbekanntes Schreibabenteuer zu stürzen. Über Monate haben mich Anna und Jan, Lisa und Bellini begleitet. Wir haben unseren Alltag geteilt, sind bei strahlendem Sonnenschein und dichtem Regen zusammen mit den Hunden über die Felder gezogen, und es gab Tage, da haben wir uns das Leben ziemlich schwer gemacht. Jetzt werde ich sie ziehen lassen, und wer weiß – vielleicht begegnen wir uns eines Tages wieder. Am liebsten an einem der zahlreichen wunderschönen Strände der Ostsee, denn ich mag diese Landschaft sehr. So sehr, dass ich mich gar nicht entscheiden konnte, wo genau ich meine Geschichte spielen lassen sollte. Falls Sie Kalifornien also auf der Landkarte suchen, dann werden Sie tatsächlich einen Ort finden, der so heißt. Mit dem Kalifornien aus meiner Geschichte hat er allerdings nicht viel zu tun (okay, er liegt auch an der Ostsee, aber alles andere stimmt so nicht). Ehrlich gesagt ist mein Kalifornien mehr oder weniger das Best-of einiger Orte und Regionen dort oben hoch im Norden, die mir über die Jahre so sehr ans Herz gewachsen sind. Am besten, Sie fahren selbst mal hin und lassen sich von dieser wunderbaren, vielfältigen Landschaft verzaubern. Und vielleicht treffen Sie dann auf eine einsame Strandläuferin, die genervt auf ihre vierbeinigen Chaoten wartet, die mal wieder abgehauen sind, um in den Dünen ihre eigenen Abenteuer zu suchen … sprechen Sie mich ruhig an, ich habe bestimmt alle Zeit der Welt.

Sie können mich aber auch auf Facebook finden oder mich auf meiner Website elli-c-carlson.com besuchen. So oder so, ich freue mich auf Sie.

Ihre Elli C. Carlson

Zeitfracht Medien GmbH
Ferdinand-Jühlke-Straße 7
99095 Erfurt, Deutschland
produktsicherheit@kolibri360.de

Druck:
CPI Druckdienstleistungen GmbH
im Auftrag der
Zeitfracht Medien GmbH
Ein Unternehmen der Zeitfracht - Gruppe
Ferdinand-Jühlke-Str. 7
99095 Erfurt